KB046268

리셋

리셋

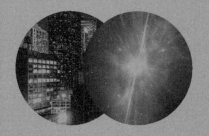

조광희
장편소설

솔

차 례

프롤로그

"원심 판결을 파기한다. 피고인을 징역 십이 년에 처한다."

동호는 옆에 앉은 승철을 바라보았다. 그는 목이 부러지면 어쩌나 걱정될 만큼 고개를 떨구고 있었다. 왼쪽 뺨을 내보이고 있는 그의 얼굴빛이 순간적으로 짙어진 듯했다. 표정은 제대로 보이지 않았다. '피고인을 징역 십이 년에 처한다.' 동호는 12라는 숫자를 생각했다. 살면서 12는 늘 기분이 좋았던 숫자였다. 대학 시절 신촌 기차역 앞에서 간혹 승차하던 12번 좌석 버스에는 싱그러운 웃음을 띤 여대생들이 가득했다. 어렸을 적 아버지가 사다 준 연필 한 다스는 얼마나 풍성했던가. 2로도, 3으로도, 4로도 나누어지는 12는 얼마나 많은 수학 시험의 정답이었던 것일까? 그런데 그 모든 즐거운 전조가 오늘의 악몽을 예비하고 있었던 것일까?

'피고인을 징역 십이 년에 처한다.' 단호하게 선언하는 재판장의 목소리는 느릿느릿했고, 가벼운 감기 기운이 있는 듯했다. 그 이해할 수 없는 결론을 이끌어내기 전에 재판장은 판결의 이유를 이십 분간 설명했다. 이유를 오 분가량 들었을 때 이미 유죄가 선고되리라는 것이 명백했지만, 동호는 재판장이 최종 결론을 말하기 전에는 시들어가는 희망을 버릴 수 없었다. 마치 견고한 건물을 짓듯 장황한 이유를 나열하여 옴짝달싹하지 못하게 한 후 결론을 말하는 법정의 방식에 새삼 분노했다. 진실을 은폐하는 간교한 방법론이다. 재판관들은 잘못된 전제를 내세우면서 그 전제가 명백한 것처럼 단정하고, 그처럼 단정된 전제로부터 피할 수 없는 결론이 도출되는 것처럼 말한다. 재판관들이 매일같이 세상을 우롱하는 방식이다. 사건의 내용을 속속들이 알지 못하는 방청객에게는 저 재판장이 이성의 화신처럼 보일 것이다. 제 이름으로 나가게 될 기사를 어떻게 하면 그럴듯하게 작성해볼까 골몰하는 기자들은 한 인간의 운명에 아무 관심이 없을 것이다. 동호는 재판장이 극히 신중한 태도로 판결 이유를 내뱉을 때마다 자기도 모르게 그것이 왜 잘못인지 마음속으로 조목조목 반박했다. 하지만 동호는 변호사이고 저 높이 앉아 있는 사람이 재판장이다. 결론은 정해졌고, 운명은 고개를 숙였다.

법정구속된 승철은 교도관들에게 양팔을 붙들린 채 나무늘보처럼 천천히 법정 옆 대기실로 걸어 들어갔다. 그는 잠시 동호를 쳐다보았다. 겨우 마주친 승철의 눈을 쳐다보면서 동호는 눈을 감고 말았다. 눈시울이 뜨거워진 느낌이었다. 눈을 뜨면 혹시 한 줄기 눈물이 흘러내릴까, 눈을 감고 눈꺼풀 안에 눈물을 담아두었다. 몇 분이 흘렀을까. 법정을 지키는 법원 직원이 조심스럽게 어깨를 건드렸다. 동호가 변론을 할 때마다 호의적인 눈길을 주던 얼굴을 차마 쳐다볼 수 없었다. 동호는 변호인석에서 비틀거리듯 일어나 법정 출입구 쪽으로 걸었다. 기사를 작성하러 나가면서 웅성대는 일간지 기자들의 얼굴이 흐릿하게 보였다. 낯익은 그들에게서 동정의 눈빛이라도 볼까 봐, 의식적으로 시선을 피했다. 출입문으로 걸어가는 동호의 뒤로 흐느끼는 소리가 들려왔다. 승철의 어머니이리라. 동호는 법정 밖에 놓인 복도 의자에 어깨를 움츠린 채 다리를 모으고 앉아 그녀를 기다렸다. 기자들이 어수선하게 걷는 발소리들이 들렸지만 그의 상태를 짐작했는지 아무도 말을 걸지 않았다. 말을 걸었다면 그들을 증오했을 것이다.

승철의 어머니는 나오지 않았다. 창밖으로 오후 세 시의 햇살이 서초동의 어수선한 빌딩들 위로 뿌옇게 번지고 있었다. 무엇이 잘못되었을까. 절차를 협의하기 위하여 재판장과 통화할 때마다 동호는 그의 심중에 무엇이 똬리를 틀고 있는지 묻고 싶은 마음을 억제하느라 열병에 시달렸다.

물론 물어보아서는 안 된다. 답을 할 리도 없다. 재판 결과에 대한 희미한 단서라도 얻고자 재판장의 어조에 주의를 기울였지만, 이렇게 볼 수도 있고 저렇게 여길 수도 있는 말뿐이었다. 동호는 통화 내내 피고인이 무죄라는 자신의 확신이 충분히, 그러나 노골적이지는 않게 재판장에게 전달될 수 있도록 노력했다. 하지만 재판장은 그것을 피고인을 위하여 무슨 짓이라도 할 수 있는 변호사의 교활한 술책으로 생각했던 걸까. 아니면 그런 낮은 수를 사용하는 변호사들에게 이미 지쳐 있던 걸까. 어쩌면 동호가 피고인에게 속고 있다고 생각했으리라. 그러나 승철은 아내를 죽이지 않았다. 그의 잘못이라면 변호사를 잘못 선택한 것뿐이다. 대법원에 상고하는 절차가 남아 있지만 동호는 더 이상 희망이 없다고 생각했다.

동호는 고등법원 3층 복도를 걸었다. 엘리베이터를 지나쳐 계단을 걸어서 내려갔다. 평소에도 어두웠던 계단은 더욱 어두웠다. 어쩌면 정말 그사이에 정전이 일어났는지도 몰랐다. 얼마나 많은 변호사들이 사활을 걸었던 소송에 진 채 참담한 기분으로 이 계단을 내려갔을까. 이 법원을 일상적으로 드나들면서도 지난 몇 년간 한 번도 해보지 못한 생각이었다.

승철은 죄가 없다. 그러나 유죄 선고를 받았다. 죄가 없어도 유죄 선고를 받을 수 있다. 그러나 동호는 만일 죄가 없다면 방대한 소송 기록의 어느 구석에는 피고인의 무죄를 밝혀줄 희미하지만 명백한 증거가 반드시 숨어 있다고 믿어왔다. 수사기관이 신이 아닌 이상 기록의 어딘가에는 피고인이 유죄라면 도저히 성립할 수 없는 어떤 모순이 숨어 있을 것이고, 변호사는 그것을 법정에서 드러내면 된다. 1심 재판에서 동호는 집요하게 증거의 모순점들을 지적했고 승철에게 무죄가 선고됐다. 그렇게 명백하게 얻은 결론을 고등법원이 뒤집어서는 안 된다. 만일 뒤집어졌다면 그것은 변호사의 잘못이다.

동호는 자책했다. '그래, 내 잘못이다.' 아무리 절박한 요청이 있었더라도 단짝 친구를 직접 변론하는 것은 피했어야 했다. 승철이 "믿을 게 너밖에 없다"고 몇 번을 하소연했어도 굴복하는 게 아니었다. 그가 아무리 다른 변호사들은 믿을 수 없다고, 자신을 정말로 걱정해주는 친구만이 자신을 구할 수 있다고, 그렇지 않으면 자신은 도저히 안심할 수 없다며 울부짖었을 때, 냉정한 거리를 유지했어야 했다. 동호는 자책을 넘어서 갑자기 승철을 향한 분노를 느꼈다. 그가 정말로 친구라면 자신의 안위를 위해 동호를 이런 위험한 게임에 끌어들이지 않았어야 했다. 그의 삶은 그가 감당해야 했다. 변론을 계속 거절하는 동호를 설득하기 위하여 승철은 간교하게도 대학교 일학년 여름에 함께 동해로 떠난 기억을 환기시켰다. 그 바다를, 바닷가를 걸으며 맡았던 소금기 섞인 바람을, 그 바람을 맞으며 나눈 치기 어린 우정의 맹세를, 꼭 그렇게 소환했어야 했을까. 승철은 사람을 죽이지는 않았지만 자신의 결백을 밝히기 위하여 우정을 착취했다. 추억을 교살했다. 동호는 다른 의미에서 승철이 유죄라고 생각했다.

1

동호는 맨해튼의 웨스트 86번가에 위치한 아파트 14층 베란다에 서서 바깥을 바라보았다. 허드슨강에는 윤슬이 빛나고, 강 건너 뉴저지의 공동주택들이 노란빛 구슬처럼 이어져 있었다. 금요일 밤의 파티는 좀처럼 끝날 것 같지 않았다. 뉴욕에서 몇 안 되는 친구인 니나가 졸라서 온 파티였지만 낯선 사람들과 영어로 이야기를 나누는 것이 힘겨웠던 동호는 피로감을 느꼈다. 그는 달을 보았다. 음력으로 초사흘가량 되어 보이는 가녀린 달이다. 그 맵시가 서울에 두고 온 선우를 닮았다고 생각하는 순간, 누군가 다가오는 기척을 느꼈다. 니나다. 이십 년 전 부모와 함께 한국을 떠나 미국으로 온 니나는 파티를 즐겼다. 그녀는 여름 휴가철이면 매년 한국으로 가서 파티 문화를 널리 알리려고 노력했다. 돌아오면 고국에서 알게 된 사람들과 파티를 즐기는 장면을 페이스북에 올리고, 동호에게 스마트폰으로 보여주고는 했다. 동호는 언젠가 그 사진들 속에서 우연히 선우의 얼굴을 발견했다. 선우는 여전해 보였지만 말없이 떠나버린 동호를 추궁하듯 엄격한 표정이었다.

동호는 뉴저지 허드슨강변의 같은 공동주택에 사는 니나와 엘리베이터에서 여러 차례 마주치다가 말을 주고받게 되었다. 그러던 어느 적적한 일요일 점심에 역시 엘리베이터에서 마주친 니나가 같이 식사를 하자고 했고, 그 이후둘 다 약속이 없는 일요일 낮이면 함께 점심을 먹었다. 동호는 묻지는 않았지만 니나가 레즈비언이거나 적어도 양성애자라고 생각했다. 늦은 밤에 그녀가 머리를 짧게 자른 금발여인과 손을 잡고 공동주택으로 들어가는 것을 먼발치에서 두 번이나 보았기 때문이다. 니나가 동호의 안색을 살폈다.

"지루해?"

"전혀."

"그런데 이 궁상은 뭐야?"

"달이 멋져서."

"그게 바로 궁상이지. 그림 옆에 서 있는 여자 보여?"

동호는 붓질의 질감까지 느껴지도록 정밀하게 복제한 피사로의 그림 옆에 서 있는 여자를 보았다. 영락없이 일본인이었다.

"저 일본 여자가 왜?"

"중국 여자야. 아는 체 좀 하지 마. 내 친군데, 너한테 관심이 있나 봐."

"그래서?"

"무슨 대답이 그래? 긴장 좀 풀고 살아. 가서 이야기 좀 나눠."

"그냥 여기서 너랑 실없는 이야기나 할래."

"잠깐 기다려 봐."

니나는 그 여자에게 손을 크게 흔들었다. 중국계 여인이 니나를 잠시 바라보다가 거실을 가로질러 다가왔다. 니나는 그녀의 손을 잡으며 영어로 말했다.

"여기는 내 친구, 동호. 아까 이야기했지? 여기는 줄리. 일본 이름은 하나코."

"일본인이시군요."

동호는 니나를 흘겨보았다. 니나는 장난스럽게 눈웃음을 치며 말했다.

"둘이 이야기 좀 해 봐. 잠깐 이 집 주인에게 와인 맛에 대해 항의 좀 하고 올게."

동호가 니나의 손을 잡았다.

"와인 맛이 어때서? 그냥 놔둬."

"한국 식당에서 소주폭탄이나 마시니 와인 맛을 모르지. 내가 우아하게 항의하고 올 테니 기다려."

니나는 언제나처럼 성큼성큼 걸으며 사라졌다. 줄리는 고개를 숙였다가 홍조를 띠며 물었다.

"뉴욕에 온 지 얼마나 됐어요?"

"재작년 여름에 왔고 이제 다시 여름으로 접어들고 있으니, 이 년이 되었네요."

'벌써 이 년이 되었구나.' 동호는 승철의 대법원 판결을 기다리면서 미국으로 떠날 준비를 했다. 세 명의 파트너를 포함하여 아홉 명이 함께 일하던 법률사무소의 파트너 지위를 내놓고, 새로 소송을 맡기려는 의뢰인이 올 때마다 중간에 변호사가 바뀌리라는 것을 알려줬다. 대개는 다른 변호사를 찾아 떠났고, 더러는 차질 없이 처리해줄 것을 당부하며 일을 맡겼다. 동료들은 패소했다고 그럴 필요까지 있느냐고 만류했지만, 이 기회에 쉬면서 미국 변호사 자격을 취득하고 싶다고 둘러댔다. 하지만 사실은 삼십여 년간 살아온 서울을, 한국을, 우선은 떠나고 싶었다. 자신의 삶을 철저히 점검할 시간을 가지고 싶었다. 뉴욕대학교 로스쿨로부터 입학 허가를 받을 무렵 대법원의 상고는 기각되었다. 동호는 이미 예감하고 있었지만 다시 충격을 받았다. 기대하지 않는다고 스스로에게 말했지만, 그것은 이어지는 좌절감을 회피하려는 자기방어였다. 상고 기각 후 잠원동 아파트를 팔았고, 거추장스러운 가재도구들을 재활용 센터에 넘겼다. 책들도 대부분 처분했다. 그가 애착을 가지고 있는 30권 남짓의 책만 남겨두고, 목동의 파리공원 옆에 있는 양천도서관에 기증했다. 잘 입지 않는 옷들마저 모두 정리한 후, 작은 트럭 하나에 남은 짐을 싣고 오피스텔로 이사했다. 에어컨, 세탁기 따위가 완비된 광화문의 오피스텔을 단기간 빌렸는데, 누워서 잠을 청할 때면 이 도시에 아무 흔적도 남기지 못한 채 자신이 지워진다는 느낌을 받았다. 그 느낌은 슬프기보다는 홀가분했다. 그는 내버린 짐과 함께 승철에 대한 어떤 부채의식도 내려놓을 수 있기를 기대했지만, 그리 쉬운 일은 아니었다. 뉴욕행 아시아나항공 비행기에 앉아 안전벨트를 매고 스마트폰을 끌 때, 가슴속에서 무언가 울컥하며 꿈틀거리는 것을 느꼈다. 슬픔인지 서러움인지 죄책감인지 분명하지 않았다. 속마음을 잘 헤아리고 자신을 사로잡는 감정의 실체를 분명하게 알아내는 편이라고 생각해왔지만, 그때의 느낌은 안개에 휩싸인 듯이 알 수가 없었다. 그것을 해명하기 위해 스스로를 독려할 힘도 없었다. 그는 비행기가 이륙하고 나서야 옆자리의 승객이 자신을 걱정스럽게 바라보고 있었다는 것을 깨달았다.

줄리는 캘리포니아예술대학을 졸업하고 뉴욕에 정착한 후, 소호에 있는 회사에서 계약직 홍보 담당자로 일하고 있었다. 오사카에서 태어나 규슈로 이주해 살다가 고등학생

때 미국으로 이민 왔다고 했다.

"아주 어렸을 때 쓰시마에 놀러 갔다가 페리를 타고 다시 부산에 가봤어요. 무슨 공원의 전망탑에도 올라가고, 유명하다는 해변도 갔었는데······."

"용두산공원에 간 모양입니다. 해변은 해운대겠죠. 요즘은 해운대 일대에 고층 건물들이 잔뜩 들어서서 못 알아볼 겁니다."

"쓰시마에는 가봤어요?"

"줄리와 반대로 부산에서 페리를 타고 가본 적이 있습니다. 몇 년 전 일이라 어떤 다리의 모습, 섬 정상에서 내려다본 바다, 그리고 여전히 한국인 것처럼 휴대폰이 간혹 연결되었다는 것밖에 기억이 안 나네요."

줄리가 쓰시마를 척박한 섬이라 말할 때, 니나가 스페인산 와인 한 병을 들고 왔다.

"뭐라고 협박하고 받아냈어?"

"오늘 준비된 와인이 너무 맛있지만 다른 종류도 있냐고 하니까 웃으면서 바로 내주던걸. 이거 들고 집에 가서 마실까? 줄리도 같이."

세 사람은 엠파이어스테이트빌딩 근처에서 자가용 영업을 하는 차를 타고 링컨 터널을 건너 뉴저지로 달렸다. 동호는 뉴저지의 허드슨강변을 달리는 차 안에서 맨해튼 방향을 바라보았다. 사진으로만 보던 마천루를 매일같이 보게 된 지 이 년이 흘렀지만 그 압도적인 풍경은 여전히 낯설었다. 삼십 분을 달려 도착한 공동주택은 조용했다. 자정이 넘었고, 달은 맨해튼 위로 떠올라 있었다. 동호와 줄리는 3층에 있는 동호의 집으로 먼저 들어갔다. 잠시 후 트레이닝복으로 갈아입은 니나가 초인종을 눌렀다. 냉장고, 세탁기, 에어컨이 빌트인으로 된 동호의 집 거실에는 이케아에서 구입하여 조립한 커다란 직사각형 원목 식탁이 한가운데 놓여 있었다. 동호는 그 식탁에서 식사도 하고 책도 읽고 음악도 들었다.

니나가 동호의 집을 방문한 것은 이번이 두 번째였다. 두 달 전 어느 주말 밤에 니나가 갑자기 전화를 해왔다. 피곤하여 일찍 잠을 청했던 동호에게 오늘은 집에서 혼자 잠들고 싶지 않은데, 혹시 소파에서 자도 되느냐고 물었다. 니나에게 침대를 양보하고 소파에서 잠을 청하던 동호는 그녀가 침대에서 흐느끼는 소리를 들었다. 동호는 금발 여인이 떠난 모양이라고 생각했다.

세 사람이 두서없는 이야기를 나누고 있는데, 줄리는 동호에게 무슨 소리가 들리지 않느냐고 물었다. 진동으로 설정한 스마트폰이 울리고 있었다. 동호는 '새벽 한 시에 전화할 사람은 없을 텐데' 하고 생각하며 스마트폰을 들여다보았다. 한국에서 걸려온 전화였다.

"연 박사님, 어쩐 일이세요? 잘 지내셨죠?"

"아, 강 변호사님. 너무 늦은 시간 아닌지 모르겠네요. 죄송합니다. 혹시 통화 가능하세요?"

"네, 괜찮습니다. 안 자고 있었습니다."

"급한 일이라 전화를 드렸습니다. 이야기가 긴데, 이메일을 보내드릴 테니 봐 주시겠습니까?"

"그러시죠."

"작년에 제가 뉴욕에 방문했을 때 연락을 주고받던 구글메일로 보내면 되겠습니까?"

"네, 그러시죠."

"그럼 너무 늦었으니 이만 전화 끊겠습니다. 밤늦게 미안합니다."

"별말씀을…… 그럼 메일 보내주세요."

니나가 물었다.

"이 시간에 누구?"

"작년에 뉴욕에 왔던 서울시장의 정치 컨설턴트. 유엔 본부 근처에서 같이 식사했잖아. 너무 정치 이야기만 한다고 네가 미워하던."

"매너 없다. 이 시간에 전화하고."

술이 불콰해진 니나와 줄리는 니나의 집으로 돌아갔고, 동호는 침대에 누웠다. 창밖으로 가로등 불빛이 어른거렸다. 작년 여름에 몬태나주에 갔던 기억을 떠올렸다. 동호가 렌터카를 타고 고요한 평원을 한없이 달리던 순간을 그리는 찰나, 메시지가 왔다. 메일을 보냈다면서 첨부한 문서의 비밀번호를 알려주는 연 박사의 메시지였다. 동호는 일어나서 메일을 확인하려다 포기하고 몬태나주의 밤하늘을 조금 더 머릿속에 떠올리다 잠이 들었다.

동호는 새소리에 잠이 깼다. 이 집의 좋은 점이었다. 아직 오전 여섯 시였지만 일어나 샤워를 했다. 자전거를 타고 주택가를 달려 강변을 따라 극장과 슈퍼마켓과 식당들이 늘어선 지역을 지나 어느 공동주택 단지에 이르렀다. 동호는 자전거를 세우고 강변을 바라볼 수 있는 벤치에 앉았다. 들오리 몇 마리가 줄지어 걷고 있었다. 동호는 그들을 물끄러미 바라보았다. 십여 분간 그렇게 무심히 앉아 있는데, 니나에게서 메시지가 왔다. 아침을 준비할 테니 한 시간 후에 같이 먹자는 메시지였다. 동호는 그러자고 답을 한 후, 다시 집으로 자전거를 달렸다. 길옆으로 이슬이 맺힌 잡초들이 흩어져 있었고, 주택가에서 한 스페인계 소년이 혼자 공놀이를 하고 있었다. 동호는 그 소년에게 웃어 보이고 계속 집으로 자전거를 달렸다.

　동호는 식탁에 앉아 노트북을 열었다. 메일을 확인하고, 첨부 파일을 열자 비밀번호를 입력하는 창이 떴다. 영문 대문자 자판 상태에서 연 박사가 알려준 대로 한글로 '민주주의'라고 입력하자 문서가 열렸다. 시장이 직접 작성한 문서였다.

2

강 변호사, 잘 지내시지요?

미국에서 얼마나 고생이 많습니까? 자세한 이야기는
직접 만나서 하기로 하고, 바로 본론으로 들어가지요. 전
임 시장 시절의 서울시 비리에 관한 문제입니다. 물론 아
직 확인된 것이 아니지만 흉흉한 이야기가 자꾸만 들려
옵니다. 그런데 지난달에 어느 부동산 개발 회사의 전무
가 비서실장을 찾아왔습니다. 실장이 보고한 내용에 따
르면, 그 전무가 담당 실무자뿐만 아니라 전임 시장에게
도 분명히 무슨 비리가 있다고 합니다. 그러면서도 결정
적인 단서를 주지는 않았답니다. 단서를 주는 대가로 시
에서 사업상 무언가 배려해주기를 바라는데, 그런 것을
약속할 수는 없지 않습니까? 그렇다고 검찰에 수사를 의
뢰하자니 너무 막연하고, 여당 눈치를 보는 검찰이 조사
를 제대로 할 리도 없습니다.

연 박사와 상의한 결과, 우선 강 변호사에게 부탁하여 비밀스럽게 조사하는 것이 좋겠다고 결론을 내렸습니다. 강 변호사가 일하는 사무소의 마이클 김 대표 변호사는 저도 서울에서 한 번 만난 적이 있습니다. 한 달 정도 휴직하는 것을 양해해달라고 부탁할까 합니다. 물론 시에서 적당한 국제자문 업무를 의뢰하면, 강 변호사가 더 편히 움직일 수 있겠지요. 사실은 비서실장을 통해 마이클 김 변호사에게 이미 허락을 받았습니다. 일주일 정도만 주어지면, 현재 강 변호사가 진행 중인 사건들을 재배당 할 수 있다고 하더군요. 제가 너무 일방적으로 정했나요? 아무튼 허락해주실 것으로 믿습니다. 실무적인 사항은 실장이나 연 박사와 상의해주세요.

참, 제가 처음 당선될 때 흑색선전에 대한 방어를 잘 진행해준 점에 대해서 다시 한번 감사드립니다.

2015.7.

고윤석 드림

동호는 노트북을 닫았다. 앞으로 적어도 몇 년간은 한국으로 돌아갈 생각이 없었다. 너무 바쁘지 않게 일하고, 그렇게 받는 월급으로 임대주택 월세를 밀리지 않으면서 잘 지내왔다. 앞일을 생각하지 않고 남지도 부족하지도 않은 생활을 영위하는 것은 마음의 균형을 잡는 데 도움이 되었다. 그 균형이 체념일 수도 있겠지만 일단은 비틀거리지 않는 것이 중요했다.

가급적 깊은 생각을 하지 않고 일상을 성실하게 재생산하면서 주어진 기능적인 일에 집중한 채 보내는 하루하루가 제법 괜찮았다. 마음에 어떤 회한이나 두려움이 일어나는 밤이면 수면제를 반 알씩 먹고 곧 잠들었다. 알약을 삼키고 몇 분이 지나면 가볍게 퍼져나가는 약 기운을 느낄 수 있었다. 그리고 어느 순간 아침이 왔다. 아침이면 어쨌든 빛이 있었고, 새의 지저귐과 거리의 소음도 있었다. 식빵 한 조각과 우유, 요구르트 따위로 허기를 달래고 서둘러 맨해튼으로 가는 버스를 탔다. 버스에서 바라보는 허드슨강 건너의 마천루는 늘 위압적이고 생경했다. 어린 시절에 사진으로 보며 경탄했던 엠파이어스테이트빌딩 54층으로 올라가면 하루가 온전히 시작된다.

동호는 온갖 걱정과 두려움과 권태를 바이러스로 생각했다. 면역력이 떨어지지 않도록 과로를 피하고 병균 감염을 막기 위해 깨끗하게 손을 씻듯, 그는 부정적인 감정이 침입하지 못하도록 애썼다. 감기 몸살처럼 일주일씩 자신을 휩쓸고 가는 감정의 동요 같은 것이 없기를 원했다. 한두 번을 빼고는 잘 피해갔다. 정신위생의 승리라고나 할까. 그러나 '한국으로 돌아간다'는 생각은 순식간에 동호의 의식을 불안하게 했다. 동호의 마음이 휘청거렸다. 기억이 타올랐다. '돌아간다. 돌아가지 않는다. 아니 돌아간다…….'

스마트폰의 진동이 울렸다. 십 분 후 자기 집으로 오라는 니나의 메시지였다. 동호는 알았다는 메시지를 보냈다. 잠시 후 찾아간 니나의 집 식탁에는 뜻밖에도 밥이 차려져 있었다. 미소수프, 장조림, 콩나물무침, 달걀부침, 그리고 김치까지. 대단한 요리라고 할 만한 것은 아니었으나 동호는 강렬한 식욕을 느꼈다. 열어놓은 창으로 이른 아침 바람이 시원하게 밀려왔고, 줄무늬가 있는 하늘색 커튼은 바람에 나부끼면서 햇빛을 반사했다.

"행복해지는데."

니나를 바라보며 중얼거리던 동호가 물었다.

"니나, 한국에 마지막으로 간 게 언제였지?"

"나는 여름마다 가잖아. 그래도 벌써 일 년이 됐네. 그런데 이번 여름은 그냥 뉴욕에 있으려고. 시카고에 사는 언니에게 잠깐 다녀올까 해. 왜?"

"잠시 서울에 다녀올 수도 있어서."

"가면 되지 왜? 아, 미국에 온 이후 처음인가? 그러고 보니 한국에 가끔 다녀올 만도 한데, 한 번도 안 갔네. 한국에

26

는 누가 있어? 부모님? 설마 와이프가 있는 건 아니지? 싱글이라고 했잖아."

"있으면 있다고 했겠지."

니나가 갑자기 궁금해 못 견디겠다는 표정을 지었다.

"한국에서 뭔가 일이 있었구나. 그러고 보니 한국 얘기 하는 걸 거의 못 들었네. 언제 한번 들려줘."

"기회가 되면 얘기할게. 아침에 할 이야기는 아니고, 술 마시면서 말할 기회가 있겠지."

"그때 저도 끼워주세요."

손으로 턱을 괴고 대화를 듣고 있던 줄리가 말했다. 동호는 열어놓은 창을 통해 흘러 들어오는 공기에서 꽃향기를 느꼈다. 식사를 마칠 무렵 동호는 한국에 가기로 마음먹었다.

마이클은 카키색 면바지와 회색 티셔츠를 입고 있었다. 동호는 마이클과 월요일에 이야기를 하려고 했는데, 니나의 집에서 돌아와 잠시 낮잠을 자다가 마이클의 전화를 받았다. 토요일인데도 급한 업무가 있었는지 사무실에 출근한 모양이었다. 사십 대인 마이클은 한국계로, 뉴욕에서 검사 생활을 잠깐 하다가 마약범들이 서로 총격을 벌인 살인 사건 현장에서 구토를 일으킨 후 바로 변호사로 개업했다. 영어와 한국어를 완벽하게 구사하는 것은 물론, 언변과 수완도 좋은 그는 미국에 진출한 한국 대기업들의 뉴욕 비즈니스에 제법 관여했다. 동호는 그중 일부 업무를 배당받아 처리했다. 마이클은 흥미롭다는 표정으로 입을 열었다.

"비서실장이 전화했길래 승낙을 했습니다. SK가 다음 주 중에 달라는 의견서 초안만 작성해주시면 나머지 일은 당분간 제가 데이비드하고 분담해서 처리하지요."

"감사합니다. 일단 한 달 정도면 될 것 같습니다. 급한 연락은 이메일이나 전화로 주시면 되고요."

동호는 마이클의 머리 위로 멀리 헬리콥터가 날아가는 것을 보았다. 마이클은 쥐고 있던 수성 펜을 엄지와 검지 위로 한 바퀴 돌렸다.

"그런데 어떤 일인지요? 비서실장이 자세한 이야기는 안 하고, 서울시의 방대한 서류들을 조사할 필요가 있다고만 하더라고요. 그런데 왜 굳이 미국에 있는 강 변호사를 불러야 하는지는 모르겠네요."

"오히려 미국에 있기 때문에 요청하는 것일 수도 있지요. 저도 아직 내용을 잘 모릅니다만, 외부에 알려져서는 안 되는 사안인가 봅니다. 시 내부에서 딱히 누구에게 맡기기도 어렵고, 그렇다고 정식으로 한국 내 법률사무소와 계약하여 맡기는 것도 내키지 않는 모양입니다. 일단 저도 이야기를 자세히 들어봐야 하는 형편입니다. 혹시 제가 처리하기 곤란한 사안이라고 판단되면 곧바로 돌아올 수도 있습니다."

동호는 더 민감한 질문이 들어오기 전에 사무실을 나서야겠다고 생각했다. 이때 마이클이 일어섰다.

"급여는 그대로 지급하겠습니다. 시가 보상 차원에서 우리 사무소에 다른 국제자문 업무를 하나 맡긴답니다. 뭐, 강 변호사가 한 달쯤 휴직한다고 해도 크게 문제될 것도 없고요. 다시 이야기할 것이 있으면 월요일에 마저 하기로 하지요."

동호는 가볍게 눈인사를 하고, 자기 방에 들러서 가방을 챙겼다.

동호는 엠파이어스테이트빌딩 부근의 한인 타운을 걸어서 통과해 워싱턴 스퀘어 공원 방향으로 계속 걸었다. 아직 달아오르기 전인 칠월 초의 햇볕은 언제나 분주한 이 도시를 빛으로 감싸서 활기를 더해주었다. 조금씩 비대해지기 시작하는 가로수와 빌딩의 그늘, 그리고 신호등을 헤치고 계속 맨해튼의 남쪽으로 걸어갔다. 동호는 워싱턴 스퀘어 공원의 빈 벤치에 앉았다. 주말 오후를 즐기는 사람들 사이에 섞여 오랜 시간 분수를 바라보았다. 뉴욕에서 안식년을 보내고 있는 대학교 동창 부부가 느닷없이 다가와서 인사를 하기도 했다. 동호는 이 년 전 뉴욕에 도착하자마자 이 공원에 와서 분수를 바라보던 때를 떠올렸다. 그때는 어찌할

바를 몰랐다. 영어는 서툴렀고, 마음은 텅 비어 있었으며, 은행 잔고는 간당간당했다. 뉴욕에 아는 사람이라고 사촌 형밖에 없었는데, 기질이 맞지 않아서 왔다는 사실을 알리지 않았다. 아니, 어느 누구하고도 인연으로 엮이고 싶지 않았다. 결국 포기하고 말았지만, '강아지를 한 마리 기를까?' 생각하던 시절이었다.

외국인 법률가들을 위해 단기간으로 제공되는 일 년간의 로스쿨 과정을 마치고 뉴욕주 변호사 자격을 얻었을 때, 다시 이 공원의 벤치에 앉았다. 마이클 김 변호사의 법률사무소에 입사 지원을 하고 저녁 무렵에 면접을 보러 가던 길이었다. 이런저런 경력이 이미 전달되어 사실상 입사는 정해진 상태였으나, 이 나이에 면접을 다시 본다고 하니 긴장감이 없지 않았다. 그때에는 오늘과 반대로 노을이 물든 이 공원에서부터 엠파이어스테이트빌딩까지 걸어갔다. 보안 검색을 거쳐 말로만 듣고 사진으로만 보던 건물 안으로 들어가는 경험은 신기했다. 낮에 마이클을 만났던 54층 회의실에서 바라본 뉴욕의 노을은 얼마나 장엄했던가. 제법 길었던 면접을 마쳤을 때에는 이미 어둑해져 있었고, 주변 빌딩들은 무수한 불빛을 뿜어내고 있었다. 54층의 코너에 자리를 잡은 데다 두 벽면이 통유리였던 회의실로 쏟아져 들어오던 마천루들의 찬란한 불빛을 동호는 언제까지고 잊지 못할 것이다.

동호는 오늘은 페리를 타고 허드슨강을 건너 집으로 가기로 마음먹었다. 남쪽 11번 부두로 걸었다. 부두에 도착하자마자 바로 허드슨강 건너의 위호켄으로 가는 페리를 탈수 있었다. 위호켄에 도착할 때까지 뉴저지를 등지고 계속 맨해튼을 응시했다. 동호는 위호켄에서 다시 강변을 달리는 버스를 타고 집으로 돌아왔다.

3

서연은 날렵하게 차선을 변경해 2차선의 빨간 스포츠카를 추월했다. 운동신경이 남달리 뛰어난 그녀는 움직임이 기민하면서도 단호했다. 그것은 그녀의 정신에도 영향을 미쳤다. 판단은 빠르고 결심은 확고하며 군더더기가 없었다. 남의 시선에 따라 마음이 흔들리는 법도 없었다. 동호는 내향적인 성격을 이겨내기 위해 애써 평정심을 발휘해야 할 때가 많았지만, 서연은 언제나 평온했다. 그것은 단순한 평온함이 아니라 자신감으로 무장한 평온함이었다. 그런 서연을 볼 때마다 동호는 장대 하나를 들고 고공에서 외줄타기를 하는 모험가를 떠올렸다. 서연은 전방을 주시한 채 이야기를 꺼냈다.

"갑자기 귀국한 이유가 뭐야?"

"급히 처리할 일이 생겨서."

"그렇게 한번 오라고 해도 오지 않더니."

아직 응어리가 풀리지 않은 목소리였다. 서연은 동호가 미국에 가는 것까지는 찬성했다. 잠시 변호사 업무에서 손을 떼고 여력이 있다면 미국 변호사 자격을 얻어두는 것도 괜찮은 일이라고 했다. 하지만 동호의 미국행이 승철의 유죄판결 때문이라는 것을 알게 되자 그를 힐난했다. 서연은 그토록 감정적인 동호의 행동을 납득하기 어려웠다. 그녀가 보기에 동호는 최선을 다했다. 판결이 잘못되었다면 판사의 책임이거나 사법 시스템의 문제일 뿐, 그가 죄책감을 가질 문제가 아니다. 이것이 그녀가 생각하고 느끼는 방식이었다.

삼십 대의 두 남매가 낮고 느린 어조로 서로와 지인들의 안부를 묻고 확인하는 동안 승용차는 어느새 올림픽대로로 진입하여 여의도로 향하고 있었다. 동호는 여름의 기세가 짙어가는 늦은 오후의 한강변을 바라보았다. 선유도공원이 눈에 들어왔다. 그는 빗물펌프장을 절묘하게 개조하여 만든 이 공원을 좋아했다. 주말이면 자전거를 달려 공원 앞에 세워두고, 한 시간 정도 산책을 하고는 했다. 몇 해 전 노을이 질 무렵 공원 근처의 송전탑을 바라보며 찍었던 사진은 아직도 그의 스마트폰에 저장되어 있다.

서연은 한남대교를 건너 버티고개 쪽으로 달렸다. 동호가 머물 레지던스는 버티고개역 근처에 있었다. 그녀는 동호를 레지던스 입구에 내려주며 물었다.

"저녁은?"

"같이할까?"

"바로 옆에 이탈리아인이 하는 괜찮은 레스토랑이 있는데, 어때?"

"좋지."

"그럼 짐을 풀고 여섯 시에 봐. 위치랑 전화번호는 메시지로 찍어줄게. 나도 집에 잠시 들렀다가 갈게."

"그래, 고마워. 이따가 봐"

동호는 1층 프런트에서 시의 직원이 전화로 알려준 대로 1212호 카드키를 받은 후 엘리베이터를 탔다. 스튜디오 형태의 레지던스는 쾌적했다. 커튼을 열자 왼편으로는 한남동으로 이어진 대로가, 오른편으로는 남산 자락의 울창한 소나무들이 눈에 들어왔다. 하나뿐인 가방을 풀어 정리하는 데는 그리 오랜 시간이 걸리지 않았다. 샤워를 하고 반팔 티셔츠와 편안한 바지로 갈아입었다. 손목시계는 오후 5시 15분을 가리키고 있었다. 침대에 누워 잠시 눈을 감았다.

삼십 대 후반의 레스토랑 주인은 이탈리아 억양이 뚜렷한 영어로 손님을 맞이했다. 동호가 동생의 이름을 대자 주인이 안쪽을 가리켰다. 서연은 이미 도착해 있었다. 그녀는

주인과 친한 듯 자매처럼 이야기를 주고받으며, 아라비아
따 파스타와 풍기 피자를 주문했다. 주방 안에서 우직해 보
이는 이탈리아인 한 명과 한국인 한 명이 부산하게 움직이
고 있었다.

"형은 왜 영월로 갔어?"

"시장의 정무비서관으로 일하다가 시 공무원들하고 문제
가 생겼나 봐. 잘 알잖아, 어지간해서는 안 물러서는 성격.
큰오빠는 공무원들의 무사안일주의를 용서할 수 없었겠지.
공무원들 일하게 만들려고 계속 시장을 푸시했는데, 공무
원들이 시장에게 큰오빠에 대해 계속 불만을 표시했대. 시
장이 고민하다가 공무원들 손을 들어주니까 큰오빠가 화
가 많이 나서 시장이 만류하는데도 몇 달 쉬겠다고 그만두
었어. 건강도 많이 안 좋아졌고. 마침 오빠 친구 중에 영월의
골짜기에 별장을 지은 사람이 있어. 작은오빠도 보면 알 거
야. 현대자동차 하청회사로 돈 좀 번 친구 있잖아."

"정진구든가?"

"응, 그 비슷한 이름. 그런데 별장이 너무 멀어서 자주 가
지 못하고, 그러다 보면 관리가 안 되잖아. 그러던 차에 큰오
빠가 거기 들어가서 관리도 하고 쉬기도 하기로 했어. 나도
지난봄에 한 번 친구들하고 놀러 갔어. 영월 시내에서도 한
시간, 산길로 접어들어서도 한 삼십 분은 가야 돼. 사방 일

킬로미터 내에 아무도 없을걸? 큰오빠가 원래 겁이 없잖아.
거기서 혼자 먹고 자고 해."

서연은 파스타를 포크로 말아 올렸다.

"뉴욕은 어땠어? 애인은 생겼어?"

"애인? 뉴욕에서 동양인 남자가? 아무도 눈길도 안 주던
걸. 여기서 호강했다는 것을 가서 깨달았어."

"정신 좀 차렸구나. 참, 선우 씨는 이태원에서 가끔 마주
쳐. 나를 보면 뚫어지게 쳐다봐. 그러고는 눈인사만 하고 사
라져. 늘 같아. 세 번 봤는데 같은 외국인이랑 다니는 것 같
아. 동료인지 애인인지는 모르겠고. 은발에 키가 커. 아주
멋있던데. 오십 대 초반 같아. 그래도 오빠에 대해 물어볼 법
도 한데, 전혀 묻지를 않더라고. 무슨 일이 있었던 거야?"

"그 이야기는 여기까지만. 형 이야기나 더 해 봐. 가보니
까 뭐 하고 있던?"

서연은 엄지와 검지로 얄밉게 쥐고 있던 피자 조각을 내
려놓고 얼굴을 동호에게 가까이 하더니 말했다.

"내가 보기에는 미쳐가는 것 같던데. 라캉 같은 수상한 사
람들의 책을 잔뜩 책상에 쌓아놨더라고."

"수상하다고까지 할 거 있나?"

"내가 정신과 의사잖아. 수상한 거 맞아."

"너희들이 미국식으로 너무 약물에 의존한다는 이야기도

많던데."

"인간은 일단 동물이고 물질이야. 그것을 인정하지 않으면 이야기가 진전이 안 돼. 물론 정신이 중요하지. 하지만 그것이 물질인 뇌의 기능이라는 사실을 한시도 잊으면 안 돼. 지금 천체물리학을 해야 하는데 별자리로 점을 치면 안 되지. 그건 과학이 성숙하기 전의 소박한 내러티브들이고. 거기에서 영감을 얻을 수는 있겠지만 사실로 믿으면 안 되지. 그것을 바탕으로 치료하려고 하면 더욱 안 되고. 라캉이 하는 이야기는 정신에 대한 은유일 뿐이야. 뇌과학이 아직 성숙하지 못한 시대에 유행했던. 21세기에 별자리를 보고 가뭄의 원인을 찾으면 망하는 거야."

"라캉이 의사들에게 그렇게 평판이 안 좋은지는 몰랐네."

"정신과 전공의를 뽑을 때, 면접에서 라캉 운운하면 바로 탈락이야. 과학을 지향해야 할 의사가 신화 속을 헤매고 다니면 끝이라고."

"형한테 그런 이야기 좀 해줬어?"

"인문학에 관심 있는 사람들이 그런 식으로 자기 지혜를 키워가는 것까지는 좋지. 라캉주의자가 되어 너무 매사에 적용하려고 하면 인생의 낭비가 되겠지만. 좀 읽다 말겠지 싶어서 놔뒀어. 같이 쌓여 있던 들뢰즈나 지젝은 나도 전혀 모르는 소리를 하는 사람들이라 할 말이 없고. 지금 여기의 삶과 거의 무관한 소리들이라는 것까지는 알지만. 그걸 연구하는 학자들이 불면증이나 우울증에 걸리면 나한테 와서 약을 받아 가. 그렇다고 내가 더 우월한 것은 아니지만, 학자들이 연구 대상으로 삼은 철학자가 학자의 삶을 실제로 이끌어가는 경우는 드물다는 것을 알게 됐지. 교수 임용 신청을 해놓고 결과가 궁금하면 점쟁이도 만나고 그러더라고."

"참, 스틸녹스를 처방해줄 수 있을까. 네가 알려준 대로 가끔 잠이 안 올 때 반 알씩 먹는데, 마침 거의 떨어져서."

"다음 주에 미리 문자하고 병원에 들러. 열 알 정도 처방해줄게."

동호는 전문가로서 건강하고 자신 있게 인생을 이끌어가는 서연을 보면서 뿌듯하기도 하고 부럽기도 했다. 명쾌하고 주저함이 없는 중추신경. 살면서 딱히 심각한 고통이나 좌절을 맛볼 기회가 없었을 텐데도 인간에 대한 이해가 깊은 것을 어떻게 설명할 수 있을까. 어쩌면 임상 경험이 직접적인 경험의 결핍을 충분히 상쇄해주었는지도 모른다. 고통 받는 인간들을 얼마나 많이 보았겠는가.

동호와 서연은 주문한 음식을 깨끗이 비우고는 디저트로 아포카토까지 나누어 먹고 일어섰다.

"오빠, 아무 때나 문자 해. 냉장고에 반찬도 있어야 할 텐데, 그것은 내가 프런트에 맡겨놓을게. 귀국 축하해. 그리고 나 이혼한 것에 대해 아무것도 묻지 않아서 고마워. 한국에는 그런 사람들이 너무 드물어서."

서연은 운전석 창문을 완전히 내리고 손을 흔들었다. 동호는 고개를 끄덕이며, 큰길까지 차를 따라 걸었다. 큰길에서 우회전한 서연의 차가 고개를 넘어 보이지 않게 되자 손목시계를 보았다. 8시 30분까지 시장 공관으로 가려면 서둘러야 했다. 횡단보도를 건넌 후 버스를 기다렸다. 다행히 버스는 곧 도착했다.

동호가 정원이 넓은 주택 형태의 공관에 와본 것은 이번이 두 번째다. 시장이 2010년에 처음 당선된 후에 캠프의 팀장급 실무자들 십여 명을 초대한 적이 있었다. 정원에 줄지어 늘어놓은 식탁 위에 종류가 많지는 않았지만 뷔페식으로 음식을 차려놓았다. 즐거운 자리였기에 다들 막걸리를 제법 마셨다. 술을 입에 대지 않는 시장도 반 잔 정도 마셨지만 격의 없는 대화를 이끌어갔고, 다들 고무되어 이대로 대선까지 가자는 분위기에 이르렀다.

동호는 바로 그 정원에 앉아서 시장을 기다렸다. 공관에 근무하는 남직원이 다가왔다. 그는 인도네시아 자바섬에 있는 어느 소도시 시장이 서울을 방문했는데, 만찬이 다소 길어졌다고 알려주었다. 동호는 잠시 트위터의 타임라인을 심드렁하게 살펴보았다. 특별한 일은 없었다. 어느 조연급 배우가 경솔한 발언으로 네티즌들에게 뭇매를 맞고 잠적했다. 밤의 정원은 덥지도 춥지도 않았다. 정원을 밝힌 은은한 등들이 흐릿한 노란색을 띠면서 차츰 식어갈 때 시장은 연 박사와 함께 도착하여 인사를 하고 자리에 앉았다. 동호는 코코아를 마시고 있었고, 시장은 이 시간에 커피는 안 된다며 얼그레이 차를 주문했다. 연 박사는 그냥 물을 마시겠다고 했다.

"강 변호사, 정말 오랜만이네요. 여기는 저를 도와주는 연 박사. 서로 잘 아시지요?"

동호는 2010년 시장 선거 당시 장충체육관에서 열린 경선 행사에서 처음 인사를 한 이후로 아주 가끔 연락을 한다고 말했다. 뉴욕에서 만났다는 이야기는 굳이 하지 않았다. 정치 컨설턴트는 크렘린 같은 음험한 존재일 거라는 막연한 추측과 달리, 동호는 연 박사가 의외로 대면하기에 편안하다는 것을 뉴욕에서 만났을 때 알았다. 시장은 이야기를 시작했다.

"제가 처음 당선되기 전의 전임 시장인 민상철 의원하고도 연관되는 이야기입니다. 우면산 근처에 초대형 복합유통단지를 세우는 것과 관련하여, 인허가 비리가 의심된다는 기사를 혹시 본 적이 있으신가요?"

"들어본 것 같습니다만, 유야무야된 것 아닌가요?"

"감사원에서 강도 높은 조사도 해보았지만 인허가 절차를 깔끔하게 진행하지 못했다는 이유로 담당 공무원 두 명이 각각 삼 개월 정직 처분을 받고 일단락되었지요. 그런데 그 후에도 감사원이 로비를 받고 덮었다, 검찰이 제보를 받고 살펴보다가 묻어두었다는 등 이야기가 많았습니다. 2014년에 재선된 후 시에서도 조사를 해보았는데 뚜렷한 물증은 없고 다들 쉬쉬하니 제대로 진전이 안 되었죠."

"그런데 새로운 정보가 입수된 거군요."

"메일에 적은 것처럼 그 사업을 추진했던 부동산 개발 회사의 예전 전무가 비서실장을 찾아왔습니다. 원래 건축 허가가 날 수 없는데, 그것이 어떤 경위로 그렇게 된 것인지 알려주겠다는 겁니다. 전임 시장과 부동산 개발 회사 회장이 모종의 거래를 했다는 말이지요. 비서실장에게 말하기를, 보복이 두렵지만 진실을 밝히겠다는 겁니다. 다만 자기도 서울시와 연관된 사업을 하나 준비 중인데 행정상 편의를 좀 봐달라는 겁니다. 시에서 심의를 신속하게 통과시켜준다는 확신만 있으면 양재동의 어느 부동산을 매입하여 개발할 생각인 모양입니다. 자기주장으로는 불법도 아니고 다만 신속하고 정확하게 진행해주겠다는 약속만 해달라는 것인데, 아무리 그래도 요즘 세상에 그런 것을 어떻게 보증

합니까?"

"그렇지요."

동호의 대답을 받아서 연 박사도 한마디 거들었다.

"아무튼, 무슨 일이 있는지 밝히는 것도 중요하지만, 그게 사실이라면 전임 시장이 더 이상 정치를 못 하게 막아야 하지 않겠습니까. 이대로 두면 보수의 아이콘이 되어 대선에서도 유력한 후보가 될 텐데, 그건 아니죠."

동호는 잠시 고 시장이 다가올 대선에 출마할 가능성에 대해 생각했다. '2017년 겨울에 대선이 있고 임기는 2018년 봄까지이니 중간에 시장직을 사퇴해야 하는데, 정치적 부담이 좀 있겠군. 물론 경선 때까지 사퇴를 미루다가 경선에서 승리한 후 그만둔다면 너무 무리하는 것은 아닐 테지.' 동호는 망설이다가 말을 꺼냈다.

"외람된 말씀입니다만, 혹시 2017년에 출마하시는지요?"

시장은 바로 대답하지 않고 연 박사를 쳐다보았다. 연 박사가 대신 대답했다.

"가능성은 열어두고 있지만, 현재로서는 시장님의 당내 기반이 취약하기 때문에 경선에서 이기기가 어렵습니다. 그것을 극복하려면 지지율을 더 끌어올려야 합니다. 제 계산으로는 대선 후보로서의 지지율이 10퍼센트대 중반은 되어야 그때부터 준비가 가시화될 수 있습니다. 지금은 너무 유동적입니다. 시장 연임을 통해 꾸준히 세력 확대를 꾀하는 것이 정석인데, 그렇게 세월만 보낸다고 일이 되는 것도 아니고. 몇 가지 이벤트를 통해 지지율을 좀 흔들어보아야 하는 겁니다. 눈에 띄는 프로젝트도 좀 하고. 물론 이 사건이 잘 파헤쳐지면 고 시장님의 공로가 될 수도 있겠지요."

시장은 묵묵히 듣다가 다소 불쾌하다는 듯이 말했다.

"그런 전략까지는 잘 모르겠습니다. 선거는 나중 일이고요. 일단 비리 의혹이 있고 그것을 밝힐 사람이 저밖에 없다면 해보는 것이 시민에 대한 의무라고 생각합니다. 도와주시겠습니까?"

"알겠습니다. 그런데, 어떻게 시작해서 어떤 방식으로 진행해야 할지 막막하네요."

"관련된 방대한 서류를 모두 PDF 파일로 만들어 일단 전달해드리지요. 2만 페이지 정도 된다고 합니다. 믿을 만한 직원 한 사람 소개해드릴 테니 그 사람에게 파일을 전달받으세요. 서류 보시다가 궁금한 사항은 수시로 문의하고, 추가 자료가 필요하면 언제든 요청하세요."

"알겠습니다."

"형님은 영월에 계시다면서요? 서울에 올라오면 제게 연락 좀 하라고 하세요. 그 친구 참, 성질머리하고는."

동호는 일어나서 시장과 연 박사에게 인사를 했다. 시장은 연 박사를 가리키며 말했다.

"꼭 중요한 일이 있으시면 제게 전화를 하시거나 메시지를 보내셔도 좋습니다만, 중간중간 전략적 판단이 필요할 때에는 연 박사와 상의하세요. 방금 말씀드린 직원 연락처는 비서실장이 메시지로 보내놓을 겁니다. 아, 그리고 그 전무가 비서실장에게 이 건에 어느 화랑이 연결되어 있다고 말했답니다."

"어느 화랑인지는?"

"그런 이야기는 없었습니다."

동호는 공관에서 나와 골목길을 걸었다. 전신주 너머로 샛별이 달의 한 뼘 아래서 또렷이 빛나고 있었다.

4

　예전의 비서인 정미가 동호에게 전화로 알려준 카페는 가로수길의 이면도로에 있었다. 필기체로 'Big Sleep'이라고 적힌 핑크빛 네온사인 간판이 걸려 있었다. 지하 1층으로 내려가자 바 안쪽에 정미가 앉아 있었다. 그녀는 여자 손님 둘과 이야기하느라 동호가 들어온 것도 알아채지 못했다. 동호는 입구 쪽의 4인용 자리에 앉았다. 카페는 아늑하면서도 미니멀한 분위기였다. 어두운 조명 너머로 정미가 손님과 나누는 이야기가 들려왔다. 가압류 어쩌고 하는 이야기가 들려왔다. 그녀에게 법률문제를 상담 중인 두 여자는 나이 차이가 많아 보였고 제법 심각한 표정이었다. 아르바이트생이 주문을 받으러 올 때쯤 정미는 비로소 동호를 알아보았다. 동호는 맥주 한 병을 주문했다. 잠시 후 정미가 직접 맥주를 들고 왔다.

　"너무 오랜만이네요. 변호사님, 어떻게 지내셨어요?"

"학교 다니고 일하고 그랬지. 좋아 보이네. 할 만해?"

"호구지책은 하죠."

동호는 다소 짙어진 정미의 화장을 살폈다. 자신감 있게 보였으며 어느 모로 보아도 가끔 엉뚱한 행동을 하던 전직 법률사무소 직원으로는 보이지 않았다.

"바로 이야기를 할까? 한 달 정도 일을 도와줄 수 있겠어?"

"어떤 일이지요? 법률적인 일인가요?"

"법률적이기도 하고 아니기도 하지. 믿을 만한 사람이 별로 없어서. 저 아르바이트생은 일 잘하나? 그렇다면 가게를 계속하면서 할 수 있어. 좀 소홀히 해야겠지만. 보수도 줄게."

"당연히 도와드려야지요. 그런데 대략이라도 이야기해 주신다면……."

동호는 개요를 설명했다.

"남 사무장에게도 찾아가보려고 해. 제주도 한림에서 펜션을 한다면서?"

"네. 잠깐만요, 바의 저분들이 저를 기다리는 눈치네요. 얘기 좀 하고 다시 올게요."

"변호사법 위반이 되지 않도록 주의해. 나는 한국에서 휴직 중이라 변론도 못해줘."

동호는 청포도주스를 마시며, 남 사무장을 기다렸다. 펜션은 풍력발전소의 흰색 바람개비들이 보이는 해안가에 있었다. 2층짜리 건물이었고 옥상에는 커다란 파라솔 3개가 설치되어 있어 바다를 바라보며 커피를 마실 수 있었다. 주스를 다 마실 무렵, 바닷가에서 전기 자전거가 나타났다.

"아니, 정미가 온다고 했는데. 혹시 같이 오신 거예요?"

"정미에게 내가 간다고 말하지 말라고 했어. 놀라게 해주고 싶어서."

남 사무장은 못마땅한 듯 고개를 절레절레 흔들며 의자에 앉았다. 둘은 바닷바람을 맞으며 대화를 이어갔다.

"어때? 가능할까?"

동호는 종업원이 다시 가져온 아이스커피를 빨대로 마시며 말했다. 멀리 화물선 한 척이 수평선을 넘어가고 있었다.

"해보죠. 그런데 동생보고 잠시 와서 펜션을 돌봐달라고 부탁해야겠네요. 물론 갑자기 다니던 직장 때려치우고 웹툰 그린다는 녀석이니까 경치 좋은 데에서 만화 그릴 생각에 신나서 오겠죠. 혹시 모르니 일정을 물어보기는 할게요."

동호는 고개를 끄덕였다.

"펜션으로 수지는 맞추고 있나?"

"그럭저럭 맞추는데 이거 짓느라고 은행에서 융자받은 것은 잘 안 줄어드네요. 그래서 가끔 목돈을 벌 겸 아르바이트를 합니다."

남 사무장은 손목시계의 유리를 손바닥으로 문질렀다.

"어떤 아르바이트?"

"탈세 조사해서 국세청에 고발하고 포상금 받는 일이요. 기업이나 부자들 은닉 재산을 찾아내기도 하고요. 국정원에서 일하다 퇴직한 친구가 정보를 물어 오면 조사하고 분석해서 고발합니다. 한 해에 두어 번 정도 해요."

"이른바 세파라치?"

"맞아요. 어떤 경우에는 기업이 눈치채고 제안을 하기도 하는데, 타협은 안 합니다. 뒤통수를 맞을 수도 있어서. 올봄에는 펜션으로 한 해 벌 돈을 벌었어요."

"원한 사지 않도록 조심하게."

"파악한 것을 삼분의 이 정도만 넘깁니다. 그래야 남은 거라도 지키려고 조용히 있으니까요. 변호사님이 '상대방이 대들 때 다시 제압할 카드는 남겨두라'고 하셨잖아요."

동호는 대꾸하지 않고 계속 들었다.

"한번은 추징당한 기업주가 약이 올랐는지 건달을 보냈어요. 은근히 겁을 주길래 아직도 세금 낼 게 제법 남아 있다는 걸 암시했죠. 그랬더니 도리어 선물을 들이밀더군요. 그 회사의 직원이라면서 전화가 왔는데, BMW를 보낸다는 겁니다. '오호, 세게 노네' 하고 생각했지요. 나중에 가져왔는데 저 BMW 자전거더라고요. 열이 나서 안 받으려 했는데

48

디자인이 마음에 들어서."

동호는 목청을 가다듬으며 말했다.

"그럼 결심한 것으로 생각하고, 오늘은 바로 일어서야겠네. 공항에 가서 가장 빨리 출발하는 비행기를 타고 갈게. 평일이니까 표는 있겠지? 다음 주 월요일에 임시 사무실에서 보기로 하지."

"그러세요. 제 동생하고 통화한 결과는 서울에 내리면 바로 아실 수 있도록 문자로 보내드릴게요. 그리고 퇴직한 지도 오래됐는데, 앞으로는 그냥 기태라고 하세요."

동호는 기태를 따뜻하게 바라보며 의자에서 일어섰다. 멀리 수평선을 넘어가던 화물선은 어느새 사라졌다.

변호사님이 계시는 레지던스의 607호에 임시로 사무실을 빌렸습니다. 보시고 불편한 사항이 있으면 말씀하세요. 키는 역시 프런트에서 찾으시면 됩니다.

동호가 제주도에서 돌아와 레지던스 현관에 들어서자마자 시 직원이 보낸 메시지가 도착했다. 동호는 배낭을 내려놓고서 알겠다고 답신했다. 시계는 벌써 저녁 여덟 시를 가리키고 있었다. 어딘가에서 식사 겸 한잔을 하고 싶어졌다.

가벼운 옷으로 갈아입고 배낭에 스마트폰과 지갑, 부채를 챙겨 넣은 후에 레지던스를 나섰다. 택시를 탔다. 택시가 한 강진역을 거쳐 이태원 방향으로 달릴 무렵에 차를 세워달라고 말했다. 동호는 아우디 자동차 매장 직전에 있는 골목으로 들어섰다. 골목에는 카페와 식당이 차례로 이어져 있었다. 그는 '芭蕉'라고 쓰인 간판이 달린 일본식 주점을 발견했다. 창문 너머로 보이는 가게 안은 한산해 보였다. 동호는 미닫이문을 밀어 열고 가게 안으로 들어섰다. 안쪽에 앉은 남녀 한 쌍이 어묵을 안주 삼아 일본 술을 마시고 있었다. 창가 자리에 앉은 동호에게 종업원이 메뉴판을 들고 다가왔다.

"일행이 오시면 주문받을까요?"

"아뇨, 먼저 주문할게요. 생맥주 한 잔 하고 꼬치 조금, 그리고 나가사키 짬뽕 주세요."

"일행은 몇 분인가요?"

"한 명 더 올 겁니다."

생맥주 한 잔을 다 비울 즈음 남녀 손님이 떠났다. 두 번째 잔을 시켰다. 종업원이 생맥주를 가져오자 동호가 물었다.

"간판을 어떻게 읽나요? 파초? 바쇼?"

"바쇼라고 읽습니다. 유명한 일본 시인이라던데요."

"그렇군요. 어쩌면 식물 이름과 시인 이름을 모두 생각하면서 지었을 수도 있겠네요."

"사장님을 불러드릴까요? 주방에 계시는데."

"아뇨, 됐습니다."

동호는 맥주를 한 모금 더 삼켰다. 바쇼의 유명한 하이쿠 하나가 떠오를 듯 말 듯하며 기억이 잘 나지 않았다. 그는 잠시 스마트폰으로 검색했다. '내 앞에 있는 사람들 저마다 저만 안 죽는다는 얼굴들일세.'

"바쇼를 아는 손님이시라니 반갑습니다."

오십 대 초반으로 보이는 주인이 벽돌무늬의 요리사 모자를 쓴 채 다가오며 말했다.

"아, 네."

"혹시 성함이 어떻게 되시나요?"

"네?"

"실례가 안 된다면 성함이?"

"강동호라고 합니다만."

"강물과 함께 동쪽으로 걷노라, 호랑이처럼."

"네? 아, 네."

"손님의 이름으로 하이쿠를 지어보면 이름을 잊지 않죠."

가게 주인이 장난스러운 눈빛으로 표정을 살폈다. 동호는 주인의 이런 행동이 장사에 도움이 될지, 방해가 될지 잠시 생각해보았다.

"참 빠르게 시를 지으시네요. 대단하십니다."

"허허, 전혀 어렵지 않습니다. 손님도 해보시지요. 저는 김광문입니다."

동호는 손사래를 치며 난감해했지만 그러는 주인이 싫지는 않았다. 그는 다음에 다시 오겠노라며 술값을 계산했다.

"혼자 오셔도 편하게 해드릴 테니 괜히 일행이 온다는 이야기는 안 하셔도 좋습니다."

동호는 겸연쩍게 웃으며 가게를 나섰다. 오렌지색 택시가 바로 잡혔다. 어쩐지 걷고 싶어서 버티고개 정상에 못 미쳐서 내려달라고 했다. 택시기사는 '여기는 내릴 장소가 아닌데' 하는 표정으로 차를 세웠다. 기사의 얼굴은 유난히 검었다. 동호는 고개를 넘다가 하늘을 바라보았다. 몇 개의 별이 흐리게 반짝였다. 하늘을 이리저리 살펴보았으나 오리온자리는 보이지 않았다. 그는 보이지 않는 오리온자리 왼쪽 위에 위치한 베텔기우스를 생각했다. 몇 주 전 인터넷상에서 태양보다 수백 배 큰 별인 베텔기우스가 머지않아 폭발하여 초신성이 될 거라는 과학 기사를 읽었다. 물론 천문학에서 '곧'이라는 것이 수백 년 후일지도 모르지만, 올해 당장 폭발이 일어날 수도 있다. 실제로는 이미 폭발하여 그 빛이 지구로 날아오는 중이리라. 과학 기사에는 지구에 있는 원자번호가 높은 물질들이 초신성의 폭발을 통해 형성된 것으로, 그것들이 우주를 떠돌다가 뭉쳐져서 지구의 일부가 되었다는 설명도 들어 있었다. 자신의 몸을 이루는 일부 물질이 초신성의 잔해일 수 있다는 사실은 동호의 상상력을 자극했다. 부질없는 몸이 영속적인 의미를 부여받는 기분이었다. 천문학적인 허영이라고나 할까. 동호는 가벼운 취기와 함께 밤길을 걸으며 '만일 그 물질들이 의식이 있었다면 긴 여행 동안 얼마나 외로웠을까' 하고 생각했다. 멀리 회색 벽의 레지던스가 보이기 시작했다.

5

기태는 PDF 파일로 변환된 문서들을 노트북으로 보면서 화살표 키를 초당 다섯 번씩 눌렀다. 그는 얕은 신음을 토해 냈다.

"왜요?"

맞은편 책상에서 역시 모니터를 잡아먹을 듯 쳐다보던 정미가 물었다.

"벌써 사흘째 하루 열두 시간씩 이 짓인데, 이래가지고 언제 찾겠나 싶어서."

"내일 아침이면 문서 제목과 내용을 엑셀로 정리한 것이 완성되니까 우선순위 정해서 살펴보세요."

"해도 졌는데, 오늘은 그만할까? 저녁 약속 있나? 아니면 소주에 돼지갈비 어때?"

"제가 술집 주인인데, 다른 가게를 왜 가요?"

"그럼 정미네 가게나 갈까? 변호사님한테도 내가 전화해볼게."

기태는 스마트폰을 집어 들었다. 그때 벨이 울렸다. 기태는 비디오폰에서 동호의 얼굴을 확인한 후 문을 열었다. 동호도 자기 방에서 하루 종일 스크린을 바라본 듯, 충혈된 눈을 하고 있었다. 그는 라쿠라쿠 침대에 몸을 던지듯 털썩 앉았다.

"뭐 건진 건 없나?"

"한강에서 시체 찾는 기분입니다. 이러다가 금방 한 달이 지나갈 것 같습니다. 아무튼 정미가 곧 문서 색인을 끝낸다니까 더 효율적으로 할 수 있겠죠. 저녁 약속 없으시면 빅슬립에서 한잔 어때요?"

"글쎄, 나는 강 건너갔다가 다시 돌아오기는 좀 그런데."

"참, 병사들 사기 진작도 안 시키면서 무슨 성과를 바라십니까?"

"내 이름으로 달아놔."

기태는 김이 빠진 듯 시무룩해졌다. 그때 정미가 손가락으로 모니터를 가리켰다.

"이것 좀 보세요."

동호가 몸을 일으켜 정미의 자리로 다가갔다. 기태도 의자에서 일어나 정미의 뒤에 섰다.

"이건 부학개발이 이 년 전에 역삼동에 지은 건물의 1층

로비 사진이에요."

"그런데?"

동호가 모니터에 더 가까이 다가갔다. 정미는 사진을 점점 확대시켰다.

"여기 걸린 그림 좀 보세요."

동호는 로비 안쪽에 걸린 유화를 보았다. 주변의 물체와 비교해 보면 크기가 300호쯤 되어 보였다. 해상도가 높지 않아서 확대한 사진 속 그림이 흐릿했다. 야수파풍의 다소 추상화된 풍경화였다. 동호는 '그래서 뭐가 문제냐'는 얼굴로 정미를 쳐다보았다. 정미가 다른 파일을 불러왔다.

"이건 부학개발이 오 년 전에 부산에 지은 건물의 로비 사진이에요."

정미가 새로운 사진을 확대시켰다. 로비에 걸린 두 그림이 똑같았다. 기태가 물었다.

"어떻게 된 거지?"

동호도 궁금해졌다.

"신축 당시의 사진들인가? 부학개발이 건물 소유주인가?"

"잠시만요."

정미는 건물의 주소지로 검색을 하기 시작했다.

"신축 당시 사진들이네요. 역삼동 건물은 부학개발이 신축해서 지금도 가지고 있고, 부산 건물은 부산의 해운회사와 공동으로 개발했는데 처음부터 해운회사가 소유해서 사옥으로 쓰고 있네요."

"그럼 부학개발이 소유한 그림인가? 부산의 건물은 자기들 것이 아니니 거기에 걸어두는 것은 좀 어색한데. 부학개발이 시행사로 신축한 빌딩에 걸려고 어떤 화랑에서 같은 그림을 빌리는 건가?"

계속 검색을 하던 정미가 의기양양한 얼굴로 말했다.

"이 건물들의 최근 사진을 보면 모두 다른 그림이 걸려 있네요. 이 그림들이 어떤 그림이고 누가 소유하고 있는지 확인해봐야겠네요."

동호가 기특하다는 표정으로 정미를 쳐다보았다.

18층에 자리를 잡은 오피스텔에서는 한강과 밤섬이 내려다보였다. 자전거를 탄 사람들이 한강변을 달리고 있었다. 평일 낮이라 그런지 달리는 사람이 많지는 않았다. 동호는 모던한 민트색 소파에 앉아서 연 박사가 커피를 가져오기를 기다렸다. 연 박사는 커피 잔을 동호 앞에 내려놓았다.

"드세요. 저는 오늘 벌써 석 잔을 마셔서."

"지나는 길에 들렀습니다. 전망이 좋군요."

"처음에는 저도 멍하니 밖을 바라보곤 했죠. 지금은 잘 모르겠어요."

"참, 시장님이 이 얘기를 두 번이나 하시던데요. 후보자 간 마지막 TV 토론 때 손수건을 준비해 주셨다고. 그때 한미홍 후보는 아들 부정 입학 문제로 궁지에 몰려 있었죠. 만일 한미홍 후보가 마지막 토론 중에 눈물을 흘리면 바로 건네주라고 하셨다면서요. 저도 TV를 보고 있었는데, 눈물 작전을 펼치려던 한 후보가 시장님의 체크무늬 손수건을 든 채로 몇 초간 멍해져 있더군요. 선거는 그때 끝났죠."

"솔직히 별일은 아닙니다. 외국 선거 사례에서 힌트를 얻은 거죠."

연 박사는 전자담배 연기를 내뱉었다.

"그런데, 강 변호사님은 시장님을 왜 지지하세요?"

동호는 잠시 침묵하다가 입을 열었다.

"남에게 관대하고 자신에게는 엄격하시지요. 말은 쉽지만 그런 사람이 실제로는 드물지 않습니까? 저는 정치적으로는 언제나 진보 진영을 지지해왔지만, 솔직히 보수와 진보를 막론하고 정치인을 잘 안 믿습니다. 형님을 통해 이런저런 진보적이라는 정치인들을 많이 보았지만 정말 지지하고 싶은 정치인은 드물었습니다. 개혁적이라고 알려진 많은 정치인들의 근거 없는 자기 확신과 위선도 지겨웠습니다. 시장님은 대학에서 정치철학을 가르치다가 정치에 뒤늦게 뛰어들어서 그런지 좀 달랐어요. 본인이 지향하는 가치를 자신이 잘 실천하는지 늘 돌이켜 보면서도, 다른 사람들의 모순은 인간적으로 이해하려고 애쓰셨어요. 인간은 그 정도 노력을 해야 겨우 지향하는 바와 실제 삶을 일치시킬 수 있나 봅니다. 앞으로는 어떻게 될까요?"

"대통령이 될 수 있느냐는 말인가요? 현재 상태로는 당내 경선도 통과하기가 쉽지 않습니다. 가능성이 사분의 일도 안 되지요. 올해 말이면 가능성이 얼마나 있을지 좀 더 가늠해 볼 수 있겠습니다만, 현재로서는 어떤 예측도 말장난에 불과합니다."

연 박사는 심드렁하게 말했으나 무언가 생각하는 듯한 그의 눈빛은 답을 찾고자 늘 골몰하고 있음을 내비쳤다.

"평소에 궁금했던 것이어서 여쭤봅니다. 어떤 자질이나 노력이 있어야 정치 컨설턴트가 될 수 있나요? 물론 방송에 나와서 생각나는 대로 떠드는 사람들 말고, 박사님처럼 온갖 정치인들이 도움을 받고 싶어 목매는 분들 말입니다."

자신을 치켜세우는 말에 기분이 좋아질 법도 한데, 연 박사는 별 반응 없이 대답했다.

"글쎄요? 노력이라는 것은 어느 분야나 비슷한 것이죠. 늘 연구하고 전략에 관한 책이나 외국 사례도 살펴보고. 훨씬 중요한 것은 고급 정보지요. 아무래도 이름이 날수록 중요한 사람들과 대화를 하면서 고급 정보를 접하게 되니 예측력도 점점 높아지지요."

동호가 고개를 끄덕였다.

"혹시 연 박사님만의 특별한 능력이 있는 것은 아닐까요?"

"글쎄요. 다른 사람들과 구별되는 점이라면 잘 속지 않는다는 것이겠죠. 남은 물론 자신에게도. 특히 자신에게 속지 않는 것이 훨씬 중요합니다. 거의 모든 사람들이 매번 자신에게 속습니다. 지나치게 비관하거나 낙관하지요. 인생을 건 중요한 결정을 끊임없이 해야 하는 정치인들도 예외가 아닙니다. 정치인들은 선거 때마다 그런 결정을 하루에도 몇 번씩 하는데, 항상 지나친 낙관과 비관 사이에서 비틀거립니다. 한 번이라도 틀리면 낭떠러지로 떨어지게 되는 결정들 사이에서 말입니다. 남다른 신경을 타고난 사람들도 점점 헷갈리기 시작하죠. 그런 사람들에게는 저처럼 현실을 가능한 한 있는 그대로 보는 컨설턴트가 필요합니다. 컨설턴트는 정치를 직접 할 자원, 예를 들면 인기나 말솜씨, 잘생김 같은 것이 부족한 사람들이기도 하지요. 또는 자신이 직접 정치를 하는 것은 너무 큰 위험을 감수해야 하니까 컨설팅에 만족하는 캐릭터라고 볼 수도 있고."

동호는 전자담배를 든 연 박사의 손을 쳐다보았다.

"민상철 의원이 아웃되면 얼마나 도움이 될까요?"

"조심스러운 이야기입니다. 시장님과도 자세히 이야기

한 바는 없습니다. 성품상 의식적으로 계산해보지 않았을 겁니다. 본능적으로 느꼈을 수는 있지요. 강 변호사님은 그 부분을 잊어버리시는 것이 좋습니다. 사건 자체에만 집중하시는 게 마음이 편하실 겁니다."

"한 번은 묻고 싶었습니다. 시장님께 직접 물을 수는 없고. 제가 해야 하는 일의 의미를 정확히 알고 싶어서요."

"그러셨군요……. 참, 화랑을 확인하셨다면서요. 대단하십니다."

"직원들이 찾아냈습니다. 부학개발이 미래화랑에서 그림들을 직접 빌리기도 하고 건물 소유주들에게 소개도 하고 있었더군요. 그림이야 임차할 수도 있겠지만, 인터넷으로 조사해보니 그것을 뛰어넘는 내밀한 관계를 유추해볼 수 있었습니다. 전무가 말한 화랑이 미래화랑으로 보입니다. 나중에 메일로 다 공유해드릴 테니 혹시 궁금하시면 살펴보시고 조언도 해주시기 바랍니다."

연 박사는 동호를 예리하게 쳐다보았다. 동호는 그가 자신을 마음속에서 평가하고 있다는 인상을 받았다. 동호는 평가받는 것을 싫어했다.

"가보도록 하겠습니다. 도움이 필요하면 언제든지 메신저로 문의하겠습니다."

"그러시지요."

동호는 커피를 마저 삼키고 배낭을 챙겼다. 동호가 현관을 나서며 문을 닫으려는데 연 박사가 입을 열었다.

"강 변호사님, 민 의원이 대선 레이스에서 아웃되면 시장님이 대통령이 될 가능성은 48퍼센트가 될 겁니다."

"왜 하필이면 48퍼센트?"

"절반보다 약간 부족하다는 뜻입니다. 민상철 의원이 여당 후보이면서도 합리적이고 개혁적인 이미지를 시장님과 공유하고 있어서, 시장님이 본선 후보가 될 경우에 매우 버거운 상대입니다. 민 의원만 아니라면 누가 여당 후보가 되더라도, 시장님이 거의 이길 수 있지요. 그 경우에 시장님 입장에서는 당내 경선이 사실상 본선인데, 현재 상태로는 이기기가 쉽지 않습니다. 그런데 민 의원이 레이스에 뛰어들지 못하면 시장님은 본인이야말로 본선에서 확실하게 승리할 후보라는 점을 경선 과정에서 잘 어필할 수 있지요."

"그렇군요. 그럼 바쁘실 텐데 저는 이만 일어나보겠습니다."

"그러시지요."

기태는 전시장을 한 바퀴 둘러보았다. 몽골의 풍경과 아이들을 아주 세밀하게 담은 그림들이었다. 팸플릿에는 작가가 몇 년간 그들과 생활을 같이했다는 설명이 있었다. 기태는 다시 전시장 입구로 이어지는 마지막 그림 앞에서 그림을 보는 척하며 입구에 앉은 직원의 움직임을 살폈다. 상급자와 통화하는 모양이었다. 기태는 직원에게 다가갔다.

"오 관장님은 출근하셨나요?"

"네. 그런데 이제 나가실 때가 됐는데…… 혹시 누구시라고 할까요?"

"곧 나가신다면 됐습니다. 지나는 길에 전시를 보려고 들어왔습니다. 중요한 용건이 있는 것도 아니니까 다음에 뵙지요. 전시 잘 봤습니다."

기태는 전시장을 나오기가 무섭게 지하 주차장으로 가서 차를 탔다. 부리나케 지상으로 올라온 그는 주차장 출구가 보이는 옆 건물 앞에 차를 세웠다. 그런데 막상 관장은 빨리 나오지 않았다. 차 시동을 끄고 기다리길 사십여 분께, 드디어 관장의 은색 재규어가 주차장 출구에서 나왔다. 흰색 상의를 입은 관장이 직접 운전하고 있었다.

관장의 차는 자하문 터널을 지나 광화문을 거쳐 한남동에 이르렀다. 한남동 너머 한강 위쪽의 하늘에 노을이 번지고 있었다. 관장은 '유엔빌리지' 근처의 일식집 앞에 차를 세웠다. 윗몸을 직각으로 숙여 인사하는 주차요원에게 웃으며 차 키를 건넸다. 기태는 차를 가게 바로 옆 공용 주차장에 세우고 일식집으로 따라 들어갔다. 가게로 들어가자 입구의 종업원이 응대를 했다.

"성함이?"

"따로 예약을 안 했는데요."

"빈 방이 없습니다만."

"혼자서 초밥 좀 먹으면 됩니다. 바에는 자리 있나요?"

"두 자리가 비어 있지만 여덟 시경에 예약이 걸려 있습니다. 그 전에 식사를 마칠 수 있으신지요?"

"그러지요."

기태는 일본 소주와 초밥을 시켰다. 그는 화장실을 가는 척하면서 방들의 신발을 살폈다. 관장의 것으로 짐작되는 신발이 '홋카이도'라고 적힌 방의 디딤돌 위에 있었다. 그 옆에는 닦을 때가 제법 지난 갈색 구두가 같이 놓여 있었다.

기태는 대리기사를 불러서 차를 레지던스에 있는 정미에게 가져다주라고 요청했다. 그러고는 카운터 담당자가 잠시 자리를 비웠을 때, 관장이 무엇을 주문했는지 슬쩍 살펴보았다. 저녁 정식이었고 술은 없었다. 기태는 일본 소주를 반병 정도 빠르게 비웠다.

한 시간쯤 지났을까, 관장이 초로의 남자와 함께 방에서 나왔다. 초로의 남자는 지친 표정이었다. 관장이 계산하는 동안 기태는 담배를 피우려는 척하면서 가게 밖으로 나와 흡연구역으로 갔다. 그는 두 사람이 헤어지는 모습을 스마트폰으로 찍었다. 초로의 남자가 대기하고 있던 택시에 올라타고 사라지자 기태는 다시 가게 안으로 들어갔다. 계산하기 전에 음식을 가져다준 종업원에게 수고비로 오만 원짜리 지폐를 건넸다. 너무 많다고 생각했는지 종업원이 멈칫하자 기태는 눈짓으로 넣어두라는 신호를 보내며 살짝 미소를 지었다.

카운터 담당자에게 카드를 주고 계산하는 사이, 화장실을 다녀오던 기태는 그 종업원과 복도에서 다시 마주쳤다.

"오 관장님도 여기 자주 오시나 봐요?"

"아세요? 그럼 인사라도 하시지 그러셨어요."

"하도 오래전에 한두 번 뵌 거라서요. 저는 기억하지만 관장님은 잘 모르실 수도 있고."

"일주일에 두 번은 오시는 것 같아요."

"제가 그림을 하나 살까 하는 중인데, 다음번에 관장님이 여기 예약하시면 제게 알려주시겠어요? 자연스럽게 마주치면 말씀을 드려볼까 해서요."

기태는 이름과 이메일, 전화번호만 적힌 명함을 건넸다.

"그 신사분도 어디서 뵌 분 같은데 성함이 기억이 안 나네요."

"제가 가게에 온 지 이 년이 넘었는데, 그분은 저도 처음 봤어요. 그런데, 무슨 일이 있는지 오늘 분위기가 좀 무서웠어요. 관장님이 상당히 화가 나셨어요. 그럼 연락드릴게요."

종업원은 말을 줄이고 주방으로 갔다. 기태는 고개를 끄덕이고는 가게를 나왔다. 아직 초여름인데도 날씨가 무더웠다. 기태는 일본 소주 탓이라고 생각했다. 그러고는 성능이 괜찮은 디지털카메라를 하나 사야겠다고 마음먹었다.

6

인사동 막걸릿집은 평소와 달리 한산했다. 이 년 만에 찾아왔지만, 이전과 별 차이를 느낄 수 없었다. 동호는 '벽에 붙은 새로운 포스터 외에 무엇이 달라졌을까' 하고 주위를 둘러보았다. 메뉴판을 보니 골뱅이 안주가 새로 추가되었다. 그는 막걸리 반 주전자와 두부김치를 시켰다. 서 대표에게서 십오 분 후에 도착한다는 메시지가 왔다. 동호는 막걸리를 잔에 부어서 반쯤 들이켰다. 시큼하면서도 시원했다. 미국에서는 막걸리를 한 잔도 마시지 못했다. 어느 연극배우가 운영하다가 넘긴 이 막걸릿집은 인사동에 드나들며 문화나 예술을 업으로 하는 취객들에게 널리 알려졌다. 출입하다 보면, 취객들끼리 인사하거나 합석하는 모습을 흔히 볼 수 있었다. 동호는 이 주점 단골인 서 대표에게 이끌려 몇 차례 왔었다. 벽에는 연극이나 영화 포스터들, 천상병 시인의 시 등이 두서없이 붙어 있었다. 동호는 그중에서 〈아

비정전〉의 프랑스 개봉 당시 포스터를 좋아했다. 막걸리를
마시다 무료해지면 그 포스터 속 유가령을 무심히 살펴보
고는 했다.

"어이!"

동호가 입구 쪽을 보았다. 언제나처럼 털털한 옷차림의
서 대표는 다른 테이블에 앉은 지인들과 일일이 인사를 하
며 다가왔다. 그는 자리에 앉자마자 주전자에 담긴 막걸리
를 자기 잔에 가득 부었다.

"언제 귀국했다고 했지? 여전하네."

"며칠 됐어요."

"몇 년을 못 만났는데도 마치 지난주에 본 것 같네."

두 사람은 선우의 소개로 처음 만났다. 영화 제작자인 서
대표가 어느 영화 속에 등장하는 스케치 몇 점을 그려달라
고 선우에게 부탁했고, 그녀는 동호에게 그 계약서 검토를
부탁했다. 복잡할 것 없는 계약이었는데, 그 때문에 두세 번
서 대표를 만났다. 서 대표가 다섯 살 위였으나 마음에 맞는
점이 있어 함께 어울리기 시작했다. 동호가 미국에 있는 사
이, 서 대표는 승승장구했다. 두 편의 영화를 개봉했는데, 한
편은 사백만 명의 관객을 동원했고, 다른 한 편은 천만 명에
육박하는 관객을 동원했다. 그 덕분에 서 대표가 옥수동에
서 압구정동으로 이사하고 차를 포르쉐로 바꿨다는 것을 들

은 적이 있었다. 동호가 보기에 훨씬 활기찬 모습이기는 하지만, 원래의 소탈하면서도 친절한 태도는 변함이 없었다.

"이 이야기 한번 들어봐."

서 대표는 양손을 비비는 습관적인 동작을 하면서 말을 꺼냈다.

"해 질 녘 교외의 숲에서 어느 젊은 여자가 쫓기고 있어. 여자는 달리다가 가방도 팽개치고, 운동화가 벗겨져도 다시 신지도 못하고 그대로 도망쳐. 더 이상 뒤쫓아 오는 기색이 없자 여자는 어느 나무 밑에 주저앉아 겨우 숨을 돌리지. 숲에서 새 몇 마리가 날아오르는데, 이때 조용한 발소리와 함께 솔베이지의 노래가 휘파람 소리로 들리는 거야. 여자는 사색이 된 채 눈을 감으며 흐느껴. 그리고 다시 무더운 여름으로 장면이 바뀌어. 다른 젊은 여자가 어수선한 방에서 키보드를 두드리고 있어. 여자는 메신저로 누군가와 이야기를 나누고 있지.

'비용은?'

'일억 원. 그러나 당신이 낼 필요 없음.'

'그럼 어떻게 하죠?'

'다시 그놈들에게 고리로 빌려서 내게 보내면 됨.'

'제가 뭘 준비해야 할지?'

'그건 차차 알려주겠음. 지금은 당신의 삶이 억울하다는

것, 열렬히 새로 태어나고 싶다는 것만 내게 증명하면 됨. 나머지는 내가 알아서 함.'

'왜 이런 일을 하시지요?'

다시 장면이 바뀌면, 목포에서 제주도로 가는 배야. 어둠이 짙어 가는데 갑자기 비명이 들리지. 한 여자가 자기 친구가 물에 몸을 던졌다고 아우성이지. 승객들은 웅성거리고 선원이 달려오는 거야. 배가 멈추고, 다들 검은 바다를 바라보고 있지.

다시 장면이 바뀌면서 이제는 난지한강공원이야. 한 여자가 벤치에 앉아 캔커피를 마시고 있어. 무척 편안하고 자신감 넘치는 표정으로. 이때 한 남자가 선글라스를 끼고 자전거를 타고 달리다가 벤치 앞에서 멈춰. 남자는 자전거를 벤치 옆 나무에 기대어 놓고 물통의 물을 마시지. 여자는 긴가민가하고. 여자를 가만히 보면 얼굴이 많이 바뀌기는 했지만 아까 키보드를 두드리던 여자야. 이때 남자가 여자에게 말하는 거야.

'만족하십니까?'

여자가 조용히 눈물을 흘리며 말하지.

'정말 고맙습니다.'

남자가 여자에게 악수를 청한 후, 자전거에 몸을 싣고 매우 빠른 속도로 멀어져 가지. 여자는 사라져가는 자전거를 계속 바라보고."

서 대표가 동호의 표정을 살폈다.

"어때?"

동호가 물었다.

"혹시, 괴로운 인생을 새롭게 살게 해주는, 그런 일을 하는 사람의 이야기인가요?"

"그렇지!"

"일단 시작은 좋네요. 그런데 주인공은 왜 그런 일을 하죠? 혹시 처음에 쫓기던 사람이 가족인가요?"

"굿."

"누나나 여동생이겠죠? 제목은?"

"리셋이 어떨까 하는 중이야."

"인생을 리셋한다는 뜻? 나쁘지 않네요."

"시나리오 나오면 정재한테 우선 줘보려고."

'리셋?' 동호는 자신의 마음을 가늠해보았다. '나도 리셋이 필요할까?' 삶에서 쓰라린 부분이 없지 않으나, 아예 리셋하고 싶은 마음은 전혀 없었다. '한 부분이라도 지우고 싶은 것이 있을까? 굳이 뭘. 아님 승철이 재판을 맡은 거? 하지만 그 부분을 지운다는 것이 무슨 의미가 있겠는가.' 동호는 막걸리를 다시 들이키는 그 짧은 순간 동안 삶을 스캔해보았다. 쓰라린 시간들은 어디로 흩어졌는가. 동호가 문득 벽을 바라보자 유가령은 무엇인지 생각에 사로잡혀 묘한 표정을 짓고 있다.

서 대표는 두 편은 상업영화, 한 편은 예술영화, 다시 두 편은 상업영화, 다시 한 편은 예술영화, 이런 순서로 일흔 살까지 영화를 만들며 살았으면 좋겠다는 말을 했다. 영화 제작에 대해 잘 모르는 동호는 그것이 가능한 이야기인지, 가능하다면 쉬운 일인지 가늠이 되지 않았다. '그럴 수만 있다면 그런 삶은 제법 괜찮겠지.' 상념에 사로잡혀 있을 때, 서 대표가 동호를 똑바로 쳐다보았다.

"아까 오면서 횡단보도를 건너려는데, 그 앞 커피빈에 선우 씨 있더라. 원래 거기 잘 가잖아. 손 흔들어주고 길을 건넜는데, 지금 보니 문자가 와 있네, 어디 있냐고. 답을 하면 보자고 할 수도 있는데. 어때, 괜찮겠어? 내가 사실 정확히 물은 적은 없는데, 둘이 연락을 전혀 안 하나? 오라고 하면 부담스러울까? 독일인 남자 친구가 생긴 것은 알고 있지? 몰랐나?"

"연락은 안 하지만 소식은 들었어요. 나랑 있다고 하면 알아서 오거나, 안 오거나 하지 않을까요? 나는 봐도 괜찮아요."

동호는 마음속으로 반문했다. '정말 괜찮을까?' 동호가 생각에 잠긴 동안 서 대표가 메시지를 보냈다.

"삼십 분 후에 온다는데."

"네."

동호는 다시 유가령의 묘한 표정을 바라보았다. 하늘이 열려 있는 좁은 마당에 비가 투닥투닥 내리기 시작했다. 서 대표는 동호에게 선우가 여전히 분투 중이나 몇몇 미술관에서 그녀의 작품에 관심을 보이기 시작했다고 알려주었다. 동호는 '현대미술은 철학'이라는 선우의 말을 기억해냈다. 여러 차례 듣다 보니 가까스로 알아듣기는 했지만, 오늘날 예술 분야 중 왜 유독 미술이 더 철학적으로 변했는지는 잘 이해하지 못했다. '풍부한 표현력을 가졌으되 실용성을 추구하지 않는 엘리트 예술은 그렇게 귀결되는 걸까?' 하는 막연한 생각만이 남았다.

비가 거세졌다가 다시 잦아들 무렵, 주막 문이 열렸다. 선우는 사람을 처음 바라볼 때 늘 고개를 오른편으로 조금 기울이면서 바라보는 버릇이 있었다. 이번에도 그녀는 걸어오면서 고개를 약간 기울이며 동호를 쳐다보았다. 선우는 말없이 둥근 철제 테이블에 앉았다. 삼십 초 정도 정적이 흘렀다. 동호는 다시 유가령을 바라보았고 서 대표는 불편한 듯 몸을 뒤척였다.

"분위기 심상치 않구먼. 나는 한 잔만 더 마시고 갈게. 살아남으려면 그래야 할 것 같아."

동호는 그럴 필요 없다고 말하려 했으나 선우의 무표정

을 보고 말을 마무리하지 못했다. 서 대표가 애써 웃으며 말했다.

"둘이 지난 이야기 좀 하셔. 나는 안 그래도 이재용 감독하고 할 이야기가 있어."

무표정한 얼굴로 선우는 단호하게 끝맺었다.

"서 대표님, 제가 또 연락드릴게요."

서 대표가 카운터에서 계산을 하고 사라질 때까지 동호와 선우는 말을 나누지 못했다. 그 사이 동호는 막걸리를 한 잔 더 마셨고 종업원이 가져다준 선우의 잔에 막걸리를 가득 부었다. 선우는 목이 말랐던지 단숨에 잔을 비우고는 입을 열었다.

"다른 곳으로 갈까?"

"생각나는 데 있어?"

"늘 가던 서래마을 카페는 너무 멀고. 참, 지금 어디에 묵어?"

"남산 밑에 있어."

"그럼, 이태원으로 갈까?"

동호는 히레사케 잔을 만지작거리며 비가 그친 바깥 풍경을 바라보았다. 팔에 온통 한글 문신을 한 서양인이 하이힐을 신은 여자와 팔짱을 끼고 지나갔다. 선우가 묵혀둔 말을 꺼냈다.

"서래마을 로바타야키집에서 헤어진 이후에 왜 연락 안 했어? 그날따라 분위기는 무거웠고 이야기도 자꾸 엇나갔었지. 그래도 나는 그날이 마지막일 거라고는 생각도 안 했어. 맞아, 그날 이후에 내가 문자를 보냈었어. 무슨 일 있느냐고. 그런데 너는 '……'라고 보냈어. 그게 마지막이었지. 네가 미국으로 떠나기 한 달 전 이야기야. 무슨 일이야? 싫어졌으면 싫어졌다고 하든지. 미국 가는데 어차피 같이 갈 게 아니면 헤어지자고 하든지. 그런 정도 이야기는 나누어야 되는 사이 아니었어? 나 혼자 꿈을 꾸고 있었니? 아, 너 출국하기 전날 '내일 간다'라는 문자는 받았네. 그래서 어쩌라고. 거기에 무슨 답을 하겠어?"

동호는 가만히 들었다. 선우 옆쪽으로 둘의 대화를 못 들은 척하고 있는 바쇼 주인이 보였다.

"같이 갈 수도 없고, 그렇다고 그사이에 어떻게 하자고 말할 수도 없고. 미안해. 어떻게 해야 할지 모르겠는데, 이야기를 나누면 점점 더 미궁에 빠질 것 같아서 회피했나 봐. 정말 미안해. 내가 못났어."

동호의 변명이 어처구니가 없는지 선우는 말을 더 잇지 않았다. 동호는 자신이 그때 왜 그랬는지 다시 생각해보았다. '뭔가 그렇게 행동할 만한 이유가 있었는데……' 아니, 동호는 또렷이 기억하고 있었다.

다시 비가 내리기 시작했다. 두 사람은 말없이 각자 잔을 들어 히레사케를 한 모금씩 마셨다. 주인은 여전히 무심한 표정으로 주방 안에서 스시를 만들고 있었다. 동호는 그 이야기를 할까 말까 망설였다. 마지막으로 만나기 며칠 전, 동호는 서 대표를 만났다. 서 대표는 일상적인 대화 끝에 이렇게 덧붙였다.

"그저께 선우 씨랑 어떤 놈이랑 셋이 술을 왕창 마셨는데, 그날 둘이 심상치 않더라고. 아무튼 술자리를 파하고 나와서 택시를 잡으려는데 너무 안 잡히더라고. 할 수 없이 조계사 쪽으로 한참을 걸었는데, 둘이 함께 모텔에 들어가는 걸 봤어. 얘기 안 할까 하다가 그냥 한다. 알고는 있는 편이 낫다는 게 내 소신이라서."

그때 동호는 아무 대답도 할 수 없었다. 그는 그런 이야기를 전달하는 서 대표의 무신경함이 서운했다. '하지만 모르는 것보다는 낫지 않을까?' 동호는 그날 서 대표가 본 것에 대해 이야기하지 않았다. 그것이 누가 누구에게 따지거나 금지시킬 수 있는 일인지 판단할 자신이 없었다. 논리적으로는 있을 수 있는 일이라고 생각했다. 하지만 동호는 이제 분명히 깨달았다. 뉴욕으로 떠나기 전, 선우에게 제대로 알리지 않은 것은 그녀의 분별없는 행동을 벌하기 위해서였다는 것을. 갑자기 선우에게 미안한 마음이 들었다. 그것이 무슨 대수라고. 그리고 자신도 그렇게 행동한 적이 있었기 때문에 그녀에게 따져 묻지 못했음을 깨달았다. 동호는 논리적 일관성을 유지하지 못해 대화를 회피하고 몰래 연인을 처벌한 자신이 혐오스러웠다. 하지만 이제 와서 돌이킬 수도 없다. 이미 선우에게는 새로운 연인이 있다. 그는 자괴감과 함께 선우에게 미안해하는 마음으로 대화를 다시 시작했다. 선우는 동호의 어조에서 그러한 낌새를 알아차리고 마음을 누그러뜨렸다.

"네 작업을 좋아하는 미술관들이 생겼다면서?"

"이제 시작이야. 한참 가야 해. 덜 외롭기는 하지. 가끔 돈도 들어오고."

"아름다움을 지향하지 않는 예술이라는 것이 무엇인지 아무튼 잘 이해가 안 돼."

"변호사의 이해까지는 바라지 않아. 아름다움 자체와 예술이 지향하는 목표가 서로 구별된다는 것만 잊지 마."

동호는 선우와 이야기할 때면 뭔가 심오한 내용을 공유한다는 느낌을 받게 되는 것이 좋았다. 그녀는 일상과 예술이 분리되지 않은 삶을 그대로 살아내려고 애썼다. 동호는 자신이 선우를 왜 좋아했는지 다시 깨달았다. 하지만 그녀에게는 독일인 애인이 있다. 다시 좋아하는 것은 불가능한 일이었다.

"안녕하세요? 동호 씨 친구이신가 봐요. 이 참치 회 몇 점 들어보시죠. 그냥 드리는 겁니다. 혹시 성함이?"

대답을 못 하고 자신을 바라보는 선우에게 동호는 그냥 말하라는 눈빛을 보냈다.

"홍선우입니다."

"저 기러기여, 네 아름다운 날개가 비에 잠긴다."

선우는 웃으면서 대꾸했다.

"제 성은 '넓을 홍'인데 '기러기 홍'이 됐네요."

"시가 중요하지 족보가 뭐 그리 중요합니까?"

주인이 너털웃음을 터뜨렸다. 그러고는 자신이 가져온 참치 회가 어떤 부위인지 장황하게 설명한 후 주방으로 돌아갔다.

"미래화랑이라고 혹시 알아?"

"미래? 오미영 관장이 하는 데 말인가? 알지. 오 관장을 개인적으로 잘 아는 건 아니지만, 가끔 전시 오픈할 때 만나면 인사 정도는 해. 그런데?"

"어떤 곳인지 궁금해서."

"이번에 한국에 온 것과 관련 있는 거야?"

"의뢰 받아서 조사 중인 사건이 있어. 너는 모르는 척해. 혹시 아는 것이 있으면 알려줄 수 있나?"

"나도 아는 것은 별로 없는데. 좀 특이한 화랑이지. 미술계와 잘 어울리지는 않는 편이고. 어디서 생기는지 돈이 무척 많다는 소문이 파다해. 그림을 후하게 거침없이 사들여서 작가들은 좋아하고. 외국에서 공부를 했는지, 유명한 외국 작가의 작품을 잘 들여 와. 몇 억씩 하는 것들. 재벌 사모님들하고도 잘 지내는 것 같던데. 아, 수장고가 그렇게 죽인다던데."

"수장고?"

"미술품 보관하는 곳 말이야. 그냥 창고는 아니고, 습도나 온도를 정밀하게 맞춰야 되지. 도난 방지 시스템도 있어야 되고. 공공 미술관도 아닌 사설 갤러린데, 수장고가 끝내준다고 들었어. 그분 있잖아, 우리 같이 본 적 있는. 파이프 담배를 즐겨 피우고 중절모 쓰고 다니시는 분. 그분한테 들었어. 양평 어디에 있다던데. 거기 가본 사람은 몇 명 안 된다고, 대단한 그림이 많다고 흥분해서 말씀하시더라고. 들어가려면 홍채 인식을 해야 한대."

"혹시 그 화랑이나 수장고에 대해 좀 더 알아봐줄 수 있니? 하다못해 수장고 주소라도."

"그 선생님하고 오랜만에 차 한잔하면서 물어볼게. 화랑은 수장고가 있다는 사실이 널리 알려지는 걸 원치 않는 눈치라던데. 위치를 알게 되면 문자로 보내주면 되지?"

두 사람이 바쇼를 나올 때도 비가 내렸다. 택시가 나타나자 선우가 먼저 탔다. 그리고 택시가 출발하기 전까지 아무 말도 하지 않고 차창 밖 동호를 계속 바라보았다. 택시가 출발하자 선우는 눈을 지그시 감았다 떴다.

동호는 선우의 마지막 표정에서 자신이 용서받았음을 알 수 있었다. 빗줄기가 점점 거세졌다.

7

동호에게 교정 시설들은 언제나 생경했다. 예산을 쓰고 싶지 않은 기색이 역력하면서도, 범죄자들의 인권도 보호하고 있다고 생색내려는 국가의 의도가 드러났다. 동호는 낡은 의자에 앉아 승철을 기다렸다.

동호는 미국에서도 승철과 한 달에 한 번 꼴로 편지를 주고받았다. 동호는 편지를 받으면 며칠 안에 답장을 보냈으나, 승철은 언제나 한 달 가까이 지날 무렵에야 편지를 보냈다. 갇혀 있는 사람이니만큼 더 열심히 편지를 할 것 같은데도 그렇게 하지 않았다. 동호는 그것이 그의 자존심을 드러내는 한편, 친구에게 부담을 주지 않으려는 마음의 표현이라고 생각했다. 하지만 그러한 승철의 마음이 오히려 동호를 불편하게 했다.

승철이 면회실로 들어왔다. 승철은 걸어오면서 천장을 힐끗 쳐다보았다. 규칙적인 생활 덕분인지 예상보다 말쑥

한 모습이었다.

"건강해 보이네."

"실제로 건강해. 너는 살이 빠진 것 같네."

"좀 가벼워졌어. 서울에서보다 술 마실 일이 없어서 그런 가 봐. 뭐, 들어오자마자 연이어 마시고 있지만."

"어떻게 예고도 없이 들어왔어? 어머니는 건강하셔?"

"건강하시지. 스위스에 계신다고 말했던가?"

"스위스 사람과 재혼하셨잖아. 너 잠깐 결혼식 다녀온다 고 했던 기억이 나는데. 무척 아름다운 호수가 있는 곳이었 다고."

"스위스에 멋진 호수야 많지. 루체른에 살고 계셔."

"맞아. 참, 이번에는 그냥 쉬러 온 거야?"

"아니, 무슨 일이 하나 있기는 해. 별일은 아니고."

동호는 승철의 손을 보았다. 그러고 보니 그의 손을 자세 히 본 적이 있었는지 기억이 나질 않았다. 짧고 강인해 보이 는 손가락들이 거무튀튀한 피부로 덮여 있었다. 저 손이 원 래 짙은 색이었는지, 교도소 내의 노역이 그렇게 만들었는 지는 알 수 없었다. 다만 오른손 손등에 남아 있는 혜성 모양 의 상처는 동호도 알고 있었다. 대학교 이학년 때 학교 운동 장에서 함께 오토바이를 배운 적이 있었다. 승철은 동호를 피하려다가 농구대를 들이받으면서 넘어졌다. 다행히 손등을 심하게 긁힌 것 외에 별다른 상처는 없었다. 일주일 후 여름 방학이 시작되었고, 두 사람은 예정대로 교토로 여행을 떠났다. 교토 숙소 근처 라멘집에서 소바를 먹고 있을 때, 승철은 손등을 붕대로 감고 있었다.

옆 테이블에 또 다른 한국인 학생들이 우동을 먹고 있었다. 그중 한 여학생이 붕대를 감은 손으로 젓가락이 아닌 숟가락을 들고 소바를 떠먹는 승철을 보며 웃었다. 승철은 그 여학생에게 "생각보다 어렵지 않아요" 하고 말했다. 몇 년 후에 그들은 결혼했다. 그리고 십사 년 후 그 여학생이 죽었고, 법원은 승철이 그녀를 죽인 것으로 인정했다.

몇 년간의 결혼 생활은 두 사람을 지치게 만들었다. 승철은 지혜롭지 못했고, 그녀는 고집이 세고 감정 조절에 문제가 있었다. 동호는 둘 중 누구에게 잘못이 있는지, 누가 더 많은 잘못을 했는지 알지 못했다. 가끔 승철이 푸념을 했으나 동호는 그것이 승철이 생각하는 자기만의 서사일 뿐이라고 여겼다. 이혼을 막기 위한 마지막 방편으로 승철은 청평의 펜션에 놀러 가자고 아내에게 제안했다. 그리고 이틀째 밤, 그녀는 자상과 타박상을 입은 채 죽었다. 그 시각 승철은 지인인 펜션 주인과 계곡 아래의 식당에서 술을 마시고 있었다. 심야에 돌아온 그는 아내의 시신을 발견하고 경찰에 신고했다. 그러나 경찰은 승철이 술을 마시던 중에 펜

션으로 돌아와 아내를 살해하고 다시 식당으로 가서 술을
마셨다고 결론지었다.

"지난달에는 시원이가 왔었어. 그동안은 오고 싶다는 것
을 말렸는데 더 이상 그럴 수가 없어서. 보는 게 정말 힘들었
는데, 의외로 딸이 늠름해서 다행이었어."

"안 그래도 오늘 찾아가기로 했어."

"여러 가지로 고마워."

"뭐가?"

"생활비 보내주는 것도 알고 있어. 어머니가 말씀하시더
라고."

"적은 돈이야. 신경 쓰지 마. 그냥 가끔 시원이랑 외식이
나 하시라고 보내드리는 거네."

"아무튼 고맙네."

동호는 자신이 승철의 처지라면 얼마나 견딜 수 있을지
생각해보았다. 아내가 죽었는데 누명을 쓰고 수감되어 있
다면 세상을 향한 무한한 분노를 어떻게 견딜 수 있을까?
승철은 동호가 미국으로 떠날 무렵에는 모든 것을 포기했
는지 차라리 평온해 보였다. 동호는 그 평온함을 보는 것이
괴로웠다.

"한 달 정도 한국에 있을 거야. 더 길어질 수도 있고. 그사
이에 몇 번 더 들를게. 시원이나 어머니께 전할 말이 있어?"

"시원이가 학교에서 무슨 우울한 일이 있었다는데, 뭔 일인지 물어보고 다독여 줘. 난 잘 있다고 전해주고."

승철은 자신을 향해 손을 흔들며 걸어가는 동호를 계속 물끄러미 바라보았다. 위로를 받아야 하는 것은 승철이었는데, 오히려 그가 동호를 위로하고 싶어 하는 표정이었다. 동호는 그것이 마음에 들지 않았다.

안국역에서 감사원으로 가는 길에 고개가 있다. 동호는 고개가 시작되기 직전에 횡단보도를 건너 골목으로 들어섰다. 골목은 제법 가파른 오르막길로 이어졌다. 중간에 오르막길이 둘로 나뉘는 곳에는 유난히 커다란 저택이 있었고 그곳을 지키는 경비원들도 몇 명 눈에 띄었다. 동호는 그들을 지나쳐서 계속 오르막길을 걸었다. 오르막길의 끝에 작은 한옥이 있었고 그 맞은편에는 구멍가게가 있었다. 문이 닫힌 구멍가게 앞에 흰색 털과 갈색 털이 섞인 고양이 한 마리가 웅크리고 있었다. 그때 한옥의 문이 열리면서 한 소녀가 걸어 나왔다. 시원이었다. 동호가 부르려는 찰나, 시원이는 고양이 앞으로 쪼르르 달려갔다. 아이가 앞에 서자 고양이는 발을 내밀었다. 고양이의 발을 만지작거리던 시원이가 동호의 기척을 느꼈는지 그제야 바라보고는 조그맣게 웃었다.

동호는 마루에 걸터앉아 집으로 따라 들어온 고양이를 보았다. 고양이는 대문 옆에 있는 장독에 올라 앉아 있었다. 승철의 어머니가 참외를 쟁반에 담아 포크와 함께 내놓았다. 시원이는 구멍가게에서 과자를 고르는 게 오래 걸리는 모양이었다. 승철의 어머니가 입을 열었다.

"학교에서 잘 지내는 편이었는데, 얼마 전부터 학교 가는 걸 힘들어하길래 꼬치꼬치 캐물었지. 처음에는 말을 안 하더라고. 그래서 학교를 가봤지. 그랬더니 선생이 묻는 거야. 부모님은 어떻게 됐느냐고. 그래도 있는 대로 다 말할 수 있나. 엄마는 일찍 세상을 떴고 아빠는 돈 벌러 외국에 가 있다고 했지. 그런데 안 믿는 표정이더라고. 아니, 뭔가 아는 눈치야. 누군가에게 들었겠지. 그렇다고 설마 선생이 애들에게 말하지는 않았겠지. 그런데 선생들끼리 얘기하는 걸 누가 들었던가. 특별히 못되게 굴지는 않는다지만 애들 눈초리가 다른 걸 시원이도 안 거지. 견디기 힘든가 봐. 어린 마음에 어떻게어. 그래도 저렇게 반듯하니 다행이지. 전학을 시켜야하나 싶기도 하고. 그러려면 이사를 가야 하는데……."

동호는 아무 말 없이 참외를 포크로 찔렀다. 참외의 단맛조차 이질적으로 느껴졌다. 복잡한 마음과는 별개로 혀를 감싸고 도는 단맛이 어딘가 낯설었다. 동호는 포크를 내려놓고 고양이를 응시했다. 고양이는 다른 장독으로 조용히 도약했다. 오후의 햇살이 고양이털에 반사됐다. 대문 위로는 뭉게구름이 강렬한 흰빛으로 빛나고 있었다. 모든 것이 평온하고 찬란한 가운데 동호의 마음만 들끓고 있었다. 그때, 시원이가 손에 과자를 들고 들어왔다.

"아저씨, 아빠 만나고 오셨어요?"

"음, 집에 오기 전에 만나고 왔어. 건강해 보이시더라. 아빠 만나러 갔었다면서?"

시원은 고개를 끄덕였다.

"전 잘 이해가 안 돼요. 죄가 없는데 어떻게 감옥에 있는 건지. 밤에 가끔 생각해봐요. 혹시 아빠한테 죄가 있는 게 아닐까? 그런데 내가 아는 아빠는 그런 사람이 아니에요. 아빠는 죄가 없다. 그런데 아빠는 감옥에 있다. 감옥에 있는 사람은 죄를 지은 사람이다. 그런데 아빠는 죄가 없다. 죄가 없는 사람은 감옥에 가지 않는다. 그런데 아빠는 감옥에 있다. 이러다 보면 도저히 생각이 끝나질 않아요. 그 생각에서 맴맴 돌다가 잠들어버려요."

동호는 시원의 손을 잡았다.

"시원이도 뭔가 착각할 때 있지?"

"네."

"어른들도 너처럼 착각할 때가 있어. 열심히 생각했는데, 잘못된 생각에 이르는 거야. 아빠 재판을 맡은 사람들도 열심히 생각했지만 내용이 너무 복잡해서 헷갈린 거야. 그리고 그 사람들은 아빠가 어떤 사람인지 모르잖아? 그래서 일단 죄가 있을 수도 있고 없을 수도 있다고 생각한 거지. 그런데 '죄가 있을 수도, 없을 수도 있다'고 결론을 내릴 수는 없잖아? 그래서 하나를 선택해야만 하는데, 그때 착오를 일으켜 엉뚱한 결론을 내린 거야."

"그럼 정말 나쁜 사람 아니에요? 죄 없는 아빠를 감옥에 가뒀으니까 그 사람들도 감옥에 가야 하는 거 아니에요?"

"그렇지. 하지만 어리석다고 감옥에 보내지는 않아."

시원은 그 부분에서 이해가 잘 안 되는지 화난 표정을 지었다. 고양이는 이제 장독에서 내려와 어슬렁거리며 동호 쪽으로 다가왔다. 그는 고양이와 눈이 마주쳤다. 고양이는 걸음을 멈추고 동호를 바라보았다. 그 무표정함이 섬뜩하게 느껴졌다. 대문 위 뭉게구름은 담 너머로 흘러가서 더 이상 보이지 않았다. 승철의 어머니는 마루에 앉아 대화를 듣다가 눈물을 글썽였고, 동호는 뭐라 더 말하고 싶었으나 할 수가 없었다.

8

기태는 새로 구입한 디지털카메라를 점검하며 나갈 준비를 했다. 성능 좋은 망원렌즈 덕분에 제법 먼 거리에서도 관장이 만나는 사람들을 확인할 수 있었다. 사진 속 인물들을 확인하는 것은 정미가 담당했다.

"이름을 대면 알 만한 사람들이 많네요. 분야도 어찌나 다양한지. 대기업 대표에 아나운서에 장관에 배우에."

"특이한 사람들이 있나?"

"열 명 정도는 누군지 알아냈는데, 글쎄요. 특이한 점은 못 찾겠네요. 그런데 한남동 일식집에서 찍은 인물을 아직 확인 못했어요."

그때 기태의 스마트폰 진동음이 들렸다.

"여보세요. 아, 오늘 저녁 여섯 시? 응, 고마워."

기태는 전화를 끊으며 휘파람을 불었다.

"누구 전화길래 그러세요?"

"그 일식집 종업원. 그 남자가 오 관장 이름으로 예약했다고. 어디 가서 이발도 좀 하고 슬슬 가볼까?"

"그런데 벌써 말 놓는 사이세요?"

"응?"

"제발, 자중 좀 하시죠? 언젠가 제대로 걸려서 큰코다칠걸요? 내가 입사하고 몇 달 안 돼서 함부로 낯 뜨거운 농담을 할 때, 그때 고소했어야 했는데. 내가 마음이 약해서."

"변호사님한테 일러서 쫓겨나기 일보 직전까지 갔으면 고소한 거나 다름없잖아. 너한테 손이 발이 되도록 빌었던 거 기억 안 나?"

"그때 콩밥을 먹였으면 조신하게 살 텐데, 내가 너무 봐줬어."

정미는 다시 모니터를 보면서 기태를 비웃었다. 기태는 손가락을 꺾어 소리를 내고는 가방에 카메라를 챙겨 넣었다.

"오빠는 나간다."

"오빠, 좋아하시네."

기태는 카운터 담당자가 주방장과 이야기를 나누는 사이에 예약자 리스트를 살폈다. '여섯 시, 교토, 두 명, 오 관장.' 기태는 '교토'라고 적힌 방의 옆방 문을 조심스럽게 열었다. 종업원이 쪼르르 달려왔다.

"이 방 써도 되나? 혼자지만 비싼 술 시켜서 방에서 마시게."

종업원은 "그러세요"라고 말하며, 기태의 허리를 살짝 꼬집었다. 기태는 방에 자리를 잡는 척하며 종업원이 사라지길 기다렸다. '교토' 방문을 열어 안에 아무도 없는 것을 확인한 후, 다시 방으로 돌아와 가방 속에서 청테이프와 소형 녹음기를 꺼냈다. 테이프를 십 센티미터 정도 손끝으로 재빨리 잘라낸 후 소형 녹음기 한 면에 붙였다. '교토'의 테이블 윗면과 다리 사이에 녹음기를 부착하고 전원 버튼을 켰다. 그러고는 자기 방으로 돌아와 호출 버튼을 눌러 종업원을 불렀다.

"십만 원 안 넘는 선에서 자기가 좋아하는 정종 한 병 하고 스시 정식 하나 줘."

"난 정종 맛 몰라요. 주방장에게 물어봐서 적당한 거 드릴게요."

기태는 종업원 손목을 슬쩍 잡으며 말했다.

"일하면서 같이 홀짝홀짝 마시자고."

종업원은 싫지 않은 기색으로 눈을 흘겼다. 기태는 시간을 확인했다. 오후 5시 45분. 종업원이 해삼, 멍게가 든 접시를 놓고 나갈 때, 기태는 문을 살짝 열어두었다. 차가운 정종을 마시며 바깥 소리에 귀를 기울였다. 여섯 시가 조금 지나 발소리와 함께 옆방 문이 열리는 소리가 들렸다. 기태는 취하지 않을 정도로 속도를 조절해가며 정종을 마셨다. 옆방에서는 간간이 언성 높은 소리가 들려왔지만 그 내용은 알수가 없었다. 기태가 정종 반병을 비웠을 때, 옆방 문이 신경질적으로 열렸다 닫히는 소리가 들렸다. 누군가 먼저 나가고 뒤따라 나가는 발소리. 기태는 문틈으로 복도에 아무도 없는 것을 확인하고 재빨리 옆방으로 들어가 녹음기를 회수했다. 테이블 위에는 손도 대지 않은 스시가 접시에 그대로 남아 있었다.

기태는 방으로 돌아가 가방을 챙겨 나왔다. 종업원이 다가왔을 때 지갑에서 오만 원권 석 장을 꺼내 건넸다.

"나머지는 팁. 관장님 차 타기 전에 말을 붙여야 돼서. 오빠 간다. 전화할게."

종업원은 입술을 실룩거리며 보일 듯 말 듯 손을 흔들었다. 기태가 밖으로 나왔을 때, 관장의 차는 이미 주차장을 빠져나가고 있었다. 차에는 관장 혼자 타고 있었다. 기태는 얼른 주위를 살폈다. 몸에 잘 맞지 않는 검은 양복을 입은 그 남자가 한남오거리 방향으로 걸어가고 있었다. 뒤쫓을까 생각하다 굳이 따라갈 필요는 없다고 판단했다. 우선 녹음기에 녹음된 내용이 궁금했다.

동호는 서 대표가 보낸 이메일을 확인했다.

전화로 간단히 말했지만 다시 설명할게. 지난번에 내가 이야기한 기획 있잖아? 손예진도 관심이 많네. 정재하고 예진이가 하겠다면 바로 제작하는 거지. 아무튼 작가가 내가 준 시놉시스로 트리트먼트를 썼어. 그것으로 다시 시나리오를 쓰는 중이야. 그런데 트리트먼트가 법률적으로 말이 되는지 체크 좀 해줘. 사고를 가장해 사라진 사람이 법률적으로 사망자로 처리되려면 법원이 인정을 해줘야 하잖아? 시신은 없지만 사망한 것으로 처리하는 부분들이 말이 되는지. 회사 고문 변호사에게 대충 상담하고 쓰기는 했는데, 한 번 더 확인해보려고.

동호는 메일에 첨부된 「리셋」이라는 제목의 PDF 파일을 열었다. 문서의 배경에는 희미하게 'Pi Entertainment'라는 워터마크가 새겨져 있었다. 동호는 서 대표에게서 이미 들은 부분은 대강 건너뛰고 읽기 시작했다.

「리셋」-TREATMENT
#5, 대검찰청.
수사관이 검사에게 보고하고 있다. A 변호사 사무실에서 이상한 실종 사건을 여러 차례 처리했다는 정보 보고

이다. 실종된 사람들은 거액의 사채를 빌린 상태였다. 검사는 수사관에게 반문한다.

"변호사가 어느 사건 잘 처리해서 유사 사건을 또 수임하는 게 그렇게 이상한가? 혹시 자네 요즘 사채업자들하고 어울리나?"

수사관이 얼굴이 벌게진 채 변명을 한다.

#6, 법무법인 '민'.

주인공, 법무법인 민에서 민 변호사와 커피를 마시고 있다.

"혼자 일하는 게 좋나? 방도 하나 줄 테니 들어와서 일하지 그래?"

"아뇨, 좀 덜 벌어도 자유롭게 있는 게 좋습니다."

"누님은 이제 좀 어때?"

#7, 요양원.

주인공, 요양원에 있는 누나를 방문한다. 교외의 숲에서 도망치던 여자이다.

"어머니는 건강해. 동생은 속초 해변에서 식당을 하고. 수완이 좋아서 밥 먹을 정도는 되는가 봐. 누나, 좀 나아지면 같이 놀러 가자."

여자는 말이 없고 겁에 질려 있다. 주인공, 침묵에 휩싸였다가 다시 말을 잇는다.

"그놈들 거의 파악이 됐어. 워낙 힘센 놈들이라 제대로 처리하려고 철저히 준비하고 있어. 곧 혼내줄 거야. 미안해. 자꾸 늦어져서."

#8, 주인공 오피스텔.

컴퓨터로 문서를 작성하고 있던 주인공에게 누군가 메신저로 말을 붙인다.

"리셋해주시는 분이 맞나요?"

"무슨 일이시지요?"

"그렇다고 들어서요."

"어떻게 연락처를 알았나요?"

"박수미 씨에게서 받았어요. 개명한 이름이죠. 우연히 와인 모임에서 알게 되어 몇 달 전부터 많이 친해졌는데, 언젠가 술에 취해서 흥미로운 이야기를 해주더군요."

"빚 문제인가요?"

"아뇨. 돈은 있어요. 그런데 이렇게는 못 살아요. 외국에 가고 싶지도 않고요."

"당신의 스토리와 희망사항을 A4 한 장으로 적어서 보내세요. 마음에 들면 제가 연락을 드릴 것이고, 아니다 싶으면 연락을 안 할 겁니다. 이 계정을 오래 사용하기도 했고, 당신이 이 계정으로 갑자기 말을 걸어왔기 때문에 언제든 없앨 수 있어요. 이제는 제가 연락하기 전에 먼저 말걸지 마세요."

#9, 민속주점.

사채업자가 검찰 수사관과 술을 마시고 있다.

"좀 알아봤나?"

"변호사는 검사 몇 년 하다가 부장 달기 전에 개업한 변호산데, 평판은 괜찮더군요. 수완이 좋은지 사건도 많고요. 작은 법무법인인데, 사건 수임 경로는 확인 중입니다."

"우리 돈 떼먹은 년들이 셋이나 차례로 사라지고 같은 사무소가 법적으로 사망 처리를 했다는 게 우연일 수 있나? 냄새가 나. 뭔가 너무 정교해. 확인해보니까 그년들이 없어지기 전에 내 돈을 왕창 더 빌렸어. 패턴이 비슷해."

"혹시 다른 사장님들한테도 그런 일이 있었는지 물어보면 어떨까요?"

"누구한테? 그런 양아치들한테 뭘 물어?"

"그래도 장 사장님 정도는 말이 통하지 않습니까?"

#10, 법원.

법무법인 민 소속의 젊은 변호사가 변론 중이다. 판사
가 말한다.

"실종되기 전에 빚이 많았네요. 채권자가 자꾸 재판부
에 탄원서를 내고 있습니다. 안 죽었을 거라고. 난감하
네요."

"시신은 못 찾았지만 사고 장면을 본 친구도 있는데,
너무 억측인 것 같습니다."

"알겠습니다. 2주 내에 결정하겠습니다."

#11, 사무실 안.

사채업자가 장 사장을 만나고 있다.

"고 실장! 작년에 잠적했다가 법원에서 사망 처리한 놈
파일 좀 가져와 봐."

실장이 파일 두 개를 가져온다. 장 사장은 돋보기 아래
로 파일을 뒤적거린다.

"그러네. 이것도 법무법인 민에서 대리했네."

"그래요?"

사채업자, 장부를 넘겨받아 살펴본다.

동호는 트리트먼트를 읽다가 졸기 시작했다. 문득 자신

이 졸고 있다는 것을 자각하고 창밖을 보았다. 남산으로 이어지는 도로의 가로등 불빛이 점멸하듯 반짝였다. 그때 기태의 메시지가 도착했다.

오 관장이 일식집에서 만난 사람은 부학개발 편수혁 전무입니다. 어느 건물 준공식 때 구석에 서 있는 사진을 찾았는데, 일식집에서 본 사람이 맞습니다. 비서실장에게도 이름과 사진을 확인했어요. 일식집에서 대화를 녹음했는데 심상치가 않네요. 중요한 부분을 잘라서 파일로 보내드려요. 확인하시고 내일 아침에 봬요.

동호는 전송된 녹음 파일을 눌렀다. 잔을 부딪치는 소리에 이어 목소리가 들렸다. 오 관장의 목소리는 다소 떨리고 있었다.

"전무님, 정말 실망입니다. 이런 분인지 몰랐어요. 이러다가 우리 전부 죽습니다."

"수사를 받으면서 당신과 회장을 보호하려고 제가 얼마나 노력했는지 아십니까? 구속된 후 재판이 시작될 때까지 검사실에 수도 없이 불려갔어요. 재판 때 확인해보니 무려 서른다섯 번이에요. 검사 놈이 한 건 잡으려고 혈안이 되어서는 겁주다가 회유하다가 하는데, 차라리 여기서 죽자는 생각까지 들었어요. 그 고초를 겪고 나왔는데 이제 와서는 날 만나주지도 않는다니, 이거 너무하는 거 아닌가요?"

"안 만나주는 건 제가 아닙니다. 회장님이지."

"그러니까 내 이야기를 회장에게 전해서 담판을 지어달라는 겁니다."

"말했어요. 그런데 말을 잘라버리고 입도 뻥긋하지 못하게 하시니, 전들 무슨 수가 있습니까?"

"그럼 관장님이 책임져야지요. 제가 입만 열면 회장만이 아니라 관장님도, 또 누구누구도 다 골로 갑니다."

"……."

"이게 제 최후통첩입니다. 회장 돈이든 당신 돈이든 제가 말했던 금액을 이달 말까지 현금으로 마련해서 연락주세요. 수장고에 있는 그림 몇 개 팔면 되는 돈 아닌가요? 아니면 그림을 주든지. 그럼 전 한국 뜹니다. 안 그러면, 내가 아는 걸 다 말하는 수밖에. 농담 아닙니다. 민 의원에게도 가 전하세요. 그 사람이라도 나서서 마련하시라고."

"돈을 주면 당신이 조용하리라는 걸 어떻게 믿나요? 돈챙기고 외국 나가서 제보해버리면 그만 아닌가요? 이미 감정이 상할 만큼 상했는데."

"나는 여생을 편히 사는 게 목적입니다. 돈만 마련되면 세상사 복잡한 일에 더 이상 관여하고 싶지 않아요."

"회장님이 그 말을 안 믿습니다."

"당신은 내 말 믿어요? 가서 회장이든 민 의원이든 설득하세요. 나도 기다리느라 지쳤어요. 이게 마지막입니다. 더 이상은 참을 수가 없어요."

기태가 보내준 녹음은 여기까지였다. 동호는 미국에 서버를 둔 드롭박스에 녹음 파일을 업로드했다. 중요 자료를 보관하는 방식이었다. 그는 연이어 보고 들은 두 개의 파일에 피로감을 느꼈다. 리셋…… 부학개발 전무도 나름의 리셋을 꿈꾸고 있는지도 몰랐다.

9

기태가 갤러리 지하 주차장에 차를 세우자 동호는 곧바로 조수석에서 내렸다. 백화점에서 새로 구입한 양복이 거북한 느낌도 있었지만, 잘 차려입은 만족감도 없지 않았다. 기태의 계획대로 그림을 모으는 중인 부유한 변호사로 보일런지는 모를 일이었다. 기태도 나름 캐주얼하면서도 신경을 쓴 옷차림이었다. 둘은 엘리베이터를 타고 2층으로 올라갔다. 전시장 입구에는 기태가 전에 보았던 직원과 다른 직원이 앉아 있었다. 동호는 전시장으로 들어가서 전시된 그림들을 살펴보았다. 특정 작가의 작품이 아니라 화랑의 국내외 소장품들을 전시하고 있었다. 동호가 그림을 구경하다가 돌아보니 기태와 직원이 자연스럽게 웃으며 담소를 나누고 있었다. 동호는 '저것도 재주라면 재주네'라고 생각하며 전시장을 마저 둘러보았다. 층고가 높은 전시장은 잘 관리되어 있었다.

동호는 기태와 직원에게 다가갔다. 기태의 사전 작업이 원활했는지 직원이 자리에서 급히 일어나 깍듯하게 인사했다. 동호는 어정쩡하게 인사를 받았다.

"좋은 그림은 다 수장고에 있다면서요?"

"양평 수장고요? 아마 그럴 거예요. VVIP들은 그리로 직접 가시는 것 같은데. 저도 이야기만 들었지 못 가봤어요."

"우리 변호사님이야말로 진짜 VVIP일 텐데. 미래화랑만큼은 아니겠지만 제법 큰 그림 창고를 갖고 계시거든."

"그런 얘기까지 뭐하러."

"왜요, 창고에 보안장치를 제대로 해야겠다고 일전에 변호사님이 말씀하셨잖아요. 아, 혹시 여기 보안장치 업체 연결해줄 수 있나? 아무래도 일반 보안 업체랑 좀 다르지 않겠어요?"

"다를 거예요. 양평 수장고는 보안이 철저하다고 관장님이 자랑하시긴 했거든요."

"역시 통하는 게 있어. 연락처 좀 알려줘요. 이렇게 또 인연이 되네."

"거기 직원이 정기적으로 갤러리에 들르는데, 잠깐만요, 어딘가 명함이 있을 거예요."

직원이 책상 서랍을 열어서 뒤적거리더니 명함을 건네주었다. 기태가 스마트폰으로 명함을 찍는 사이, 동호는 놀란 표정을 감추며 그가 하는 행동을 지켜보았다.

"다음에는 오 관장님 계실 때 올게요. 미리 전화해서 관장 님이 계신지 확인하면 되겠죠?"

"네. 월요일부터 수요일까지는 대개 오후에 사무실에 계 시니까 미리 전화주세요."

동호와 기태는 직원에게 인사를 하고 전시장을 나왔다.

미래화랑에서 알려준 '은성보안'은 예술의전당 근처에 위치해 있었다. 화강암으로 마감을 한 2층 건물에는 보안 업체답게 구석구석 CCTV가 자리 잡고 있었다. 기태는 출입 문 앞에서 미리 방문 의사를 알려둔 엄 부장에게 전화를 걸 었다. 엄 부장이 직접 나와 회의실로 안내했다.

"미래화랑에서 소개를 받으셨다고요?"

"은성보안이 최고라고 하더군요."

"창고 크기가 얼마나 되나요?"

"이제 구입하려고 하는 겁니다. 적당한 전원주택을 하나 사서 그 용도로 쓰려고 하는 것이라서 창고라고 하기는 좀 그렇습니다. 그런데 보안장치를 어떻게 하는지 미리 알아 두면 주택을 구입할 때 도움이 될 것 같아서요. 공사도 해야 할 텐데, 아예 보안장치를 염두에 두고 공사할 수도 있고."

"맞습니다. 아예 공사할 때 같이하면 좋지요. 물론 어떤 건물이든 보안시스템을 완벽하게 시공할 수 있지만요."

"정말 완벽한 수준입니까?"

"미래화랑에서 소개받으셨다면 아시지 않습니까. 거기 양평 수장고, 저희가 직접 설계하고 시공한 겁니다. 관장님이 얼마나 까다롭고 철저하신지. 고생 좀 했습니다만, 공공기관이 아닌 사설 갤러리 수장고로는 수준급이죠."

"홍채 인식, 이런 거 말씀이십니까?

"보안장치야 하기 나름이지요. CCTV, 홍채 인식, 경보 장치 등은 기본이지요. 요즘은 CCTV 영상을 스마트폰으로 계속 확인하기도 합니다."

"이해할 수 있게 설명해주신다면 도움이 될 것 같습니다만."

기태는 내비게이션이 안내하는 대로 양수리를 지나 춘천으로 가는 구도로에서 좌회전했다. 논 옆으로 난 길을 따라 몇 분 정도 운전해 가자, 울창한 산 밑에 요새처럼 자리한 수장고가 보였다.

"변호사님은 일단 차 안에 계세요. 제가 수장고 주변 좀 둘러볼게요."

기태는 시동을 끄고 미세먼지용 마스크를 썼다. 그는 이십 미터가량 떨어진 수장고로 걸어갔다. 수장고 옆 경비실에는 불이 켜져 있었으나 경비원은 없었다. 여직원이 부주의하게 발설한 것처럼, 2교대로 지키는 경비원들은 일요일 밤에는 모두 쉬고 있었다. 기태는 엄 부장의 설명에서 힌트를 얻은 대로 CCTV가 촬영하는 공간을 교묘히 피하며 마치 영화 스튜디오처럼 보이는 수장고를 여러 각도에서 촬영했다. 수장고는 단층이었고 황금 비율의 직사각형 모양이었다. 짧은 쪽의 길이가 삼십 미터쯤 되어 보였고, 2층 건물 높이였다. 수장고 주변에는 플라타너스가 빽빽하게 심어져 있었다.

십여 분간 사진을 찍던 기태는 멀리서 차량이 접근하는 소리가 들리자 플라타너스에 몸을 숨겼다. 한 남자가 경비실 옆에 차를 세우고 내렸다. 부학개발 전무였다. 그는 경비실 앞에서 담배를 피웠다. 기태에게 멘솔 담배 냄새가 전해졌다. 기태는 동호에게 '전무가 수장고에 왔어요. 차에서 불빛이 새어 나오니 스마트폰을 그만 보세요'라고 메시지를 보냈다. 다시 십오 분쯤 지났을 때 마이바흐 차량이 다가왔다. 그러나 차에서는 아무도 내리지 않았다. 전무는 누군가 내리기를 기다리다가 이상하다고 생각했는지 차로 다가갔다. 운전석에 누가 탔는지를 확인하려고 허리를 숙이는 순간, 갑자기 차문이 열렸다. 그리고 단신의 남자가 내렸다.

기태는 카메라를 동영상 모드로 놓고 촬영을 시작했다.

남자는 전무에게 인사를 하는 듯하더니 갑자기 그의 배를 세게 걷어찼다. 보통 날렵한 솜씨가 아니었다. 전무가 비틀거리자 남자는 복싱 자세를 취하더니 전무의 안면을 주먹으로 가격했다. 전무가 뒤로 쓰러지자 남자는 그를 수풀로 안으로 끌고 갔다. 삼사 분쯤 지나자 남자는 마이바흐의 트렁크를 열고 축 늘어진 전무를 실었다. 기태는 조심스럽게 자기 차로 걸어갔다. 마이바흐가 떠나자마자 그는 재빠르게 차에 올라타 시동을 걸었다. 먼발치에서 그 광경을 보고 있던 동호는 이미 충격에 휩싸여 있었다. 기태가 차를 몰고 달리기 시작했다.

"따라가려고?"

"그래야죠. 잠깐 이 카메라로 저 차 좀 촬영하고 있어요. 동영상 모드로."

동호는 기태가 알려주는 대로 카메라를 작동시켰다. 기태는 마이바흐가 의식하지 못하도록 멀리 떨어져서 따라갔다. 이십 분 정도 달린 마이바흐는 어느 야산의 작은 길로 접어들었다. 기태는 마이바흐가 눈치챌까 봐 작은 길로 들어서지 못하고 근처에 차를 세웠다. 앞서 오십 미터쯤 올라가던 마이바흐의 헤드라이트가 꺼졌다.

기태는 동호에게서 카메라를 넘겨받은 후에 차에서 내려 작은 길로 걸어갔다. 삼십 분쯤 지나자 기태가 헐레벌떡 차로 뛰어 들어왔다. 작은 길에서 나오던 마이바흐가 기태의 차 옆으로 지나갔다. 운전석에 앉아 있던 그 남자는 기태의 SUV를 유심히 살폈다. 기태 차의 선팅이 짙어서인지 그 남자는 안에 사람이 있는 것은 모르는 듯했다. 기태는 마이바흐가 지나쳐 간 후 다시 재빨리 뒤쫓았다. 그러나 마이바흐가 엄청난 속력으로 달리는 바람에 따라잡을 수가 없었다.

"전무를 등산로 옆에 묻었어요. 변호사님, 이제 어떻게 하죠?"

기태의 목소리가 전에 없이 떨리고 있었다. 동호는 그 앞에서 침착함을 유지했다.

"혹시 차량 번호 봤어?"

"그럴 정신이 아니었어요. 동영상으로 촬영해놨으니 아마 확인할 수 있을 거예요."

"나중에 확인하기로 하지."

"신고를 해야 할까요?"

"우리가 거기 왜 갔는지 어떻게 설명할 건데?"

"그러네요. 그런데 아까 그 단신 얼굴 보셨어요? 어쩐지 섬뜩하던데요. 변호사님, 아무래도 이거 그냥 조사로 끝날 사건이 아닌 거 같아요."

올림픽대로를 달리던 차가 한남대교 부근에 이르렀을 때

동호가 기태에게 말했다.

"서래마을 입구에 내려줘."

"왜요? 레지던스로 안 가세요?"

"잠깐 만날 사람이 있어서. 촬영한 동영상은 시간되는 대로 확인해줘. 그리고 피시나 노트북에 저장하지 말고 따로 보관해."

동호는 시계를 보았다. 저녁 9시 35분, 그는 국립중앙도서관에서 서래마을로 이어지는 가파른 계단에 앉았다. 내리막길 옆에 있는 빌라의 2층을 차갑게 노려보았다. 두 시간 전 살인을 목격한 동호는 자신이 왜 여기에 왔는지 자문해보았다. 극도의 긴장으로부터 어떻게든 벗어나고 싶은 걸까. 만일 저 빌라의 불 켜진 2층에 남자로 보이는 실루엣이 언뜻 비치지만 않았더라면 동호는 근처를 지나치다가 메시지를 보낸다고 둘러댔을 것이다. 선우가 다른 일로 멀리 있었다면 동호는 산책한 셈 치고 서래마을 입구에서 142번 버스를 타고 레지던스로 돌아갔을 것이다. 선우가 집에 있었다면, 그리고 지금과 달리 혼자 있었다면 동호는 선우와 저 아래 커피숍이나 일본식 선술집에서 미심쩍은 갤러리로부터 시작하여 예술에 대해서, 그리고 그들의 관계에 대해서 이야기를 나누었을 것이다. 그러다가 어쩌면 선우의 빌라로 가서 아주 오랜만에 근사한 섹스를 나눴을 것이다. 눈으로 대화를 하며, 이끌고 이끌리며 조금씩 흥분에 빠져드는 섹스를 하다가 어쩌면 저 빌라에서 잠들었을 것이다. 둘은 어쩌면 다시 사랑에 빠졌을 것이다.

'망할 놈의 독일인.' 동호는 얇은 커튼 너머로 일렁이는 그림자를 다시 보았다. '빌어먹을 나치. 메피스토펠레스 같은 놈.' 동호는 침을 삼켰다. 목이 말랐다. 흐린 탓인지 별이 하나도 보이지 않았다. '아니면 안경을 맞추어야 하나? 혹시 여자 친구가 아닐까? 맞아, 키 작고 통통한 그 친구의 이름이 뭐였지. 아니, 그림자의 키가 크구나. 망할 놈.' 동호는 문득 젖가슴의 감촉을 기억해냈다. 그것이 볼에 닿을 때의 적당한 따뜻함과 부드러움을 기억해냈다. 동호는 자신을 여기까지 이끌어 기어코 바보로 만든 것이 그 감촉이었다는 것을 알았다. 아니, 그는 이미 알고 있었다. 다만 의식적으로 직시하기를 거부했을 뿐. 보아야 되는 것은 아무리 괴로워도 피하지 말자고 매사에 얼마나 다짐했던가. '자신은 직시할 것을 회피하지 않는 사람'이라는 은근한 자부심이 그를 더 처량하게 만들었다. '정말 남자가 맞나?' 그때 커튼이 살짝 열렸다. 키 큰 여성이 보였다. 처음 보는 사람이었다. 동호는 마음이 가라앉는 것을 느끼면서 마음의 동요를 일으킨 자기 자신이 수치스러웠다. 소설에서, 가요에서, 그토록 자주 묘사된 이런 뻔한 감정의 덫에 걸려들었다는 사실이 혐오스러웠다. 반복되어 나타나는 그 패턴들이 자신에게도 일어날 수 있다는 위험성을 알아차렸어야 했다. 동호는 배낭을 메며 계단에서 일어났다.

동호는 선우를 바래다주고 나면 늘 걷던 길을 걸었다. 국립중앙도서관의 앞뜰을 가로질러 학술원 방향으로 걸었다. 나무들이 아스팔트길로 쏟아질 듯 어둡게 드리워져 있었다. 성모병원에서 서초역으로 이어지는 대로에 이르렀다. 동호는 택시를 기다렸다. 건너편으로 택시가 간간이 지나갔으나 이쪽 방향으로는 오지 않았다. 그는 길을 건너지 않고 서초역까지 걸었다. 다시 교대역까지, 그리고 강남역까지 걸었다. 그는 강남 역 정류장에서 버스를 탔다. 버스 안에는 승객이 세 명밖에 없었다. 그들마저도 모두 곧 내렸다. 한강을 건너는 버스 창밖으로 희미한 별이 몇 개 보였다. 동호는 자신과 선우가 다시 연인이 될 수는 없다는 것을 받아들였다. 그리고 자신만 미처 몰랐을 뿐 이미 정해진 일이었다는 것도 깨달았다. 동호는 가슴에 통증을 느꼈다. 마음이 아픈 것을 넘어서 실제로 가슴이 아팠다.

버스에서 내린 동호는 횡단보도를 건너 레지던스에 도착했다. 엘리베이터를 기다리며 '바쇼에 들러볼까' 하고 망설였지만 그냥 쉬기로 했다. 동호를 태운 엘리베이터는 작은 기계음을 내며 무심히 12층을 향해 올라갔다.

10

카메라를 들여다보던 정미가 볼펜을 책상 위로 던지며
말했다.

"저 남자, 정말 다부지고 날렵하네요. 만나면 무섭겠는
데요."

"전무를 묻은 곳 주소가 어떻게 되지?"

기태가 기지개를 켜면서 물었다.

"양평군 양평읍 오빈리 278번지, 아니면 279번지네요."

"8308 마이바흐는 찾고 있어?"

"못 찾겠어요. 아무래도 보이지 않는 손을 통해야 할 것
같은데요."

"그래? 송 팀장에게 연락해봐. 강 변호사님 모르게. 아시
면 불법이라고 노발대발하시니까."

"점심 먹고 연락해볼게요."

"수장고 출입구 쪽에 태그가 붙어 있어서 줌으로 찍은 게

있는데, 그건 살펴봤어?"

"네. 이름을 메모했는데…… '정 오미영, 부 편윤미'라고
적혀 있네요."

"정은 그 관장이고, 부는 편? 드문 성인데. 아, 그 부학개
발 전무랑 성이 같네. 혹시……."

"오후에 블로그나 페이스북 같은 거 뒤져볼게요."

"변호사님은 숙소에 계시지?"

"네. 메시지 드렸더니, 어제 잠을 못 주무셨다고 점심때까
지 주무시겠다고."

"그래? 그럼, 점심은 우리끼리 먹자. 피자나 주문해서 먹
을까?"

"나가서 먹어요. 한 끼를 먹어도 인간답게 먹고 싶어요."

어쩔 수 없다는 듯, 기태는 손바닥을 위로 하면서 양팔을
들었다 내렸다.

동호는 메시지 수신 알림 소리에 잠에서 깼다. 협탁 위의
스마트폰을 확인하니 이미 여러 개의 메시지가 도착해 있
었다. 방금 도착한 메시지는 정미가 보낸 것이었다.

　　오전에 조사한 내용에 대해서 메일 드렸어요. 확인하세

　　요. 그리고 사진하고 조사 내용을 정리한 파일들은 모

두 드롭박스에 올렸어요.

동호는 침대에서 일어나 책상에 앉았다. 노트북을 켠 후 부팅되는 동안 일어서서 스트레칭을 했다. 호흡을 조절하면서 우선 양손을 합장했다. 그러고는 손바닥을 붙인 채로 두 팔을 위로 쭉 뻗은 후 최대한 뒤편으로 넘겼다. 그 후 허리를 굽히면서 양 손바닥이 바닥에 닿도록 몸을 숙였다. 동호는 인터넷으로 배운 '태양의 예배' 동작을 계속 이어갔다. 마지막에 양손을 다시 합장하는 자세로 마무리하고 책상에 앉았다. 정미가 보낸 메일을 열었다.

1. 수장고 부책임자인 편윤미는 부학개발 편 전무의 딸임.
2. 미술관의 큐레이터 세 명 중 한 명인데, 사 년 정도 근무하다가 지난 삼월에 퇴직했음.
3. 페이스북 계정이 있는데, 지난 일 년간 활동이 별로 없음. 뉴욕 브루클린에 사는 언니를 찍은 사진이 있음.
4. 'ερασιτέχνης'라는 알 수 없는 문자의 트위터 계정이 있는데, 본인이 트윗을 작성한 것은 많지 않고 주로 남들의 트윗을 리트윗하고 있음.

5. 전화번호는 아직 확인 못 함.

동호는 그리스문자인 'ερασιτέχνης'를 복사해 스마트폰의 구글 번역기 앱에 입력했다. '아마추어'라는 뜻이었다. 그는 편윤미에게 아버지의 사망 사실을 알려야 할지 생각해보았다. '연락은 어떻게 한다? 전화번호가 확인되면 좋겠지만 그게 아니라면……. 트위터 익명 계정으로 연락할까?' 동호는 일단 씻고 배를 채운 다음 다시 생각하기로 했다.

동호는 책상에 앉아 노트북을 보고 있었다. 아침 햇살이 커튼 사이로 희미하게 숨어들었다. 동호는 뉴스들을 몇 번 클릭하다가 자기도 모르게 모델들의 아슬아슬한 사진들로 인도되었다는 것을 깨달았다. 머리를 긁적이며 자신의 익명 계정으로 트위터에 접속했다. 'ερασιτέχνης'라는 키워드로 사용자를 검색하니 편윤미의 계정이 바로 나타났다. 그 계정의 헤더 디자인은 '눈을 가린 어떤 여인과 그 주변 사람들을 표현한 그림'이었다. 검색해보니 폴 들라로슈의 〈제인 그레이의 처형〉이라는 그림이었다. 제인 그레이는 영국 여왕으로 1553년 왕위에 올랐으나 아흐레 만에 폐위되어 남편과 함께 처형되었다. 참수당하기 직전의 상황은 끔찍하기 그지없지만, 흰옷의 제인 그레이와 그녀를 둘러싼 정경이 사람의 마음을 끌어당겼다. '굳이 이런 그림으로 자기 트위터를 디자인하는 사람의 심리는 뭘까? 자기의 불행한 처지를 암시하려는 걸까? 혹시 자기 아버지의 죽음을 이미 알고 있는 건 아닐까?'

동호는 편윤미가 올린 트윗들을 살펴보았다. 세계 각지의 미술관에서 전시된 작품들의 이미지와 그것의 소개를 리트윗한 것이 대부분이었다. 가끔 국내 전시회 안내문도 있었으나 본인이 찍힌 사진은 한 장뿐이었다. 일행 세 명과 함께 어느 전시회장 앞에서 찍은 사진이었다. 유난히 검은 머리카락과 큰 키가 인상적이었다. 올봄 이후로 그녀의 트윗은 더 이상 올라오지 않았다. 프로필 칸에는 캐리커처로 그려진 자신의 이미지와 함께 프랑스어로 이렇게 적혀 있었다.

Je me suis forcé à me contredire pour éviter de me conformer à mon propre goût.

동호는 이 문장을 번역기를 통해 영어로 번역하고 다시 문장의 주요 단어를 조합하여 검색했다. 그것은 마르셀 뒤샹의 "나는 나 자신의 취향에 따르지 않기 위해 스스로를 반박해왔다"라는 경구였다. 동호는 그 경구가 마음에 들었다.

자신의 의견을 부족한 것으로 생각하고, 타인의 비판 전에 스스로 반박하기 위해 애써야 한다는 것은 예전부터 받아들일 수 있었다. 하지만 취향에 대해서도 그럴 필요가 있다는 발상은 낯설었지만 신선했다. 동호는 편윤미에게 호기심을 느끼면서도 그리스어로 아이디를 표시하고 프랑스어 문구를 프로필에 적는 현학적인 스타일이 불편하기도 했다. 그는 편윤미의 계정을 팔로한 후에 그녀에게 공개적으로 말을 붙였다.

　프로필의 글은 뒤샹의 아포리즘이네요. 반갑습니다.

　십여 분 정도 인터넷 서핑을 하며 기다렸으나 아무런 답변이 없었다. 아침을 거른 탓에 허기가 몰려왔다. '어떻게 할까?' 동호는 국수를 삶아 찬물에 헹궜다. 며칠 전 슈퍼마켓에서 구입한 콩국수용 국물을 국수에 붓고 오이를 채 썰어 얹었다. 어려서는 콩국수의 비릿한 맛을 좋아하지 않았으나 이제는 여름날이면 사흘이 멀다 하고 자주 먹었다. 심지어 뉴욕에서도 한식당으로 자주 먹으러 갔다. 동호는 국물까지 모두 비우고 설거지를 했다.
　다시 트위터에 접속했다. 편윤미는 동호의 인사말에 답을 하지는 않았지만 그의 계정을 팔로했다. 이제 그녀에게 직접 메시지를 보낼 수 있게 되었다. '메시지를 어떻게 시작할까? 다짜고짜 당신의 아버지는 살해되었다고 하는 건 미친 짓이겠지? 저는 강동호라는 변호사입니다……, 이건 너무 평범하고. 미술을 매우 좋아하시나 봅니다……, 이건 작업을 거는 멘트 같고. 섣불리 접근했다가 사라지면 낭팬데…….' 동호는 메시지의 내용을 좀 더 고민해보기로 했다.

동호는 〈맨 오브 라만차〉를 공연 중인 복합문화공간 블루스퀘어 맞은편에서 402번 버스를 탔다. 남산순환도로를 달리는 버스의 차창 너머로 경사지에 집들이 다다다닥 붙어 있는 해방촌을 바라보았다. 해방촌 너머로 어수선한 서울의 무수한 빌딩들이 보였다. 남산도서관 정류장에 내린 동호는 도서관 내 인문사회열람실로 들어갔다. 드문드문 사람들이 앉아 있었고 창밖으로 녹지가 펼쳐져 있었다. 그는 서가를 둘러보다가 비트겐슈타인의 『논리철학논고』를 집어 들고는 자리에 앉아 읽기 시작했다. 하지만 언제나처럼 열 페이지가량 지나면서부터는 이해하기 어려웠다. 동호는 책을 옆으로 밀어놓고 스마트폰으로 트위터에 접속해 'ερασιτέχνης'에게 메시지를 보냈다.

혹시 편윤미 씨의 계정인가요? 아버님의 근황을 우연히

알게 된 변호사입니다. 이야기를 나누었으면 합니다. 제
휴대폰 번호는 010-9153-XXXX입니다. 이 번호로 회
신해주시면 제 이름을 알려드리겠습니다. 그리고 만나
는 것에 동의하신다면 시간과 장소를 교환하겠습니다.
시간이 많지 않습니다.

다시 『논리철학논고』를 뒤부터 읽기 시작했다. 이 책은
명제에 번호를 붙여 열거한 형태로 쓰였기 때문에 뒤에서
읽어도 무방했다. 이번에는 서너 페이지를 넘겼을 뿐인데도
막히기 시작했다. 동호는 어떤 책이 너무 이해가 안 되면 일
단 읽기를 중단하고 내려놓았다. 그러고는 상당한 시간이
흐른 후에 다시 펼쳐 보는 버릇이 있었다. 그런 과정을 몇 번
거치다 보면 어느 순간 어렵지 않게 이해하게 된다. 그러나
『논리철학논고』는 요지부동이다. 처음 읽은 지 벌써 십오
년이나 지났고, 우연히 눈에 뜨일 때마다 다 읽어보려고 했
으나 언제나 실패로 끝났다. 열람실을 빠져나온 그는 다시
402번 버스를 타고 레지던스로 향했다. 버스가 하얏트 호텔
을 막 지날 무렵 모르는 번호로부터 메시지가 들어왔다.

변호사님 이름과 오늘 밤 여덟 시에 만날 장소를 알려주
세요. 강북이었으면 좋겠습니다. 변호사님의 이름을 검

색해서 믿을 만하면 정해주시는 장소로 가겠습니다.

동호는 편윤미가 자신의 이름을 검색할 경우 어떤 결과를 보게 될지 가늠해보았다. '승철의 재판에 대한 기사? 아니면 오래전에 법률신문에 기고한 판례 평석? 이름이 같은 변호사가 몇 명 있을 텐데, 그중 누구를 나라고 생각할까?' 동호는 그녀에게 다시 메시지를 보냈다.

강동호 변호사입니다. 삼십 대 후반입니다. 이태원에서 뵙기로 하고, 가게 이름과 위치를 바로 보내드리겠습니다.

동호는 혹시 자리가 없을까 하여 바쇼에 저녁 7시 30분경에 도착했다. 언제나 그렇듯이 자리는 여유가 있었다. 그는 여느 때와 같은 자리를 잡았다. 서빙을 하는 종업원은 바뀌었지만 주인은 언제나처럼 안쪽 주방에서 벽돌무늬 요리사 모자를 쓰고 손을 흔들었다. 동호는 그에게 다가가 오늘 만나기로 한 손님이 초면인데다가 중요한 이야기를 나누어야 하니 이름을 묻는 것은 자제해달라고 일렀다. 동호는 레지던스를 나오기 전에 기태에게 경과를 알리면서 7시 50분까지 바쇼 맞은편 카페로 와서 갑작스런 상황에 대비해달라고 부탁했다. 제시간에 도착한 기태가 차에서 내려 카페로 들어갔고 동호는 창밖으로 그 모습을 지켜보았다.

편윤미는 저녁 8시 15분이 되어서야 약속 장소에 나타났다. 그녀는 머뭇거림 없이 바로 동호의 자리로 걸어왔다. 단발머리는 너무 검어서 일부러 염색한 것처럼 보였고 나무랄 데 없는 정장을 입고 있었다. 그녀는 말없이 바로 앉았다. 동호는 어떻게 반응해야 할지 망설이다 물었다.

"편윤미 씨죠?"

그녀는 바로 대답하지 않았다. 잠시 침묵이 흐른 후 비로소 말을 꺼냈다.

"우선 제가 이 상황을 이해할 수 있게 해주세요."

"저녁은 드셨나요?"

"생각 없습니다."

동호는 아사히 생맥주 두 잔과 문어 초회를 주문했다. 이야기를 도대체 어디에서부터 풀어야 할지 막막했다. 도서관에서 레지던스로 돌아갔을 때 생각을 좀 해보았으나 별다른 방안을 찾지 못한 채 바쇼로 왔다. 확신 없이 일단 부딪쳐보자고 마음먹은 자신이 경솔했다고 생각했다.

"아버님이 부학개발에서 근무하셨죠?"

"네."

그녀는 경계하는 눈빛으로 입을 열었다.

"혹시 미래화랑에서 일하셨습니까?"

그녀는 대답하지 않고 동호를 쳐다보았다. 그도 침묵을 지켰다.

"네. 빨리 본론으로 들어갔으면 좋겠어요. 며칠 전에 어머니께 연락이 왔어요. 아버지와 연락이 안 된다고."

"제가 누군가의 요청으로 부학개발을 조사하고 있었는데, 아버님과 부학개발의 사이가 썩 좋지 않은 것 같았습니다."

그러자 그녀는 망설이지 않고 말했다.

"굉장히 악화된 것으로 알고 있습니다. 아버지는 회사를 위해 일하시다가 징역살이까지 하셨어요. 그런데 회사에서는 아버지와 아예 인연을 끊으려 했어요. 뭐가 못마땅했는지 회사 측에서 아예 연락을 받지를 않았어요. 배신감을 많이 느끼셨어요. 그렇게 헌신했는데 사람을 이런 식으로 버린다고."

"무엇 때문일까요?"

"저도 자세한 내막은 모릅니다. 그런데 아버지는 지금 어디 계신가요? 근황을 아신다면서요."

동호는 편윤미의 안색을 살피며 말했다.

"몹시 위험한 상황에 처하셨어요."

"위험?"

동호는 잠시 숨을 고르며 생각했다. '말해야 하나? 말한다면 어떻게 말해야 하지?'

"양평에 있는 미래화랑의 수장고 아시지요? 제가 그쪽에 조사를 나갔다가 아버님이 어떤 사람에게 폭행당해 실려가는 것을 보았습니다."

"네?"

안색이 창백해진 편윤미가 큰 소리로 되물었다.

"무슨 뜻인가요? 정말 아버지가 맞나요? 납치되었다는 뜻인가요?"

"제가 보기에는 아버님인 것으로 보였고……."

"정확히 말해주세요. 정말 제 아버지가 맞나요?"

"아버님입니다."

동호는 얼굴이 화끈거리기 시작했다.

"그래서요? 그다음에 어떻게 됐죠?"

"그건 저도 모릅니다."

그녀는 몹시 화가 난 표정으로 한참 동안 동호를 쳐다보다가 물었다.

"돌아가셨나요?"

동호는 대답하지 않았다. 그녀는 다시 물었다.

"돌아가신 것 맞죠?"

동호는 여전히 대답하지 않았다. 그녀의 안색이 점점 창백해지더니 양손으로 얼굴을 감쌌다. 동호는 자신도 양손으로 코와 입을 감싸고 편윤미를 살폈다. 그녀는 얼굴을 감싼 채 오 분 정도 앉아 있다가 갑자기 일어섰다. 동호도 엉겁결에 따라 일어났다. 그녀는 따라오지 말라는 듯 몸을 획 돌려 동호를 쏘아보았다. 눈물이 맺힌 눈가에 원망이 서려 있었다. 그녀는 다시 몸을 돌려 큰길 쪽으로 걸어 나갔다. 동호는 자리에 그대로 못 박힌 듯 서 있었다. 그때 기태가 카페에서 재빠르게 달려 나오더니 자기 차에 탔다. 그는 급히 시동을 걸고 편윤미가 사라진 방향으로 차를 몰았다. 동호도 그녀를 쫓아 큰길 쪽으로 빠르게 걸었다. 모퉁이를 돌자마자 기태의 차가 보였다. 편윤미는 차 앞에 서 있었다. 그녀는 운전석에 앉은 기태를 무섭도록 뚫어지게 쳐다보았다. 따라오지 말라는 신호였다. 그녀는 재빠르게 큰길 쪽으로 걸었다.

동호가 운전석 옆으로 다가오자 기태는 차창을 내리며 물었다.

"어쩌죠?"

동호는 고개를 가로저었다.

"그래도 이렇게 보내면 안 되는데."

"충격이 너무 컸던 모양이야. 일단 놔둘 수밖에."

기태는 상황이 마음에 안 드는지 주먹으로 핸들을 내리쳤다. 동호는 바쇼로 돌아와 계산을 치른 후 배낭을 들고 나왔다. 조수석 쪽 문을 열어 차에 탔다.

"일단 편윤미에 대해 더 철저히 조사해봐. 지금 어디 사는지도 확인하고."

"아니, 그러려면 따라갔어야지요. 못 가게 하더니 이제 어디 사는지 알아내라고요?"

"아까 그 눈빛 봤지? 그렇게 쳐다보는데 어떻게 따라가나?"

"마음에 안 들어요. 따라갔어야 하는데…… 게임을 아주 끝낼 수도 있는 거 아니었나 모르겠네. 그 여자가 경찰서에 살인 사건으로 신고라도 하면 우리 좆되는 거 아닌가요?"

동호도 아차 싶었다.

"할 수 없지. 그러면 이제 공개리에 조사하는 거지."

"변호사님, 우리 여기서 손 뗍시다. 아무래도 예감이 안 좋아요. 이거는 단순한 조사가 아닙니다. 뭔가 아주 오싹하고 깊은 숲속에 들어선 느낌이라고요."

동호는 운전하는 기태의 수심 가득한 얼굴을 쳐다보았다.

"이제 와서 어떻게 그만두나? 가는 데까지 가봐야지."

11

　동호는 페리윙클 블루빛 블라우스를 입은 선우의 손목에서 빛나는 은빛 팔찌를 보았다. 비싸지 않은 장신구를 멋지게 활용할 줄 아는 선우였지만, 그 팔찌는 유난히 눈에 띄었다. '어느 녀석이 사 주었을까?' 동호는 이런 바보 같은 생각을 자연스레 떠올리는 자신이 짜증스러웠다. 두 사람이 앉아 있는 커피숍은 프랑스 학교 맞은편에 있어 오후 2시의 서래마을을 살펴보기에 안성맞춤이었다. 서양 아이들의 손을 잡고 횡단보도를 건너 놀이터로 가는 말레이 여인들이 자주 눈에 띄었다. 동호와 선우는 베란다 쪽 테이블에 앉아 있었다. 카페 안쪽에는 선글라스를 끼고 태평해 보이는 한국 여인들이 이야기를 나누고 있었다. 자리가 멀어서 어떤 이야기인지는 들릴 듯 말 듯했다. 간간이 들려오는 단어들에 비추어보면 음식 이야기를 하고 있었다. 동호가 페퍼민트 차를 마시며 말을 던졌다.

"예쁘네."

"이 팔찌? 이제 그런 말도 할 줄 알고. 사회화가 좀 되셨네."

은빛 팔찌는 우동 면발 굵기의 금속이 뱀처럼 선우의 오른쪽 손목을 두 번쯤 감으며 뒤엉킨 형태였다.

"조사는 진전이 있었어?"

"좀. 수장고에 갔었어."

"실제로 대단해?"

"밖에서 건물만 보았어. 들어가면 건조물침입이야. 변호사는 어지간하면 법을 지키지. 그런데 깜짝 놀랄 일이 생겼어."

"어떤?"

동호는 선우에게 모두 말하고 싶다는 마음이 일어남과 동시에 '이제 우리는 그렇게 가까운 사이는 아니지' 하는 생각이 들었다.

"때가 되면 말해줄게. 참, 그 화랑에 근무하는 편윤미라는 큐레이터를 알아?"

"들어본 것 같은데. 혹시 검은 단발머리에 키가 큰 여자 아닌가? 왜?"

"부동산 개발 회사하고 화랑을 연결하는 고리인 것 같아서. 뭘 좀 알아내려고 한 번 만났는데 연락이 두절됐어. 찾아도 협조할지는 모르겠지만."

"수장고에 가봤다는 그 화백한테 물어볼까? 바로 전화해볼게. 잠깐만."

무슨 일이든 즉시 실행하는 선우의 성격은 여전했다. 그 점에서 둘이 잘 맞는다고 생각했다.

선우는 베란다 끝 흡연구역에서 담배를 피우며 통화를 했다. 동호는 길 건너 편의점을 바라보았다. 한 남학생이 편의점에서 쏜살같이 나오더니 도로를 무단 횡단하여 골목으로 사라졌다. 뒤를 이어 청바지와 금빛 별이 달린 검은 티셔츠를 입은 여학생이 나오더니 남학생이 뛰어간 골목을 물끄러미 바라보았다. 그러더니 고개를 떨구고 가만히 서 있다가 도로를 따라 서래마을 입구 쪽으로 걸어갔다. 그 사이에 통화를 끝낸 선우는 담배를 마저 피우고 있었다. 담배를 끈 그녀가 자리로 돌아왔다.

"놀랄 이야기네."

"왜?"

"이분이 수장고에 갔을 때 편윤미가 안내를 했대. 잘 기억하고 있더라고. 그 부동산 개발 회사 이름이 뭐였지?"

"부학개발."

"그래, 그 회사 회장하고 사귄 모양이던데."

"정말? 그 회장은 싱글인가?"

"그건 모르겠고."

"그럼 미술관에는 회장 덕에 들어온 건가?"

"그럴 수도 있겠네. 그런데 일은 잘했대. 태도도 좋고. 그리고 그 회장도 예사 사람은 아니라고. 화백께서 편윤미 씨가 안내를 잘해줘서 밥을 사준다고 만났대. 물론 '어떻게 한번 해볼까' 해서 만났겠지. 같이 점심을 먹는데, 갑자기 어떤 남자가 오더니 편윤미 씨 손목을 잡고 질질 끌고 가더래. 깜짝 놀라서 그 남자와 시비했대. 그런데 쳐다보는 눈빛이 너무 무시무시해서 그 자리에 얼어붙었다고. 나중에 알아보니 그 회장이었다고. 편윤미한테서 얼마 있다가 사과 문자가 왔는데, 심장이 떨려서 답장도 못 했다고. 고급 정보를 줬으니 커피값은 내는 거지?"

카페에서 나온 두 사람은 악수를 하고 헤어졌다. 동호는 142번 버스를 탔다. 버스가 한남대교를 건널 때 전화가 왔다. 연 박사였다.

"강 변호사님, 편 전무의 시체가 발견되었다는 기사는 이미 보셨죠?"

"직원들이 알려줘서 여기로 오는 택시 안에서 읽었습니다. 급히 저를 찾은 것은 그 때문이죠?"

"아닙니다. 그건 그거고. 아까 언론 체크하는 팀에서 어떤 기사를 보고 제게 링크를 보내주었는데, 이십 분도 채 안 되어서 기사가 사라졌어요. 팀에서 바로 캡처해두었으니까 읽어보세요."

동호는 연 박사가 텔레그램으로 보내준 인터넷 매체의 캡처 화면들을 살펴보았다. 그 사이 연 박사는 커피를 끓이기 시작했다. 동호는 소파에 앉아 등을 뒤로 젖히고 기사를 읽었다.

서울시가 민상철 전임 시장 재직 당시에 있었던 B개발의 유통복합단지 건설과 관련한 인허가 문제를 다시 들여다보고 있다고 복수의 서울시 관계자가 밝혔다. 이미 감사원 감사도 있었던 사안에 대해 다시 조사한다는 것은 이례적이라는 것이 일반적인 평가다. 정치권에서는 차기 대선 구도와 떼놓고 생각하기 어렵다는 견해가 지배적이다. 만일 인허가 과정에서 민상철 전 시장이나 그 측근이 관여했다는 정황이 포착되면 치명적일 수 있다. 아예 출마를 못 하거나 하더라도 약세를 면하기 어려울 것으로 예상된다. 그가 낙마를 하거나 판세가 위축되면 그 반사이익은 현 시장에게 돌아간다. 개혁 성향의 고 시장에게 가장 버거운 상대가 전임 시장인 민상철 의원인데, 그가 위기에 처하면 고 시장으로서는 해볼 만한 게임이 된다.

그러나 건설업계에서는 언젠가는 터질 일이었다는 견

해도 적지 않다. 당시 B개발이 민 전 시장 라인으로 구성된 인허가 업무 담당자와 인허가 담당 위원회만 믿고 너무 무리하게 밀어붙였다는 시각이다. 감사원 감사에서는 관련자들이 입을 맞추어서 문제를 제대로 밝히지 못했는데, 자금 흐름까지 들여다보지 못한 한계가 있었다는 것이 감사원 관계자의 전언이다.

한편 B개발은 몇 달 전 출소한 전 임원 P에 대하여 큰 부담을 가지고 있는 것으로 알려졌다. 전 임원 P가 서울시 및 여러 관계자들을 만나 B개발에 대하여 불만을 표출하면서 비리 증거를 제공하려 한다는 소문이 파다하다. 과연 서울시가 판도라의 상자를 열 수 있을지 귀추가 주목된다.

이 기사 옆에는 〈부학개발 장 회장은 누구인가〉라는 박스 기사가 있었다. 1988년 서울올림픽 무렵부터 사업을 시작하여 수천억 대 재산을 모았으나 여전히 베일에 싸인 인물이라는 소개와 함께 그의 남다른 인생역정을 적어놓았다.

"기자가 무슨 냄새를 맡은 모양이군요. 입이 가벼운 서울시 관계자는 누굴까요?"

동호는 스마트폰을 내려놓으면서 말했다. 연 박사는 커피 잔을 입에서 뗐다.

"짚이는 사람이 있지만, 기자들에게 자기 존재감을 드러내고 싶어서 안달인 사람들이야 언제나 있으니까요. 하지만 단속을 좀 해야겠네요. 이 건이야 그렇다 치고, 중요한 국면에서 저렇게 입이 가벼우면 일을 그르치죠."

"기자의 의도가 뭘까요? 기사만으로는 사실 명확한 내용은 거의 없는데."

"부학개발에 경고를 보내는 것이겠죠. '우리는 뭔가 알고 있다. 우리 입을 막으려면 광고를 좀 실어라' 하는 그런 것일 수도 있고, 아니면 큰 기사를 준비하다가 암초에 걸려서 일단 포문을 연 것일 수도 있고. 예를 들면 편 전무를 만나서 취재하다가 갑자기 그 사람이 사라져서 곤혹스러운 상황이라든가."

"제가 그 기자를 한번 만나보면 어떨까요?"

"글쎄요. 좀 음흉한 놈이라서 어떨지 모르겠네요. 자칫하면 도리어 취재를 당할 텐데……. 하기야 이미 서울시가 움직인다는 것이 드러난 마당이니. 강 변호사님이 이 업무에 관여하는 자문 변호사인데 기사 때문에 궁금해한다고 말해볼게요. 오프 더 레코드로 둘이 한번 만나보라는 취지로 말해보고, 만일 만나겠다고 하면 연락처를 문자로 보내드릴게요."

전화벨이 울렸다. 동호는 의자에서 일어나 전화를 받았다. 창밖으로 남산타워가 형형색색의 빛을 발하고 있었다.

"프런트입니다. 유철구라는 손님이 오셨는데, 아시는지요? 너무 늦은 시간이라서 누구신지 여쭈어보았습니다."

"올려 보내세요."

동호는 전화를 끊고 책상 위에 이리저리 흩어져 있던 자료들을 모아서 옷장 안에 넣었다. 어둡게 해두었던 조명을 밝히고 냉장고에서 음료수를 꺼내 탁자 위에 올려놓았다. 현관 벨이 울렸다. 문을 열자 뿔테 안경을 쓴 기자가 배낭을 들고 서 있었다. 동호는 방 안을 기웃거리는 듯한 그의 첫인상이 마음에 들지 않았다. 기자를 소파로 안내하고 음료수를 권했다. 기자가 '팩트 체커'라는 회사명이 적힌 명함을 내밀었고 동호는 지금은 명함이 없다며 그에게 양해를 구했다.

"혹시 아이스커피가 있나요? 캔 음료도 좋습니다만."

"있습니다. 밤 시간이라 일부러 다른 것을 드렸습니다."

동호는 캔 커피를 꺼냈다.

"사무실은 아닌 것 같고, 임시 거처네요."

"미국에서 체류하던 차에 잠시 들어와 있다가 갑자기 이 업무를 맡고 있는 중입니다."

"이 업무 때문에 들어온 것은 아니시고요? 한때 고 시장님의 선거 캠프에 계셨더라고요. 중책은 아니었고."

"형님 때문에 자원봉사를 했습니다. 그런 인연이 있다 보니 요청을 받고 수락했습니다. 마침 귀국해 처리할 일들도 있고 해서 겸사겸사 일을 보는 중입니다."

기자는 뿔테 안경을 고쳐 쓰며 말했다.

"그렇게 쉽게 설명할 일은 아닌 것 같은데요. 제가 기사에 썼다시피 결국은 대선으로 이어지는 사안이고. 민 의원과 회장은 지금 초비상일 텐데."

동호는 마음에 불편함을 느끼며 기자를 쳐다보았다. 그가 말을 이었다.

"캠프에서 상당히 공을 세우셨다고 들었습니다. 그런 신뢰가 있었으니 이런 건을 맡겼겠죠. 저부터 솔직히 말할 테니 딜 합시다. 저는 편 전무랑 만났습니다. 부학개발과 민상철 의원 사이에 정치자금이 수수되고 있다고 장담하더군요. 증거가 있냐고 하니까, 곧 넘기겠다고 했어요. '왜 그런 행동을 하느냐, 회장이 버렸냐?'라고 물으니까 개새끼라더군요. 가만히 안 두겠다면서. 감옥까지 갔다 왔는데 푸대접을 하니 앙심을 품은 거 아니겠습니까? 그런데 그 회장이 협박성 협상에 응할 사람도 아니고. 그러다가 곧 자료를 건네주겠다던 사람이 연락이 두절됐어요. 전화기는 꺼져 있고. 어제 호기심 많은 등산객이 등산로 옆에 땅을 파서 뭔가를 묻은 흔적이 있다며 신고를 했죠. 경찰이 신고된 장소를 파본 끝에 시체를 발견했고. 오늘 뉴스 들으셨죠?"

"들었습니다. 아무튼 저는 만나거나 연락을 주고받지는 못했습니다."

기자는 캔 커피를 홀짝거리며 말을 던졌다.

"사는 게 너무 힘듭니다."

동호는 '이게 무슨 뜬금없는 이야기인가' 하고 기자를 쳐다보았다. 그러고 보니 귀밑머리가 하얗게 센 사십 대 후반의 그는 몹시 쪼들려 보였다. 소파에 던져둔 검은색 배낭은 인터넷에서 최저가로 구매한 상품처럼 보였다. 티셔츠와 면바지도 다르게 보이지 않았다. 현관에 벗어둔 운동화도 보나마나 마찬가지리라. 옷차림에 단돈 만 원 더 쓰는 게 부담스러운 기자의 삶이란 얼마나 위태로운가.

"지금은 사장과 저 둘뿐인 인터넷 매체에서 죽을 고생을 하며 살고 있습니다. 물론 갑자기 큰 광고가 들어와서 몇 달 지낼 만할 때도 있지만, 사는 게 구차해서 너무 싫습니다. 일간지에 다닐 때 운동권들하고 어울리지 않았어야 하는데……. 노사협상이 타결돼 파업을 끝낼 때 보니까, 그자들은 회사랑 화기애애한 분위기더군요. 그런데 회사가 저는 절대 용서 못 한다는 겁니다. 신문사 회장한테 막말을 했다고. 그대로 남아 있을 수가 없더군요. 사표를 던지고 나왔는데, 한국 사회에서 전직 기자가 할 수 있는 게 뭐가 있습니까? 제가 엄청난 글쟁이도 아니고. 이 년 만에 이혼까지 당하고 나니 남는 것이라고는 오기뿐이더군요. 우연히 팩트체커 사장을 만났어요. 혼자서 운영하는 매체니까 자기가 사장도 하고 기자도 하고 다 하고 있었죠. 전에는 '저런 매체는 왜 안 없어지나' 했는데, 그게 아니더군요. 저와 비슷한 길을 먼저 겪은 사장의 이야기를 들으면서 울었습니다. 사는 게 너무 힘들어서 무어라도 해야 하는데, 배운 것이라고는 기자 노릇뿐인 인생. 변호사님 같으면 어떻게 하시겠어요? 라이선스 있는 분들은 절대로 모릅니다. 그 동네도 요즘은 어렵다지만, 맨주먹뿐인 것과 자격증이라도 있는 건 다르죠. 그날 사장과 네 가지만 합의했습니다. 첫째, 죽지 말자. 둘째, 센 놈만 팬다. 셋째, 허위 기사는 쓰지 않는다. 넷째, 주는 돈은 받자. 그렇게 살아온 것이 오 년이 되었습니다. 아직 행색이 초라하지만, 아무튼 살아남았습니다. 두 아이의 양육비를 한 번도 밀린 적이 없습니다."

동호는 고개를 끄덕였다. 진심으로 축하해주고 싶은 심정이었다. 하지만 처음 보는 자신에게 바로 이런 이야기를 꺼내는 기자에게 위협감을 느꼈다. '취재원을 긴장시키면서 협조를 구하는 나름의 방식일까?' 둘 사이에 삼십 초쯤 침묵이 흘렀다.

"유 기자님, 혹시 미래화랑을 아시나요?"

"잘 모릅니다만……."

"한번 취재해보세요."

"더 이야기를 해주시면 어떨지."

"부학개발과 자금으로 엮여 있는 것 같습니다. 그 이상 말 씀드리기는 어렵네요. 저도 조사 중이라서."

"알겠습니다. 뭐 궁금한 것이 있으면 연락드리겠습니다. 그럼 이만 일어서지요."

"제게도 뭐 하나는 주셨으면 좋겠는데."

동호의 말에 기자는 일어나다 말고 다시 앉으며 말했다.

"몰타라는 나라 아시나요?"

"기사단으로 유명한 나라말인가요?"

"네. 〈말타의 매〉라는 영화에 나오는 말타가 바로 몰타지 요. 강아지 중에서 몰티즈라는 놈들 있죠? 그놈들 고향이 몰타랍니다. 조세피난처 중의 하나이기도 합니다."

"돈이 거기서 세탁되고 있다는 정황이 있나요?"

"아직은 모르겠습니다. 전에 편 전무를 만났을 때 뜬금없 이 몰타에 가보았느냐고 묻더군요. 제가 가보았을 리가 없 죠. '말타의 매'니, 몰티즈니 하는 이야기도 그때 들었습니 다. 그러다가 곧 다른 화제로 돌렸는데, 넌지시 단서를 준 것 이라는 인상을 받았습니다. 그리고 며칠 전에 민상철 의원의 측근하고 밥을 먹다가 잠깐 여행 이야기를 했습니다. 제가 일부러 유도했죠. 자세히 이야기는 안 하는데, 몰타를 가봤더군요. 드문 일이지요. 기사 검색을 해보니 민 전 시장이 재직 중에 이탈리아를 몇 번 갔는데, 시칠리아에도 간 적이 있더군요. 시칠리아는 몰타에서 가장 가까운 섬입니다. 그때 몰타도 갔겠지요. 아무튼 저도 계속 취재 중입니다."

"잘 알겠습니다. 우리는 오늘 만난 적 없는 겁니다. 만났어도 여행 이야기만 한 겁니다."

기자가 코웃음을 치며 일어섰다. 동호는 그를 엘리베이터까지 배웅했다.

정미는 편윤미의 페이스북을 계속 살펴보았다.

"사무장님, 못 찾겠어요. 소재를 알 만한 단서가 딱히 보이지는 않네요."

"집 근처 건물 같은 거 나온 사진 없어? 무심코 자기 동네 카페를 자랑한 거라든가?"

"없어요. 말수가 많지 않아요. 자기 방 사진이 하나 있는데, 창문 밖으로 무슨 빌딩이 보이는 것도 아니고."

기태는 일어나서 정미의 모니터를 들여다보았다. 책이 펼쳐진 심플한 책상 위에 대만제 트위스비 만년필과 아이패드 따위가 놓여 있었다. 편윤미가 어느 출판사에서 보내준 책을 찍어서 올린 사진이었다.

"책상 옆의 의자가 근사해 보이는데. 좀 더 키워봐."

기태는 의자를 유심히 살펴보았다. 장미색의 리클라이너 의자였다. 눈이 반짝이기 시작한 정미가 무서운 속도로 이미지를 검색하기 시작했다. 노르웨이 '피오르'라는 브랜드의 제품이었다.

"이 리클라이너는 매장에 없네요."

정미는 카탈로그 속 장미색 리클라이너 의자를 가리키며 말했다. 매니저가 카탈로그를 들여다보았다.

"창고에 하나 있는데, 그건 네이비블루입니다. 주문하면 이삼일 내로 가져다드릴 수 있습니다."

"장미색은 없나요?"

"그건 본사에 주문해야 하는데, 그러면 삼 주 정도 걸립니다. 네이비블루를 조금 싸게 드릴 수도 있습니다만."

"얼마나?"

"이십만 원 할인해서 백오십만 원에 드리겠습니다."

"눈으로 직접 색깔을 보면 좋겠는데……. 사실 장미색은 한 번 봤어요. 제 친구 집에 갔더니 있더라고요."

"저희가 작년 초인가 어느 손님에게 배달해드린 적이 있는데……. 본사와 정식으로 독점계약을 맺고 구입하는 곳은 저희뿐입니다. 맘대로 수입해서 비싼 값에 파는 사람들이 없는 건 아니지만.”

“그런 곳은 애프터서비스에 문제가 있나요?”

“그럼요. 저희는 국산 제품처럼 확실하게 서비스합니다.”

매니저는 의자에 앉더니 컴퓨터를 두드렸다.

“혹시 친구 분이 방배동 푸르지오에 사시나요?”

정미는 모니터를 들여다보며 말했다.

“네. 편윤미 맞네요.”

“저도 기억납니다. 친구 분이 미인이시던데.”

“그래요? 저하고는 취향이 좀 다르시네요. 어차피 사면 여기서 사야 할 텐데, 장미색으로 할지 네이비블루로 할지 정하고 다시 들를게요.”

“다른 것들도 좀 더 보고 가세요. 그리고 제가 쿠션도 서비스로 드릴 수 있어요.”

정미는 매장을 나오며 기태에게 편윤미의 아파트 주소를 메시지로 보냈다.

12

전화벨이 연신 울렸다. 겨우 눈을 뜬 동호는 어젯밤에 반쯤 마시다가 남긴 스페인산 와인이 탁자 위에 놓여 있는 것을 보았다. 라벨 속에 그려진 닭이 빨리 일어나라고 울어대는 것 같았다. 머리맡의 스마트폰을 들었다. 오전 여덟 시였다. 전화를 받자 정미의 목소리가 들려왔다.

"통화 괜찮으세요?"

"무슨 일이야?"

"편윤미가 지금 공항으로 가고 있어요. 어제 주소를 확인하고 남 사무장님이 새벽에 집 앞에 가서 살펴보고 있었거든요. 그런데 갑자기 여행용 가방을 들고 나왔대요. 택시 타고 근처 호텔로 가더니 공항으로 가는 리무진버스를 탔어요."

"무슨 비행기를 타려는 거지?"

"가방 크기로 봐서 국내는 아니래요. 이 사무장님이 버스에 같이 탔는데, 인천공항에서 확인한대요. 어느 카운터에 줄을 서는지 보면 대략 알겠죠."

"오케이. 수고."

동호는 탁자 위에 놓인 와인병과 육포를 치웠다. 스마트폰 트위터 앱을 열었다. 편윤미의 계정을 들어가려 했으나 사라지고 없었다. 스마트폰을 내려놓고 다시 침대에 누웠다.

동네 마실 나온 사람처럼 편안한 복장을 한 기태는 편윤미가 앉은 자리에서 뒤로 떨어져 앉았다. 그는 스마트폰을 보는 척하며 편윤미의 동태를 살폈으나, 그녀는 미동도 없이 계속 거리를 바라보았다. 지루해진 기태가 깜박 조는 사이에 버스는 인천공항으로 들어섰다. 그는 편윤미를 따라 내린 후, 그녀가 버스 짐칸에서 가방을 꺼내는 동안 건물 기둥에 기대어 기다렸다. 편윤미는 가방을 끌고 공항 안으로 들어가더니 아시아나항공사 앞에서 줄을 섰다. 기태는 그녀를 주시했다. 안내 모니터에는 파리행, 방콕행, 뉴욕행 비행기의 일정이 뒤섞인 채 표시되고 있어서 그녀의 행선지가 어디인지 알기 어려웠다.

기태는 편윤미가 카운터에서 발권을 하며 짐을 부칠 때 가까이 다가가 보았다. 그녀는 직원과 이야기를 나누다 말고 이상한 낌새를 느꼈는지 주위를 두리번거렸다. 기태는 슬쩍 비켜서 지나간 후에 다시 근처에서 편윤미를 지켜보았다. 그녀는 발권을 한 후 여권에 티켓을 끼우고 걸었다. 망설이던 기태가 그녀에게 다가가서 일부러 부딪쳤다.

"어, 죄송합니다."

기태는 여권과 티켓을 주워 주며 행선지를 순식간에 살폈다. 그녀는 화를 내지 않고 무심히 여권과 티켓을 돌려받았다. 기태는 전광판으로 가서 뉴욕행 아시아나 비행기의 이륙 시간을 확인했다. 오전 11시 30분에 출발하는 비행기였다.

니나는 캐주얼한 펍에서 동료들과 맥주를 마시고 있었다. 전화벨이 울리자 그녀는 밖으로 걸어 나가서 전화를 받았다.

"서울은 어때? 잘 지내고 있어? 잘 안 들려. 아, 잘 지낸다고. 뭐? 누가 뉴욕에 온다고?"

펍 앞의 다소 어두운 골목으로 대학생 몇 명이 맥주병을 입에 물고 지나갔다.

"그럼 자세한 내용은 메시지로 보내줘. 내가 집에 돌아가서 읽어보고 응답할게. 아무튼 내일 존 에프 케네디 국제공항에 가서 어떤 여자를 쫓아가라는 이야기지? 언젠가는 한번 이런 일을 해보고 싶었어. 공항에서 나오는 거니까 총은 없겠지?"

니나는 다시 펍으로 들어가서 하이네켄 맥주를 병째로 들이켰다. 오전에 짧게 친 단발이 잘 어울렸다.

니나는 동호가 전송한 사진을 유심히 들여다보았다. 선글라스를 낀 새까만 머리의 여인은 하얀색 블라우스에 청바지를 입고 있었다. 니나는 쏟아져 나오는 승객들을 살폈다. 비행기가 착륙했다는 안내 문구가 전광판에 나타난 지 벌써 사십여 분이 지났다. 이미 청바지의 여인을 놓친 것이 아닐까 걱정됐다. 그때 키가 크고 청바지를 입은 동양인이 나타났다. 선글라스는 쓰지 않았으나 사진에 나타난 은색 여행용 가방을 끌고 있었다. 화장실에 들렀다 나온 편윤미는 건물에서 빠져나와 택시를 탔고, 니나는 대기 중이던 줄리의 혼다 승용차에 탔다. 편윤미가 탄 택시는 브루클린 방향으로 달렸고 프로스펙트 파크 동쪽에 위치한 어느 주택 앞에 멈추었다. 미리 전화를 했는지, 택시가 멈추자마자 한 동양인 여성이 주택에서 나왔다. 두 사람은 반갑게 손을 잡고 집으로 들어갔다. 주택에서 이십 미터쯤 떨어진 차도에 정차를 하고 바라보던 니나가 입을 열었다.

"이제 어떻게 하지?"

"동호 씨에게 물어봐야 하지 않을까요?"

니나는 동호에게 메시지를 보냈다. 바로 회신을 받은 니나는 줄리에게 말했다.

"오늘은 일단 집에 들어가고 내일부터 감시를 해주면 좋겠다고 해서 내가 토요일인 내일만 가능하다고 말했어. 저기 모퉁이 레스토랑에서 아침 열 시경에 브런치를 먹으면 어떨까? 감시하다가 둘이 번갈아가면서 프로스펙트 파크에 산책도 다녀오고."

"좋은 생각이네. 브루클린 미술관에도 다녀오자."

"지금 레스토랑에 예약할게."

니나와 줄리는 레스토랑 '프로스펙트 이스트'의 바깥 자리에 앉았다. 주말 아침의 햇살이 따사로웠다. 니나는 수프를 떠먹으면서도 계속해서 편윤미가 머무는 주택을 쳐다보았다. 동양인 여성이 주택을 나왔다가 식료품이 든 쇼핑 봉투를 들고 다시 들어갔을 뿐, 편윤미는 내내 집안에만 있는 듯했다. 다른 사람의 출입도 없었다. 줄리가 궁금증을 견디지 못하고 물었다.

"도대체 무슨 일이래?"

"그냥 중요한 일이라고만 하고 안 알려주네. 불법은 아니라고 하고. 그런데 저 여자 어때? 매력 있지?"

"왜, 관심 있어?"

"약간."

"키 큰 여자는 안 좋아하는 줄 알았는데."

"사람 나름이지. 참, 브루클린 미술관에서 전시하는 게 뭐야?"

"수묵화를 현대적으로 그리는 중국 작가인데 이름은 잊어버렸어."

"같이 갈 수는 없고 각각 다녀와야 되겠네."

둘은 샌드위치를 먹으며 크랜베리 주스를 마셨다. 프로스펙트 파크에서 날아온 아침 새들이 햇빛을 받으며 레스토랑 주위를 날아다녔다. 니나는 종업원을 불렀다.

"저희가 오늘 이 레스토랑에서 하루를 보낼까 해요. 중간에 공원도 다녀오고, 여기서 책도 읽고 할게요. 점심도 주문하고 그때그때 음료도 주문할게요. 저희가 마음 편하게 있으려고 미리 알려드리는 거예요."

눈썹이 유난히 짙은 웨이트리스는 이를 드러내며 웃었다.

"맨해튼에서 오셨나 봐요. 공원 안 호수도 아름다우니까 다녀오세요. 가끔 이 레스토랑에 와서 주말을 보내는 분들이 있지요."

니나는 졸고 있는 줄리를 웃으며 쳐다보았다. 줄리가 낌새를 느꼈는지 눈을 떴다. 니나가 의자에 앉으면서 물었다.

"저녁 먹을까?"

"여기서? 해 질 때까지 있다가 저녁은 집에 가서 먹으면 좋겠는데."

"그러자. 7시 30분까지만 있다가 집으로 가자."

줄리는 고개를 끄덕였다. 그녀는 테이블에 놓인 폴 오스터의『브루클린 풍자극』을 들어서 펼쳤다. 니나는 브루클린 미술관의 팸플릿과 미네랄워터를 테이블 위에 놓았다. 저쪽 테이블에 앉아 있는 중년의 동양인 남자를 보았다. 니나가 미술관에 다녀온 사이에 들어온 이 남자는 깍지 낀 두 손을 머리 뒤로 두른 채 눈을 감고 있었다. 결연한 턱 선만으로도 매우 강인한 인상이었다. 니나는 줄리에게 낮은 목소리로 물었다.

"저 남자는 언제 왔어?"

"이십 분쯤 된 것 같은데, 왜?"

"일본인일까?"

"저 양복은 긴자의 양복점에서 맞췄을 것 같은 느낌이야."

니나는 남자를 찬찬히 뜯어보았다. 그때 줄리가 고개를 들며 말했다.

"잠깐만."

니나는 줄리의 눈길이 머무는 방향을 쳐다보았다. 어느새 편윤미가 레스토랑 쪽으로 걸어오고 있었다. 그녀가 니나 쪽으로 걸어오자 놀란 니나는 시선을 옆으로 돌렸다. 편윤미는 니나 쪽으로 오다 말고 그 중년 남자 앞에 앉았다. 줄리의 눈이 휘둥그레졌다. 남자는 편윤미가 앉는 기척에 눈을 가늘게 떴다. 웨이트리스가 테이블로 오자 편윤미는 무언가를 주문했다. 니나에게는 들리지 않았으나 짧게 한두 마디로 주문한 것으로 보아 식사를 하는 것은 아니었다. 니나는 줄리에게 자동차 키를 달라고 했다. 자동차로 가서 운전석에 앉아 심호흡을 했다. 스마트폰으로 확인을 하니 서울은 아침 여섯 시경이었다. 니나는 동호에게 편윤미가 숙소 근처 레스토랑에서 어떤 남자를 만나고 있다고 메시지를 보냈다. 그러고는 차 안에서 두 사람의 사진을 몇 장 찍어 전송했다.

니나가 차에서 돌아왔을 때, 편윤미는 얼굴을 양손으로 감싸고 있었다. 남자는 편윤미의 어깨에 손을 얹으려 했으나 그녀는 완강히 뿌리쳤다. 그녀가 남자에게 무슨 말을 빠르게 쏟아내는 것 같았으나 잘 들리지 않았다. 남자는 매서운 눈초리로 바라보며 듣기만 했다. 편윤미는 남자의 그런 태도에 감정이 더욱 고조되었는지, 손으로 테이블 위 물컵을 거칠게 넘어뜨렸다. 물컵이 테라스 바깥으로 떨어지면서 산산조각이 났다. 다른 테이블에서 주문을 받던 웨이트리스는 고개를 들어 천장을 잠시 바라보더니 침착하게 편윤미의 테이블로 왔다.

편윤미가 자리에서 일어나 남자에게 주먹을 날렸지만 그만 남자에게 손목을 잡히고 말았다. 그녀는 울음을 터뜨리며 남자의 손을 뿌리쳤다. 그러고는 남자를 증오의 시선으로 몇 초간 쳐다보다가 레스토랑에서 나갔다. 편윤미는 다시 숙소로 들어갔고, 남자는 아까처럼 양손을 깍지 낀 채 머리를 뒤에서 감싸 안았다. 눈을 감지는 않았다. 웨이트리스가 말없이 깨진 컵을 치웠다.

십여 분이 흘렀을까, 검은색 차량이 레스토랑으로 다가왔다. 웨이트리스를 불러 계산서를 받은 남자는 무언가 길게 말을 건넨 후에 신용카드를 주었다. 팁을 적지 않게 받았는지 웨이트리스의 얼굴이 환해졌다. 키가 작은 운전기사가 차에서 내려 뒷문을 열어주자 남자는 뒷좌석에 올라탔다. 그는 차창을 내려 편윤미가 들어간 주택 쪽을 바라보았다. 니나는 차 옆에 선 운전기사가 차창을 통해 그 남자와 대화하는 장면을 스마트폰으로 촬영했다. 운전기사는 대화를 마치고 차를 그 주택 앞으로 움직였다. 오 분쯤 지난 후, 차는 주택을 떠났다.

노을에 조금씩 물들어가는 브루클린의 거리가 적막했다.

13

헌법재판소 근처 한정식집에 도착한 동호가 예약된 룸으로 들어갔을 때, 연 박사는 스마트폰을 보고 있었다. 일요일 저녁의 식당에는 손님이 거의 없었다. 어쩌면 영업을 하지 않는 날인데 시장 때문에 특별히 열었는지도 몰랐다. 동호는 연 박사와 나란히 앉아 시장을 기다렸다. 고 시장은 약속 시간인 저녁 일곱 시에 정확히 맞춰 룸으로 들어왔다. 등산을 다녀온 옷차림이었다. 동호와 악수를 한 후에 종업원을 부른 시장은 직접 나타난 주인에게 일요일이니만큼 평소보다 음식을 간소하게 준비해달라고 주문했다. 동호는 연 박사가 고 시장에게 그동안 진행된 상황을 얼마나 전달했을지 궁금했다. 시장은 잠깐 시계를 본 후 말을 꺼냈다.

"제가 너무 많이 알고 있는 것이 도움이 안 되겠지요? 제가 연 박사에게서 전해들은 것은 부학개발과 미래화랑 사이에 모종의 관계가 있다는 것, 화랑에 근무하던 편 전무의 딸이 뭔가 알고 있으리라는 것 정도입니다. 그리고 어느 기자가 부학개발과 민 의원의 관계를 캐고 있다고 들었습니다. 그런데 아직 어떠한 확증도 못 찾은 거죠?"

"현재로서는 그 딸이 열쇠를 쥐고 있는 것 같습니다. 회장과 예사 사이가 아니니, 분명히 중요한 정보를 가지고 있으리라 봅니다. 그리고 며칠 전 뉴욕에서 회장과 만났습니다."

"편 전무의 딸 말이오? 그건 어떻게 아셨죠?"

"뉴욕으로 출국하는 것을 파악한 후에 그곳에 있는 친구에게 부탁해 뒤를 쫓았습니다."

"무슨 일로 만났을까요?"

"지금 주위에서 여러 가지 심상치 않은 일들이 벌어지고 있으니 상의하는 거겠죠. 시에서 조사하고 있고 기자가 쫓고 있는데다 전무는 시체로 발견됐고요."

이때 연 박사가 헛기침을 했다. 동호는 편 전무 사망에 관한 자세한 경과는 말하지 말라는 신호로 받아들였다. 시장이 말을 덧붙였다.

"기자가 좀 신경이 쓰이네요. 지난번 기사도 좀 불편했고요. 다행히 공보팀에서 관리해서 다른 매체의 후속 기사는 없었지만. 게다가 저희 당의 경쟁자들이 냉소적인 반응을 보인다는 이야기도 들려옵니다."

연 박사가 시장을 바라보며 말했다.

"아시다시피 민 의원이 이 사건으로 낙마하고 시장님이 부상할까봐 견제하는 겁니다. 스스로 길을 열기보다는 '정세가 어디로 흘러가느냐'에만 촉각을 세우는 사람들이라서요."

동호는 다시 한 번 궁금해졌다. '이 전직 대학 총장은 왜 나에게 이 일을 맡겼을까? 대통령이 되기 위한 몇 개의 플랜 중 하나일까, 아니면 그야말로 비리의 척결일까?' 솔직히 더 이상 상황을 담백하게 받아들이기 어려웠다. 뛰어난 정치철학자 출신의 청렴한 시장도 이제는 이 세계의 어두운 심연을 헤아리는 것이 몸에 배었다는 인상을 주었다. 종업원이 잡채와 LA갈비, 그리고 도라지무침을 가져다 놓는 동안 대화가 잠시 끊겼다. 시장이 소매를 매만졌다.

"사실 갑자기 보자고 한 이유가 있습니다. 어제 점심에 민 시장이 전화를 했더군요. 참, 지금은 시장이 아니라 의원이지요. 회의 중이라 한 번 안 받았더니 바로 메시지가 오더군요. 전화를 할까 말까 하다가 연 박사에게 의견을 구했는데, '통화를 피할 수는 없지 않느냐'고 하셔서 통화를 했습니다. 녹음까지 하라고 하셨지만 그건 예의가 아니라서…… 전화를 받자마자 엄청나게 화를 내더군요. '법에 따라 엄정하게 처리를 했는데, 도대체 무슨 짓을 하는 거냐? 가만히 있지 않겠다'고 하면서 한바탕 쏟아붓더라고요. 오해 말라고 했더니 또 금방 웃고. 저는 참 그분 성격이 이해가 안 됩니다. 아무튼 마지막에 전화 끊으면서 '계속 쓸데없는 조사를 하면 가만히 있지 않겠다', '선의의 경쟁을 하자', '그 당의 사람들을 믿느냐', '차라리 자기와 손을 잡자' 등등 별소리를 다 하더군요."

연 박사가 냉담하게 웃었다.

"뭐가 있는 게 맞네요. 그렇게까지 횡설수설할 사람은 아닌데, 초초한 모양입니다."

"그렇다고 우리가 지금 뚜렷하게 확인한 게 있는 것도 아니지 않습니까?"

시장이 반문을 하고는 젓가락으로 당면 가락을 들어 입에 넣었다.

"어쨌든 상황이 이러니 좀 더 조심스럽게, 하지만 치밀하게 움직여달라는 당부를 드리려고 식사 자리를 청했습니다."

동호는 이 조사가 왜 필요한지 도발적인 질문을 던지려다가 참았다. 그러고는 짤막하게 말했다.

"잘 이해했습니다. 폐를 끼치는 일이 없도록 더 주의 깊게, 그리고 신속하게 움직이도록 하겠습니다."

"고맙습니다."

고 시장은 동호의 앞 접시에 LA갈비를 얹어 주었다.

기사가 "어느 길로 갈까요?" 하고 물으며 운전을 시작했다. 택시가 인사동 사거리를 지나칠 때 외국인 둘이 택시를 잡고 있는 것이 보였다. 택시는 현판에 어둠이 드리워진 조계사를 거쳐 시내를 관통했다. 동호는 택시 기사가 틀어놓은 1990년대 가요들이 싫지 않았다. 택시가 장충체육관을 지나칠 때 동호는 창문을 내렸다. 선선한 바람이 이마를 스쳐 지나갔다. 어디선가 오토바이 엔진 소리가 들려오기 시작했다. 누군가 주말 저녁에 기분을 내고 있었다. 가는 방향이 같은지 오토바이 소리는 멀어지지 않았다. 끊어질 듯 이어지는 엔진 소리가 주말 도심에서 트럼펫 소리처럼 경쾌하게 퍼져나갔다. 깜빡 잠들었던 동호는 "다 왔습니다"라는 기사의 목소리에 잠에서 깼다. 신용카드를 단말기에 태그하고 내렸다. 레지던스로 이어지는 골목으로 들어서서 몇 발짝 내딛는 순간, 갑자기 오토바이 엔진이 굉음을 토해냈다. 소리가 나는 방향을 쳐다보려는 순간, 동호는 스쳐 지나가던 오토바이 운전자의 발길질에 앞으로 고꾸라졌다. 왼쪽 등에서 심한 통증을 느껴졌다. 필사적으로 일어나려 했으나 숨이 막혀 비틀거렸다. 오토바이에서 재빠르게 내린 사내가 동호의 배를 걷어찼다. 동호는 골목길에 무릎을 꿇고 머리를 바닥에 댄 채 호흡을 제대로 하려고 애썼다. 오른편으로 가로등에 비친 사내의 그림자가 보였다. 사내와 눈이 마주치면 자신을 죽일지도 모른다는 불안감에 웅크린 자세로 가만히 있었다. 언제 날아올지 모를 발길질이 두려워 견딜 수 없을 지경이 되었을 때, 사내의 목소리가 들렸다.

"살고 싶으면 그만 까불고 미국으로 꺼져. 제 앞가림도 못하는 놈이 어디서 개수작이야."

사내의 발길질이 한 번 더 옆구리로 날아왔다. 동호는 오토바이 엔진 소리를 들으며 누워 있었다. 오토바이를 타고 떠나는 사내의 실루엣이 눈으로 들어왔다. 무척 작은 키였다.

동호는 오 분쯤 누워 있었다. 방범용 CCTV가 있었다면 경찰이라도 왔을 테지만, 무슨 일인가 싶어 비틀거리며 다가온 취객이 전부였다. 그에게서 풍기는 막걸리 냄새에 구토가 치밀어 올라왔다. 이대로 있으면 안 되겠다 싶은 생각에 혼신의 힘을 다해 일어났다. 다행히 부러진 곳은 없는 것 같았다. 비틀거리며 레지던스에 들어서는 동호를 보자 직원이 놀라서 달려왔다. 그의 부축을 받으며 동호는 엘리베이터를 타고 자기 방으로 돌아왔다. 그는 병원에 같이 가자는 직원에게 혹시 필요하면 전화를 드리겠다고 말했다. 동호는 침대에 큰 대자로 누웠다. 누운 채로 바지와 웃옷을 벗고 침대 밑으로 집어 던졌다. 밖으로는 언제나처럼 남산타워가 보였다. 충격 때문인지 타워의 불빛이 전과 다르게 보였다. 불빛은 푸른색에서 몽환적인 보라색으로 변했다. 무거운 잠에 빠져들었다.

동호는 산꼭대기에서 산 아래쪽을 향하여 달렸다. 20미터쯤 달리자 뒤쪽에 펼쳐져 있던 패러글라이더의 날개가 공기의 저항을 받아 위로 떠오르기 시작했다. 날개가 팽팽해지면서 발이 지상에서 떨어졌다. 골짜기를 내려다보며 비행했다. 동호의 패러글라이더는 아주 부드럽게 골짜기를 지나쳐 산을 넘었다. 산 너머에는 웅장한 대리석 건물들이 즐비했고 그중 가장 화려한 건물 앞에 착륙했다. 패러글라이더를 버리고 건물 안으로 걸어 들어간 동호는 건물 안 커다란 기둥을 손으로 만지며 살펴보았다. 대리석 기둥에는 화려한 아라베스크 무늬가 새겨져 있었다. 동호는 문득 이것이 꿈이라는 것을 자각했다. 그는 대리석 기둥의 무늬를 자세히 들여다보며 생각했다. '세상에서 본 적 없는 이 아름다운 무늬를 깨어나서도 기억할 수 있을까? 이토록 정교한 무늬를 꿈에서 볼 수 있다는 것은 내 머릿속에 그 무늬가 들어 있다는 것인데, 그것이 어떻게 가능할까?' 동호는 건물 안 어느 방에 이르러 그 방문을 열었다. 방 안쪽에는 소파가 있었다. 소파에 앉은 동호는 갑자기 자기 옆에 누가 앉아 있음을 알아챘다. 어느 여인이었다. 동호는 그 여인에게 입을 맞추었다. 계속 입을 맞추다가 그녀의 가슴을 만졌다. 동호는 그 여인의 옷을 벗기고 한 몸으로 뒤엉켰다. 극한의 흥분이 차올랐다. 이 달콤한 꿈에서 깨고 싶지 않다는 마음과 아래에서 번져가는 몽정의 기운 사이에서 방황했다. 동호는 흥분이 넘치지 않도록 조절하면서 계속 황홀감을 맛보았다. 어느 순간 동호는 여인의 얼굴을 제대로 봐야겠다는 생각을 했다. 양손으로 여인의 턱과 뺨을 잡고 얼굴을 바라보았다. 그 얼굴은 그저 추상적으로 아름다울 뿐이어서 구체적인 누구인지 알아볼 수 없었다. 선우의 얼굴을 기대하며, 아까 아라베스크 무늬를 공들여 확인한 것처럼 다시 한 번 그 얼굴을 들여다보았다. 편윤미였다.

동호는 뜻밖의 얼굴에 놀라 잠에서 깨어났다. 발길질을 당한 옆구리가 아까보다 더 아파왔다. 그는 깨어나지 말고 그 꿈을 더 즐기고 싶었으나 다시 잠으로 돌아가기에는 통증이 너무 심했다. 창밖으로 남산타워의 화려한 불빛이 보였다.

동호는 메뉴판에서 피자와 파스타를 고른 후 주문했다. 서연은 물을 마시며 물었다.

"안색이 안 좋아. 괜찮아?"

"몸살 기운이 좀 있어서. 괜찮아질 거야."

동호는 빵을 올리브유에 찍어서 입에 넣었다.

"한국에 온 일은 잘되고 있는 거야?"

"아니, 헤매고 있어."

"언제 돌아가? 온 지 한 달쯤 됐지?"

"아직 안 정했어. 곧 비행기 티켓을 예매해야 할 텐데, 일이 언제쯤 마무리될지 아직도 모르겠네."

종업원이 국물이 있는 빼쉐 파스타를 가져왔다. 서연은 면을 돌돌 말아 자기 접시로 덜었다. 동호는 먼저 조개와 홍합 껍데기를 모두 발라내고는 포크를 잠시 내려놓고 서연을 쳐다보았다.

"어제는 오랜만에 자각몽을 꾸었어."

"어떤 꿈?"

"말하기는 좀 그렇고."

"또 날아다니는 꿈을 꾸셨나? 아직도 애들처럼 그런 꿈을 꾸는 거야? 아님, 야한 꿈을 꾸었구나. 결혼을 안 하고 있으니 그 나이에 그런 꿈이나 꾸지."

동호는 할 말을 잃고 웃었다.

"딴 이야기나 하자."

"정신과 의사를 만났다고 꿈 이야기 상담 같은 거 하지 마. 그런 사람들 한 달에 열 명쯤 만나. 아주 지겨워. 곰곰이 생각해보면, 자기가 왜 그런 꿈을 꾸는지는 자기가 제일 잘 알지."

동호는 동생의 그런 단호한 점이 마음에 들었다.

"엄마하고 연락해봤어?"

"오빠, 미국으로 돌아갈 때 스위스에 들르래. 맛있는 음식 만들어준다고. 엄마가 아니라 니콜로가 해준다고. 요리를 그렇게 잘한대. 참, 엄마는 요즘 책 쓴다던데."

"무슨 책?"

"에스페란토 책이래. 문법책은 아니고. 이야기를 읽다 보면 자연스럽게 에스페란토에 대해서 어느 정도 알게 되는 책이라고. 물론 한국어로. 지난겨울에 한국에 오셨을 때 출판사랑 계약도 한 모양이던데."

"그런 책은 천 부나 팔리려나?"

"난 오십 부라고 생각해."

서연은 그사이 종업원이 가져온 고르곤졸라 피자를 잘라 입에 넣었다. 동호는 그 피자를 그다지 좋아하지 않으나, 서연을 위해 주문했다. 남매는 한 시간 동안 언제나처럼 좋은 대화를 나누었다. 다양한 주제, 고리타분하지 않은 소재, 사려 깊으나 지루하지 않은 대화법은 어머니가 남매에게 물려준 자산이었다. 이야기를 나누다보면 의견이 다를 때가 없지 않았다. 그럴 때면 남매는 오빠 또는 여동생이 왜 그런 생각에 이르게 되었는가를 조심스럽게 살피면서 자기 생각을 바꿀 필요가 있는지 성실히 탐구했다. 자기가 얼마나 현명한 사람인지 알리지 못해 안달하고, 자기 생각에 부합하는 증거만 애지중지하는 세태를 두 사람은 슬퍼했다. 미워하기보다는 슬퍼했다. 남매는 그러한 세태를 따르는 것이 개인에게 현실적인 이익을 주기 때문에 흐름이 쉽게 바뀌지 않으리라는 것을 알고 있었다. 그들은 강하게 주장하고 논란을 불사하는 사람들이 득세하는 세상을 혐오했으나, 그것에 편승하는 사람들을 직접적으로 미워하는 것은 경계했다.

동호는 내색은 안 했으나 통증이 가라앉지 않아서 앉아 있기도 힘들었다. 그러나 서연과 나누는 대화는 언제나처럼 좋은 음악을 듣는 것 같았다. 적당한 리듬감에 귀를 맡기다 보면 기분이 자연스럽게 좋아지고는 했다.

14

동호는 절룩거리며 어제 자기가 쓰러진 장소를 면밀히 살펴보았으나 아무것도 발견하지 못했다. 주위를 둘러보았다. CCTV는 없었다. 어느덧 비가 부슬부슬 내리기 시작했다. 비에 젖어가는 남산을 하염없이 바라보았다. 남산의 소나무 숲은 하얀 수증기가 피어오르는 듯 희뿌연 안개에 가라앉아 있었다.

동호는 자신의 귀국이 잘한 결정이었는지 스스로에게 물어보았다. 사실 별 고민 없이 한 결정이었다. 한국을 도망치듯 떠났고 자신도 모르는 사이에 그리워했다. 그때 시장의 요청을 받았다. 그렇게 시작된 조사는 이제 모험으로 바뀌고 말았다. 태어나 처음으로 사람을 죽이는 현장을 목격했다. 그들이 자신을 죽이지 않으리라는 보장이 없었다. 물론 그러기에는 그들의 리스크가 크지만, 이번 일을 겪으면서 그들이 무언가 지켜야 할 것이 있을 때 주저 없이 살인도 저지를 수 있음을 깨달았다. 윤리를 넘어선 인간은 윤리로 고민하는 인간보다 언제나 유리한 법이다.

동호는 궁극적인 차원에서 윤리가 인간에게 구속력이 없다는 것을 잘 알고 있었다. 윤리적으로 살아갈 것인지, 윤리를 비웃을 것인지는 결국 각자가 실존적으로 결단할 문제일 뿐이라고 생각했다. 그는 윤리를 존중하기로 스스로 자유롭게 결단했다고 믿었다. 이제 동호는 다시 한 번 자문했다. '인간이 과연 윤리에 구속되어야 하는지는 논리적으로 증명할 수 없다. 그런데 그런 상황에서 실존적 결단에 의해 윤리를 의무로 받아들이는 것이 과연 올바른 것일까? 그것은 윤리 없는 세계의 황폐함을 견디지 못하는 약한 심성의 발현이 아닐까?' 동호에게 세계의 공허함과 윤리의 문제는 커다란 관심사였지만, 동시에 그것은 한낱 형이상학적 문제에 지나지 않았다. 그것은 불필요하게 관념적인 호사가들의 말장난 같은 것이었다. 지금은 다르다. 동호는 이것이 삶과 죽음의 문제일 수도 있다는 것을 예감했다. 이러한 복잡한 생각의 와중에도 오른쪽 무릎은 여전히 시큰거렸다. 무릎을 직접 얻어맞은 것도 아니고 단지 꿇었을 뿐이었는데 통증은 사라지지 않았다.

"강동호 씨!"

간호사가 진료실에서 나오며 불렀다. 동호는 대기실에서 일어나 절룩거리며 진료실로 들어갔다.

"역시 제 짐작이 맞았네요. 오스굿슐라터병입니다."

의사는 병명을 발음하는 자신을 스스로 기특해하는 표정이었다. 동호는 물끄러미 그를 쳐다보았다. 의사는 엑스레이 사진을 가리키며 설명했다.

"저기 슬개골을 보세요. 무릎뼈 말입니다. 근육과 맞닿은 뼈 부분이 살짝 들떠 있지 않습니까?"

"특별한 일이 없이 갑자기 그럴 수가 있나요?"

동호는 의사의 단정적인 말투가 거슬렸다.

"혹시 십대 때 무릎이 아프지 않았나요?"

"중학교 때 성장통이 있었습니다. 한동안 아프다가 괜찮아졌습니다만……."

"성장통이 아닙니다. 뼈가 아직 연약한 그때에 과도한 운동으로 이 병이 생긴 겁니다. 다만 성인이 되면서 자연히 증상이 사라진 건데, 가끔 재발합니다. 환자분이 바로 그런 경우입니다."

"특별한 일도 없었는데 그럴 수 있나요?"

"아니요. 무릎에 무슨 사소한 자극이라도 있었을 겁니다. 이런 말씀을 드리기 뭐합니다만, 체위가 문제일 수도 있고. 아, 죄송합니다. 최근에 무릎을 부딪치거나 과도하게 무릎을 꿇고 있던 적이 없었나요?"

"어제 잠시 무릎을 꿇은 적이 있습니다만, 별일 아니었는데."

"이 병은 사소한 에피소드가 치명적일 수도 있습니다."

"어떻게 하면 되지요?"

"일단 일주일 치 소염진통제를 처방해드리겠습니다. 통증이 너무 심하면 약해진 무릎뼈를 고정시키는 수술을 하는 경우도 있습니다만, 일반적으로 수술을 권하지는 않습니다. 휴식을 취하다 보면 통증이 사라지는 경우가 대부분이니까 일단 경과를 보죠."

"그런데 오스굿슐라터병이라고 했나요?"

"병을 명명한 두 의사의 이름입니다."

동호는 '망할 놈의 독일인들'이라고 마음속으로 되뇌며 의자에서 일어났다.

"독일 의사죠?"

"오스굿은 미국 의사일걸요?"

"슐라터 말입니다. 이름을 보니 독일인입니다."

"아까 기억을 되살리느라고 인터넷으로 잠시 살펴보았습니다만, 스위스인입니다."

"그렇지만 독일계 이름입니다."

의사는 심드렁한 표정으로 동호를 쳐다보았다.

동호는 대기실에 앉아 처방전을 기다렸다. 그때 메시지
가 도착했다.

도움을 청하고 싶습니다. 편윤미 드림.

레지던스로 돌아온 동호는 스마트폰의 텔레그램 앱을 열
었다. 편윤미는 텔레그램에 가입되어 있지 않았다. 텔레그
램 앱을 설치하고 연락을 달라는 메시지를 보냈고 잠시 후,
텔레그램 메시지가 도착했다.

귀국하겠습니다. 도움을 청합니다. 회장이 제게
무슨 짓을 할지 모릅니다.

뉴욕이신가요?

도쿄입니다.

내일이라도 비행기를 타고 귀국하시지요.

아닙니다. 그 사람은 제가 어디에 있는지, 뭘 하
는지 다 알고 있었습니다. 도쿄에 있는 것도 이
미 알고 있습니다. 어떻게 해야 할지 막막합니

다. 일본으로 오실 수 있나요?

글쎄요. 그건 좀.

네. 제가 들어갈게요. 그런데 공항으로 들어가
는 것은 좀 두렵습니다.

그럼 이렇게 하시지요. 후쿠오카로 가서서 부
산으로 가는 페리를 타세요. 부산항으로 들어
오는 시간에 맞추어 사람을 보내겠습니다.

네. 시간표 알아보고 가장 빠른 것으로 움직일
게요.

동호는 바로 기태에게 전화했다.
"어디야?"

동호는 영월에 도착한 시외버스가 완전히 멈추고 나서야
겨우 잠에서 깼다. 점심 무렵의 시외버스터미널은 한산했
다. 터미널을 빠져나와 식당을 찾았다. 식욕을 돋울 만한 식
당이 보이지 않았다. 마지못해 '동강'이라는 간판을 내건 허
름한 식당에 들어가 제육볶음을 시켰다. 혼자 일하는 주인
할머니는 뜻밖에도 푸짐한 반찬들과 함께 먹음직스러운 제

육볶음을 내놓았다. 밥그릇을 거의 비울 무렵 기태의 메시지가 도착했다. 서둘러 값을 치르고 다시 터미널 앞으로 걸어갔다. SUV 한 대가 길가에 비상등을 켜고 서 있었다. 동호는 뒷좌석에 탔다. 뒷좌석 왼편에 웅크리고 앉아 있던 편윤미는 그에게 눈짓으로 인사한 뒤 말없이 차창 너머만 바라보았다. 동호 역시 배낭을 무릎에 올려놓은 채 반대편 차창 너머를 바라보았다.

간혹 버스가 오갈 뿐인 한적한 도로를 삼십 분 정도 달렸다. 차는 농가 사이의 작고 한적한 골목을 지나 계곡 옆으로 난 길로 들어섰다. 다시 이십 분가량을 달리자 겨우 차 한 대가 지나다닐 만한 산길이 이어졌다. 동호는 이런 외진 곳까지 어떻게 길이 포장되었을까 의아했다. 길이 거의 산중턱에 이르렀을 때, '크리스탈밸리'라는 작은 팻말이 붙은 출입구가 보였다. 출입구는 차량이 통과할 수 있도록 열려 있었다. 경사가 점점 더 급해지는 언덕을 올라가자 비로소 아담하고 모던한 2층 건물이 보였다. 건물 옆에는 잔디가 깔린 마당과 바비큐 설비가 있었다. 일행이 차에서 내리자 체크무늬 남방에 베이지색 반바지를 입은 동민이 건물에서 나와 동호에게 손을 흔들었다.

동호는 계단참에 서서 편윤미를 불렀다. 2층에서는 아무

기척도 느껴지지 않았다. 동호가 계단 두세 개를 올랐을 때, 방문이 열리는 소리가 들렸다. 그는 그 자리에 서서 편윤미가 내려오기를 기다렸다. 어느새 면바지에 흰색 셔츠로 갈아입은 그녀가 나타났다. 검은 머리가 유난히 더 검게 느껴졌다.

"짐은 다 정리했어요?"

"네. 여기서는 숲도 보이고 계곡물 소리도 들리네요. 틀어박혀서 한 달만 편안히 쉬면 좋겠어요."

두 사람은 현관을 나와 파라솔로 갔다. 그곳에는 이미 동민이 앉아 있었다. 커다란 텀블러와 영국제 커피 잔들 그리고 유리 물병이 놓여 있었다. 숲에서 불어오는 바람은 여름인데도 제법 서늘했다. 동민은 편윤미의 잔에 커피를 따르며 동호에게 말했다.

"기태 씨는 서울에 가서 할 일이 있다고 조금 전에 떠났어."

"할 말이 있었는데……. 좀 있다가 통화하죠."

"여기서는 신호가 안 잡혀서 통화가 안 돼. 아래쪽 출입구까지 걸어 나가야 간신히 신호가 잡힐 거야."

동호가 난감하다는 표정을 지었다. 편윤미가 말했다.

"두 분 형제라면서 생김새도 분위기도 별로 안 닮았네요."

"저는 아버지를 닮았고, 동생은 어머니를 닮았죠. 아버지는 왕성한 사업가셨죠."

"어머님은?"

편윤미의 질문에 동호가 대답했다.

"번역 일을 하셨어요. 언어학에 빠진 분입니다. 아버지께서 돌아가신 후에 오랫동안 홀로 계시다가 몇 년 전, 역시 언어에 미친 스위스 남자와 결혼했죠. 유럽에서 열린 에스페란토 협회의 국제 행사에 참가했다가 사랑에 빠지셨죠."

"낭만적이네요. 어머님이 예사롭지 않은 분인가 봐요?"

"재혼하실 때 예순이 넘으셨고 이제는 일흔을 바라보시지만, 여전히 사랑이 중요한 분이지요."

잠시 어머니를 생각하던 동호는 자신을 빤히 쳐다보는 편윤미의 눈동자를 느꼈다. 그녀의 검은 머리칼이 바람에 살짝 흩날렸다. 세 사람은 휴가라도 온 사람들처럼 편안하게 앉아 커피를 마시며 대화를 이어갔다. 가끔 계곡물 소리와 산새 울음소리가 그들의 대화에 박자를 맞추듯 끼어들었다. 태양이 숲에 가려 보이지 않을 때까지 그들의 대화는 이어졌다. 동민은 조명을 켜야겠다며 안으로 들어갔다. 마당에 은은한 조명이 들어왔지만 동민은 다시 나오지 않았다. 남겨진 두 사람은 따뜻한 대화로 해결할 수 없는 만만찮은 과제가 남아 있음을 알고 있었다. 동호는 마음이 무거웠다.

두 사람 사이에 침묵이 이어졌다. 붉게 물든 서쪽 하늘의

새털구름이 점점 어두워지고 있었다. 그 순간, 먼저 침묵을 깬 사람은 편윤미였다.

"죽일 겁니다. 나를, 어쩌면 당신도요."

동호는 무어라 대꾸해야 할지 몰랐다. 불현듯 며칠 전 꿈이 생각났다. 동호는 마음속으로 번져가는 꿈속 이미지와 촉감을 급히 억눌렀다.

"키가 무척 작은 사람을 아십니까? 놀랍도록 빠른."

"먼발치에서 두어 번 보았어요. 회장은 그를 '오오카미'라고 불렀지요."

"오오카미? 혹시 늑대라는 뜻인가요?"

"그런가요? 몰랐어요."

"일본어로 늑대라는 뜻입니다. '잇피키 오오카미'라는 말이 있습니다. '한 마리 늑대'라는 뜻이지요. 아마도 거기서 나온 별명 아닐까 싶네요."

"회장을 위해 행동하는 사람이에요. 회장이 물리적 힘을 행사하고자 할 때 지시만 내리면 아무 주저 없이 행동하는 사람으로 알고 있어요. 지시에 대한 증거는 언제나 전혀 없고요."

"전에도 그런 일이 있었나요?"

"정확히는 몰라요. 적지 않으리라고 짐작만 할 뿐, 얼마나 많은 사람을 해쳤는지는 모릅니다. 한 번 구속된 적이 있다고 하는데, 결국 증거가 부족해 풀려난 적이 있다고 아버지께 들은 적이 있어요. 자기 능력으로는 절대로 구할 수 없는 변호인들이 붙었다고 합니다."

동호는 며칠 전 습격당한 이야기를 하려다가 괜한 공포심만 일으킬까 하여 그만두었다.

"회장과 민상철 의원의 관계를 아십니까?"

"역시 짐작만 할 뿐이에요. 자신의 일에 대해서 아무 이야기도 하지 않았어요. 철저히 연인으로만 대했죠. 저도 그게 좋았어요. 다만 민 의원과 전화하거나 메시지를 주고받는 사이라는 것은 알 수 있었어요. 뉴스 같은 데에서 언급되면 귀를 기울이는 눈치였습니다. 묘한 경멸감을 표시하는 걸 느낀 적도 있어요. 두 사람의 관계를 알아내는 게 변호사님의 목적인가요?"

동호는 숲 위로 번지는 노을을 보았다.

"제 관심사이기는 하지만, 이제는 회장을 감옥에 보내는 게 제 목표입니다. 그것이 민 의원과 맺은 관계 때문이든, 살인 때문이든 상관없습니다."

"쉽지 않을 거예요."

"수장고에 대해서는 좀 아시나요?"

"수장고에 있는 그림의 상당수가 회장의 것이라는 소문이 돌았지만, 화랑 내에서 그것에 대해 묻는 건 금기 같았어요. 회장이 제게는 자랑하듯이 한두 번 얘기하기는 했어요. 아무튼 수장고에는 저도 몇 번밖에 못 가봤습니다. 그림을 반출해야 할 때 구경 삼아 가고는 했었죠. 관장이 직접 수장고에 드나들었고, 미술관에서 그나마 가본 적이 있는 사람은 저 정도일 겁니다."

"윤미 씨가 부책임자로 기재되어 있던데, 미래화랑과는 어떤 인연으로?"

"회장의 소개로 화랑에서 일하게 되었어요. 하지만 오해하지 마세요. 그 전에는 더 좋은 미술관에서 일했습니다. 오히려 제가 회장의 부탁을 받았어요. 내키지 않았지만 아버지가 간곡히 말씀하셔서 그렇게 했어요. 가보니 일하기 편했습니다. 월급도 후했고. 오 관장이 회장을 떠받들고 사는 처지라서 제게 편의도 많이 봐줬고요. 일하면서 한 번도 지시를 받는다는 느낌을 못 받았습니다."

"수장고에 들어갈 방법이 있을까요? 물론 합법적으로."

"관장과 함께 가는 수밖에 없겠죠. 그런데 변호사님에게 보여줄 이유는 없죠. 간혹 믿을 만한 미술가나 콜렉터들에게 소장품들을 보여주는 경우는 있었어요."

동호는 조심스럽게 물었다.

"부책임자인 윤미 씨도 혼자서는 출입을 못 했나요?"

"네. 한 번 빼고는 늘 관장과 같이 갔어요. 홍채 인식 장치에 등록된 것이 관장과 관리인들뿐이라서."

"한 번은 어떻게?"

"관장이 외국에 있는데, 꼭 반출해야 할 그림이 있었어요. 제가 관장 대신에 가서 관리인과 함께 반출했지요. 들어가고 싶으세요?"

"아닙니다. 변호사는 법을 지켜야죠. 몰래 들어갈 수는 없죠."

"아닌 것 같은데요?"

동호는 겸연쩍게 웃었다. 날은 이미 어두워져 가고 있었다.

"형님이 저녁 차려놓았다고 메시지를 보냈네요. 들어가서 저녁 먹죠. 그리고 나서 저는 막차 타고 서울로 떠나겠습니다. 윤미 씨는 형님이 잘 보살펴드릴 겁니다."

"차가 없는데 시외버스터미널까지 어떻게 가세요?"

"형님 말씀으로는 평소에 필요할 때 부르는 개인택시가 있답니다."

편윤미가 갑자기 동호를 또렷이 쳐다보았다. 동호도 그 눈길을 피하지 않았다. 편윤미의 얼굴에는 특별한 표정이 없었다. 아니, 표정이 없다기보다는 여러 감정이 섞여 있어서 어떤 뚜렷한 감정이 보인다고 말하기 어려웠다. 두려움, 신뢰, 의심, 어쩌면 호기심도. 그 눈빛 속에는 계속 마주하기 어려운 기운이 서려 있었다. 어쩌면 동호가 꿈에서 느낀

감각으로부터 여전히 벗어나지 못했기 때문인지도 몰랐다.

동호는 자연스럽게 눈을 피한 뒤 의자에서 일어났다.

15

동호는 안쪽 바닥에 달이 그려진 기태의 잔에 따뜻한 사케를 따랐다. 기태도 동호의 잔에 술을 따랐다. 동호의 잔에는 백로가 그려져 있었다. 그는 잔을 들며 말했다.

"몇 가지 얘기를 듣기는 했는데, 자세히 말하는 건 꺼려하는 눈치라서 충분히 묻지는 못했네. 그 아버지가 부학개발에 오래 다니기는 했으나 심복은 아니고, 그냥 직장 임원으로 지냈나 봐. 그러다가 어느 날 편윤미가 회사의 행사에 따라갔다가 거기서 회장을 만났대."

그 이후의 이야기는 굳이 기태에게 하지 않았다. 편윤미는 회장이 집요하게 구애를 해서 만나기 시작했지만 억지로 만난 것이 아니라 자신도 좋아했다고, 다른 남자에게는 느낄 수 없었던 카리스마가 있었다는 이야기도 했다.

"미술관에 어떻게 가게 됐답니까?"

"어느 날 회장이 관장을 소개했는데, 관장이 먼저 자기 미

술관으로 오라고 하더래. 굳이 그럴 필요를 못 느껴서 차일
피일하고 있었는데, 회장이 권유해서 이직을 했대. 전 직장
에서는 선임 큐레이터가 또라이라서 괴로울 때가 있었는
데, 미래화랑에서는 아무도 괴롭히는 사람이 없어서 편했
대. 일이 많지 않아서 혼자 공부할 시간도 많았고. 그리고 자
기는 전시 기획에만 관여하고 미술품 거래에는 관여를 안
해서 솔직히 회장과 미술관의 유착관계에 대해서는 거래가
활발하다는 것 외에는 아는 것이 없다고. 아, 한번은 회장이
그런 이야기를 하더래. 수장고에 있는 미술품의 80퍼센트
는 자기 거라고. 무슨 이야기냐고 반문하니까, 그런 줄만 알
고 있으라고 했대."

"회장하고 편윤미 아버지가 틀어진 것은요?"

기태는 잔을 비우고 술잔 밑의 달을 유심히 살펴본 후 물
었다.

"회사의 입찰 담합과 배임 건이 문제되어 그 아버지가 구
속되었을 때 끝까지 회장을 보호했대. 그런데 교도소에 있
을 때부터 관계가 어긋나기 시작했고, 전무가 출소하고 나
서 좀 무리한 요구를 했나 봐. 고생도 했고, 딸이 회장과 사귀
고 있으니 계열사를 하나 달라고 했대. 일종의 쇼부를 친 거
겠지. 그 자리에서 바로 냉대를 당하고 그다음에는 회장을
만나지도 못했대. 그래서 전무가 약이 올라 민 의원과 회장

의 관계를 가지고 협박도 했었고. 둘 사이에서 중재를 하려던 편윤미도 회장과 싸웠나 봐. 화가 나서 회장한테 한동안 연락을 안 했는데, 회장도 연락을 않더래. 결국 화랑도 그만두었고, 그러다가 편 전무한테 사고가 생긴 걸 알게 된 거지."

"이야기만으로는 예상과 다를 게 없고, 큰 도움은 안 되네요. 제가 따로 만나볼까요?"

"뭘 알아내려고?"

"수장고에 들어갈 방법이 있는지 해서요."

동호는 기태를 쳐다보았다.

"난 이 이야기 못 들었네. 무단침입은 안 되네."

동호는 바쇼의 주인을 불렀다.

"참치 다다키 하나만 주세요."

주인은 주방으로 가면서 기태에게 말을 던졌다.

"남녘으로 달리는 기차 하나가 태풍을 몰고 오네."

기태는 동호를 바라보았다.

"무슨 소린가요?"

"오늘 예약을 자네 이름으로 했는데 그 이름으로 하이쿠를 지은 거네. 저 사람의 취미야."

"풀이는 나쁘지 않네요. 저의 면모를 잘 살렸네요."

기태는 호탕하게 웃었다.

"변호사님을 처음 만난 때가 생각나네요."

"그리 아름답지 않은 기억일 텐데……"

"네, 영등포구치소에 있었잖아요. 어머니가 오셔서 변호사를 구했으니 만나보라고 하셔서 돈만 아는 도둑놈들은 필요 없다고 했는데. 그런데 어느 날 그냥 오셨잖아요. 이야기를 듣다 보니까, 이 사람 도움을 받으면 집행유예를 받겠다 싶더라고요. 같이 있던 미결수들이 죄다 이 년 형이 뻔하니 변호사 쓸 필요 없다고 했었는데. 어머니는 암으로 오늘내일하시고, 지푸라기라도 잡는 심정으로 선임했다가 정말 집행유예로 나왔잖아요. 그때 제가 감동받아서 사무실에서 뭐든 할 수 있게 해달라고 했죠. 그런데 무슨 생각으로 절 채용하셨어요?"

"변론도 일종의 일인데, 같이 일해 보면 품성이나 능력을 알게 되지. 허황된 생각에 미혹되어 사기범이 되었지만, 그 점만 잘 다스리면 좋은 동료가 될 것 같았어. 마침 사람도 필요했고. 그리고 자네 어머니가 우리 어머니 고등학교 동창인 점도 작용했지. 어느 날 어머니가 그러시더라고. 자네 어머님이 자네 데려다 쓰면서 사람으로 만들어달라고 부탁하신다고."

"아니, 그 이야기를 왜 이제 해요? 에이, 난 또 '이 인간이 내 능력을 봤구나' 하고 좋아했는데."

"아니, 변론하던 사기범을 직장에 들일 만큼 미쳤으면 됐지. 뭘 더 기대하나?"

두 사람은 잔을 부딪쳤다. 마지막 잔이었다.

기태는 파라솔에 앉았다. 편윤미는 쟁반에 커피 두 잔을 받쳐 들고 왔다.

"여기 참 좋아요. 밤에 조금 무섭기는 하지만, 바람 소리, 새소리, 나뭇가지 흔들리는 소리가 마음을 깨끗하게 씻어 줘요."

"변호사님의 형님은 어디 가셨어요?"

"읍내에 식료품 사러 나가셨어요. 그 외에는 하루 종일 산책하고 책만 보고 계세요. 공부하는 게 몸에 밴 집안인가 봐요."

"그 어머니께서 여러 나라 말을 할 줄 안다고 하시더라고요. 서너 개는 완벽하게 하고. 학교 때부터 남달랐대요. 저희 엄마 여고 동창이시기도 하고. 그건 그렇고, 제가 여기 온 건 다른 게 아니라 수장고 때문입니다."

편윤미는 대꾸하지 않았다.

"도무지 다른 방식으로는 문제를 해결하지 못하겠네요. 회사나 집을 압수수색하지 않는 한 결정적 증거를 찾을 수도 없고. 윤미 씨에게 기대했는데 결정적인 사정은 잘 모르시고. 그런데 그렇게 잘 관리되는 수장고라면 거기에 뭔가 중요한 게 있지 않을까요?"

"몰래 들어가시겠다는 뜻인가요?"

"순순히 구경시켜 줄 리가 없지 않습니까? 그렇다고 우리가 짭새도 아닌데 압수수색영장을 받아서 갈 수 있는 것도 아니고. 검사 놈들에게 지금까지 사정을 알려준다고 해도 조사도 안 할 테고."

"저도 몇 번 안 들어가봤어요. 그 안에 책상이 하나 있는데, 거기 노트북과 편철된 서류들이 좀 있어요. 수장고에 가게 되면, 관장이 그 책상에 앉아서 서류들을 살펴보다가 전화를 걸곤 했어요. 그 외에는 특별한 것이 있는지는 모르겠습니다."

"혹시 무슨 서류들인지 아시나요?"

"아뇨, 있다는 것만 알아요."

"회장과 관장, 그리고 민 의원 간에 거래 관계가 있다면 반드시 어떤 서류든 있어야 할 겁니다. 그들이 무슨 죽마고우도 아닌데 서류 없이 일했을 것 같지는 않고. 위험한 자료이기 때문에 있다면 수장고에 있을 겁니다. 거기만큼 안전한 곳은 없으니까요. 관리인들은 어떤 사람들인가요?"

"관장이 그 마을에 정착해서 편안히 살게끔 넉넉히 대접한 것 같았어요. 서류 같은 것에는 관심도 없겠지요."

"그래서 제가 궁금한 겁니다. 윤미 씨, 거기 들어갈 방법이 있을까요? 누군가는 꼭 들어가야 합니다. 다만 변호사님 모르게 해야 합니다."

"거기가 홍채 인식으로 출입하는 곳이잖아요. 그런데 제가 미술품 반출 때문에 혼자 갔을 때, 거기 관리인의 홍채 인식이 안 되더라고요. 관리인이 가끔 이런다면서 기계 탓을 한참 하더니, 비밀번호를 입력해서 들어갔어요."

"비밀번호를 혹시 아시나요?"

"모릅니다."

기태는 고개를 가로저으며 편윤미를 물끄러미 바라보았다.

동호는 열어둔 방문으로 바깥을 바라보았다. 시원의 할머니는 동호가 사 온 배를 깎아서 내놓았다. 시원은 곰돌이 푸가 그려진 쟁반을 유심히 들여다보았다.

"콩국수 만들어 줄 테니 먹고 가."

"아뇨, 됐습니다."

"아니, 내가 꼭 해주고 싶네. 잠깐만 기다려. 가서 얼음 좀 사 올게."

시원의 할머니가 일어나서 밖으로 나갔다. 시원은 포크로 배를 찍어 들다 말고 물었다.

"학교를 꼭 다녀야 되나요?"

동호는 뜻밖의 무거운 질문에 놀랐다.

"아직도 학교가 문제니?"

"할머니에게 다 말하지는 못했는데, 많이 힘들어요. 저 아무하고도 말 안 해요."

"하루 종일?"

"네. 학교 가서 집에 올 때까지. 가끔 저를 위로한다고 말을 붙이는 애들이 있는데, 걔들이 더 힘들어요. 차라리 그냥 놔두면 좋겠어요. 선생님도 힘들어요. 앉아 있다가 이상한 느낌이 들어서 둘러보면 선생님이 저를 가만히 쳐다보고 계세요. 걱정이 돼서 그런 거겠지만, 그 눈빛을 보면 숨이 막혀 죽고 싶어요."

동호는 마음이 아팠다.

"전학은 생각해봤니?"

"이사를 가면 된대요. 할머니가 물어보시길래 제가 한번 생각해봤어요. 전학을 가면 괜찮아질까? 그럴 것 같기도 해요. 그런데 또 알려지면 어떡하죠? 차라리 알려진 다음에는 포기하고 지내면 돼요. 그런데 그게 알려질 때 친구들의 눈빛이 변하는 것을 보는 건 너무 무서워요."

시원의 할머니가 집으로 돌아오는 소리가 들렸다. 그녀는 대청마루에서 눈이 빨개진 시원을 보더니 한숨을 쉬었다. 동호는 시원의 어깨를 잠시 잡았다가 등을 가볍게 두드려주었다.

"아저씨가 한번 연구해볼게. 너희 아버지하고도 상의하고. 그때까지 잘 견디고 있어. 어렵겠지만 '아무것도 모르는 바보 같은 친구들을 내가 용서해야지' 하는 마음으로 지내봐. 물론 아저씨도 그렇게 못하지만, 어쩐지 너는 할 수 있을 것 같아. 네가 잘못한 것이 없는데 사람들이 너를 괴롭히는 것은 너를 더 강하게 만들어줄 거야."

동호는 시원의 손을 꼭 쥐었고 시원도 동호의 손을 힘주어 잡았다.

16

동호는 승철의 형색을 살폈다. 몇 주 사이에 살이 붙어 보였다.

"지낼 만해?"

"늘 그렇지. 지난번에 넣어준 책들은 잘 읽었어. 내 취향대로 잘 골라서 보냈더라고."

"도마복음에 대한 책도 있으니 보내줄게."

"그런 복음도 있나?"

"일종의 외경이지. 초기 기독교 경전 중 하나인데, 정전이 되지 못하고 편찬에서 제외됐지. 현대에 새로 발견됐어."

"보내줘. 서울 온 일은 잘되고 있어?"

동호는 어디까지 이야기해야 하나 생각하며 뜸을 들였다.

"내가 예전에 고 시장 선거 캠프에서 잠시 일했잖아?"

"그랬지. 흑색선전에 대응한다고. 그때 나한테도 급히 자료 좀 검색해서 보내달라고 연락한 적이 있었는데."

"그랬지. 워낙 일손이 딸려서 부탁한 적이 있었지. 고 시장이 지금 전임 시장의 비리의혹을 조사해달라고 요청했어. 자꾸 민원이 들어오는데 확실한 증거는 안 보이니까 알아봐달라고. 부학개발이라고 들어봤지? 그 회사 문제인데, 조사가 생각보다 빨리 진전이 안 되어서 고민이야."

"그렇구나. 조사 중이니까 부학개발 편 전무라는 사람이 비리로 복역했던 것은 알고 있지? 여기 안양교도소에서도 1년 가까이 살다가 대전으로 갔어. 운동장에서 가끔 마주쳤지."

"가깝게 지냈어?"

"재소자가 얼마나 많은데. 그런 사이는 아니지."

"그래도 같이 방을 썼던 사람들을 찾아서 물어보면 혹시 도움이 될 만한 정보가 있지 않을까? 회사의 비리를 재소자들에게 떠들었다거나."

"심심하니까 재소자들끼리 흔히 그런 이야기를 하기는 하지. 같은 방에 있었던 재소자들을 수소문해볼게."

동호는 화제를 바꿨다.

"오기 전에 시원이 만났어. 씩씩하게 잘 지내고 있어. 그런데 집안 사정이 다 알려져서 학교에서 생활하기가 점점 힘들어지나 봐."

"어머니께 들었어. 겨우겨우 말씀하시더라고. 다른 데로 전학이라도 가려고 알아보는 중이야. 지금 살고 있는 한옥은 세주고 어디 전세를 얻어야 하는데, 나이 드신 어머님이 제대로 하실지 걱정이네. 좀 도와줄래?"

"그렇게. 다만 전학을 간다고 완전히 해결된다는 보장도 없어서. 요즘 사람들은 조금만 이상하다고 생각되면 다 검색해보고 이렇게 저렇게 뒤져보니까."

"아무튼 부탁한다. 늘 이렇게 부탁만 해서 미안해. 내가 무죄를 받았어야 하는데."

동호는 승철의 마지막 말에 묘한 기분이 들었다. 물론 그 말이 자신을 힐난하는 것이 아니라 그저 신세한탄이라는 것은 잘 알았다. 하지만 그를 변론했던 동호 앞에서 할 말은 아니었다. 그것도 강권하다시피 애원하며 변론을 맡긴 사람이 할 말은 더더욱 아니었다. 동호는 어깨에 힘이 빠진 채로 말했다.

"이만 갈게."

"왜? 내가 괜한 말실수를 한 모양이네. 나도 모르게 무심결에……."

'무심결에? 이 멍청한 놈.' 동호는 짜증이 났다. 이제 승철의 말 속에는 동호를 원망하는 마음이 섞여 있었음이 분명해졌다. 그를 한 대 치고 싶은 기분이었다. '이게 자기를 살리려고 죽을 고생을 한 친구에게 할 이야기인가?' 동호는 갇혀 있는 기간이 길어지면서 점점 약해져 가는 그의 마음을 가늠해보았다. '밤이면 얼마나 많은 회한에 잠기겠는가. 실현되지 못한 숱한 낙관적 시나리오들이 어찌 마음에 펼쳐지지 않을까.' 마음을 겨우 가눈 동호는 서둘러 대화를 끝내고 이 자리를 벗어나기로 마음을 다잡았다.

"다음에 다시 올게. 전학 문제는 자네 어머니와 상의할게."

동호는 친구의 대답을 듣지 않고 일어났다.

"여기는 언제 개발했어?"

서 대표는 바쇼의 인테리어를 이리저리 훑어보았다.

"숙소에서 가까운 곳을 찾다 보니까 눈에 보였어요."

"음식 맛은?"

"알다시피 제가 맛을 잘 몰라서. 맛있는 거, 맛없는 거, 먹으면 죽는 거로만 구별할 줄 알잖아요. 그럭저럭 맛있는 듯해요."

종업원이 자리로 왔다. 골똘히 메뉴판을 살펴보던 선우가 두 사람에게 의향을 물어보면서 세 가지 안주와 사케를 주문했다. 그녀가 말을 꺼냈다.

"미술관 조사하는 건은 진전이 있어? 참, 여기서 그냥 이야기해도 되나?"

"두 사람은 어디 가서 말 않을 테니 괜찮아."

동호는 둘에게 지금까지 있었던 일을 알려주었다. 두 사람은 동호가 편 전무의 살해 현장을 목격했고 단신에게 폭행당했다는 이야기에 충격을 받았다. 선우는 당장 조사를 그만두라고 목소리를 높이며, "고 시장이 정치적 야심에 눈이 멀어 사람 하나 잡게 생겼다"고 하며 욕을 했다. 동호는 그들이 겁을 주려고 자신을 한 번 폭행하기는 했지만 한국 사회 분위기에서 법률가를 해치지는 못할 거라며 선우를 달랬다. 서 대표는 걱정하면서도 "요즘 유행하는 하드보일드한 영화 시나리오 하나는 나오겠다"며 호기심을 드러냈다.

"이 얘기가 재미있어지려면 앞으로 두세 명은 더 죽어야 되는데……."

이 말을 들은 선우가 서 대표에게 젓가락을 집어 던졌다.

"허허, 그냥 하는 소리를 가지고 너무하네."

"서 대표님, 지금 사람이 죽었는데 그런 말이 어떻게 나와요?"

동호는 두 사람이 주거니 받거니 하는 말을 묵묵히 듣고 있었다. 서 대표가 다시 한마디를 보탰다.

"그런데 그 회장이라는 사람이 한 캐릭터 할 것 같네. 그러고 보니 나도 예전에 어느 감독 지망생한테서 회장 이야기를 들은 적이 있어. 이름은 기억이 안 나고. 결국 아직도 데뷔를 못 하고 있는데, 그 회장의 라이프 스토리로 영화를 해보겠다며 썰을 풀고 간 적이 있었어. 그때는 별로 인상적이지 않아서 세부적인 내용은 다 잊었지. 그런데 그 키 작은 사람이 회장의 수하인 건 분명한가? 영화라면 이야기의 맥락상 당연히 그렇다고 봐야 하지만, 회장으로서는 너무 리스크가 큰 일을 한 거 아닌가? 아니면 회장이 지금 받는 위협이 그렇게 엄청난 건가? 그리고 용의자에 대해 경찰에 리포트를 안 하고 있는 게 문제 안 되려나?"

"단정을 지어서는 안 되겠지만, 일단 회장이 배후라고 보는 게 제일 합리적이죠. 리포트하지 않는 건 부담이 되지만, 지금으로서는 어쩔 수 없어요. 증거인멸을 하고 있는 것은 아니니까."

"동호 씨, 지금이라도 그만둬. 빨리 손 떼고 미국으로 가."

동호는 걱정해주는 선우가 고마웠다. 그러나 여기서 손을 떼고 싶지는 않았다.

세 사람은 종업원이 자리로 올 때를 제외하고는 계속 그 얘기를 이어갔다. 서 대표는 9시가 넘어가자 어제 과음을 했다며 오늘은 일찍 파하자고 말했다. 세 사람은 별 미련 없이 자리에서 일어섰다. 선우와 서 대표가 떠나고 동호는 바 쇼를 나와 국립극장 방향으로 걸었다.

국립극장 입구에서 남산으로 이어진 산책로를 걸었다. 그 길은 이내 관광버스와 노선버스 외에는 통행이 금지된

도로로 이어졌다. 도로를 따라 삼십 분 정도 걸으면 남산타
워로 이어질 것이었다. 밤 산책을 나온 사람들이 드문드문
보였다. 단신이 '또 나타나서 공격을 가할까' 하는 염려를
잠시 했으나, 굳이 다시 반복할 가능성은 별로 없다고 결론
을 내렸다. 도로 왼편으로 소나무가 많이 있는지 가벼운 솔
향기가 느껴졌다. 제법 가로등이 밝아서 의외로 주변이 잘
보였다. 간간이 데이트하는 사람들, 동호처럼 산책을 나온
사람들, 조깅하는 외국인이 보였다. 밤이 이슥해져서 동호
처럼 정상 쪽으로 올라가는 사람들은 거의 없었고, 모두 내
려오는 사람들이었다. 동호는 올라가는 길 중간에 있는 작
은 전망대까지 다녀오기로 마음먹었다. 그는 상념에 잠긴
채 길을 걸었다. 좁은 인도와 넓은 차도로 나누어진 도로는
그다지 가파르지 않았고, 밤벌레와 밤새의 울음소리가 끊
일 듯 끊어지지 않았다.

　길은 정상을 향하여 부드러운 곡선을 왼쪽으로 또는 오
른쪽으로 그리며 편안하게 이어졌다. 이따금 빠른 속력으
로 내려오는 자전거들이 있었다. 동호는 그 자전거들이 넘
어질까 걱정스러워 가볍게 몸을 떨었다. 어쩌면 밤의 한기
때문인지도 몰랐다. 작은 전망대에 이르렀다. 전망대에서
남쪽을 바라보니 한남대교 북쪽의 빌딩들이 눈에 들어왔
다. 날은 청명했으나 빌딩의 불빛 때문인지 별이 몇 개밖에

보이지 않았다. 동호가 오리온자리를 찾았으나 보이지 않았다. 숲은 고요했다. 그와 함께 야경을 바라보며 러시아어를 주고받던 관광객 커플이 전망대를 떠났다. 그들의 러시아어가 공기 속으로 흩어질 때, 자신이 왜 남산에 올랐는지 깨달았다.

십 대 초반이었다. 그때 동호는 아버지와 함께 남산에 올랐다. 형도 여동생도 어머니도 없었다. 가을이었고 서울의 공기는 흐리고 황량했다. 두 사람은 남산도서관 쪽에서 산에 올랐다. 아버지는 두 사람이 남산에 다녀온 것을 다른 가족들에게 말하지 않았다. 동호는 아버지가 말하지 않은 데에는 무슨 이유가 있다고 생각하고 얌전히 있었다. 그로부터 일주일 후에 아버지는 세상을 버렸다. 사람들은 사업 실패를 비관한 것이라고 말했다. 큰아버지는 아버지가 점점 위태로워지는 회사 사정 때문에 개인 명의로 된 재산마저 계속 축나는 것을 막으려고 자살을 택했다고 말했다. 죽음과 함께 부도를 내고 회사 채권자들이 개인 재산을 건드리지 못하게 하려는 의도였다는 뜻이었다. 어린 동호는 당시 그 논리를 잘 이해하지 못했다. 그는 아버지의 죽음이 사업 따위로 인한 것은 아니라고 생각했다. 무언가 더 근본적이고 실존적인 것이어야 했다. 하지만 아무리 생각해봐도 다른 이유를 발견하지 못했다. 남산에 올랐던 날의 대화를 수없이 되살려보았으나, 어떠한 전조도 발견하지 못했다. 어린 동호의 손을 꼭 쥔 아버지의 손, 남산의 높이나 역사에 대한 아들의 질문에 아버지가 남긴 자상한 대답 외에는 특별한 것이 없었다. 아버지가 동호에게 건넨 유일한 질문은 "학교에서 어려움은 없니?"였다. 아버지가 고향 저수지에서 익사하지만 않았던들 동호는 남산에 왔던 것조차 잊었을지도 모른다. 아버지의 죽음은 동호가 그날의 남산 산책을 잊을 수 없게 만들었다.

시장의 비서실장이 "숙소를 어디로 정할까요?" 하고 물었을 때, 동호는 망설이다가 남산 자락에 있는 레지던스나 호텔이면 좋겠다고 대답했다. 그때 그는 남산 부근에 머물면서 아버지를 좀 더 기억해보고 싶었다. 아버지가 떠난 이후에도 가족의 삶이 힘들게 전개되지는 않았다. 넉넉한 편이었던 외가의 간헐적인 도움이 있었지만, 하나씩 처분하여 이제는 아무것도 남지 않은 몇 개의 부동산이 그럭저럭 삶을 지켜주었다. 동호의 어머니가 전공인 독일어는 물론이고 영어나 프랑스어를 가리지 않고 닥치는 대로 번역 일을 했지만 그것이 가계에 큰 도움이 될 정도는 아니었다. 동호는 사춘기에 아버지의 죽음과 어머니를 연결시켜 보기도 했으나 아무런 단서도 찾지 못했다. 아버지가 돌아가신 지이 년여가 지난 후부터 시작된 어머니의 남성 편력이 그 죽음의 소급적인 이유가 될 수는 없지 않겠는가. 여동생은 어머니의 자유로움을 대놓고 지지하면서 그녀의 남자 친구들을 품평했다. 형은 무심했고, 동호는 불편한 마음을 겨우 숨기는 정도였다. 그는 아버지가 자신만 데리고 남산에 올랐던 것은 가장 심약한 그를 걱정했기 때문이라고 생각했다.

동호는 전망대를 뒤로하고 다시 올라왔던 길을 되짚었다. 어찌된 일인지 길은 여전히 그다지 어둡지 않았고, 솔향기는 더욱 짙어졌다. 거의 열두 시가 다 되어서야 레지던스로 돌아왔다.

17

기태는 지난번처럼 수장고에서 멀리 떨어진 장소에 차를 세웠다. 니콘 카메라로 경비실을 살폈다. 불만 켜져 있을 뿐 사람은 보이지 않았다. 조수석에 놓아둔 밀리터리 배낭에서 야구 모자와 마스크를 꺼내서 착용했다. 운전석의 거울에 얼굴을 비추어 착용 상태를 확인했다. 만에 하나 CCTV에 잡히더라도 신원을 확인할 수 없어야 했다.

기태는 차에서 내려 경비실로 다가가 만능열쇠로 문을 열었다. 경비실의 물건들을 뒤지던 중 거울에 붙여둔 포스트잇에서 여덟 자리 숫자를 발견했다. 포스트잇을 떼서 주머니에 넣고는 수장고 내부와 주변을 16개의 화면으로 분할해 보여주는 CCTV의 녹화 장치를 껐다. 경비실을 나와 수장고로 접근했다. 기태가 홍채 인식에 다섯 번 실패하자, '비밀번호를 입력하라'는 메시지가 표시됐다. 포스트잇을 꺼내서 번호를 입력했으나 문은 열리지 않았다. 세 번을 더 입력해봤으나 허사였다. 기태는 다시 경비실로 돌아왔다. 책상 위에 놓여 있는 경비 일지와 다른 서류를 모두 살펴본 후 서랍도 열어 살펴보았으나 아무것도 확인하지 못했다. 이쯤에서 포기하려다가 경비 일지를 다시 한 번 천천히 살펴보았다. 경비 일지 마지막 장에 희미하게 연필로 적은 12개의 아라비아 숫자가 있었다. 기태는 재빨리 숫자를 손바닥에 적었다. 경비실을 나온 후 그는 다시 수장고에 접근해 비밀번호 입력 메시지에 따라 손바닥에 적은 12개의 숫자를 입력했다. 수장고 입구가 덜커덕, 육중한 소리와 함께 열렸다. 기태는 이마에서 흐른 땀이 눈에 들어가 쓰라렸다.

기태는 스마트폰 플래시를 켜고 더듬더듬 수장고 안으로 걸어 들어갔다. 400평 남짓 되어 보이는 수장고는 중앙에 홀 비슷한 공간을 두고 왼쪽 구역과 오른쪽 구역으로 구획되어 있었다. 수장고의 전체 모습을 가늠하기 위하여 오 분 정도 두 구역을 전반적으로 살펴보았다. 오른쪽 구역 끝에는 다시 커다란 금고실이 마련되어 있었고, 금고실 옆에는 화장실이 있었다. 편윤미는 금고실에 특히 중요한 작품을 보관한다고 알려주었다. 작품들은 이삼 미터 간격으로 구획된 다양한 크기의 공간에 놓여 있었고 작품 옆이나 위에는 그 작품의 소형 사진과 함께 엽서 크기의 색인이 붙어 있었다. 어떤 구획의 작품들은 커다란 트레이를 앞으로 잡아당겨야 비로소 보이는 철망에 걸려 있었다. 빈 공간이 많았지만 대충 가늠해 보아도 500점은 훨씬 넘어 보였다. 거의 대부분 유화물감으로 그린 회화 작품이었다.

기태는 다시 중앙 홀로 돌아왔다. 홀에는 두 명이 방문자를 보며 사무를 볼 수 있게끔 만들어진 책상이 있었다. 책상 위에는 편윤미가 말한 대로 노트북이 놓여 있었다. 기태는 방문 일지를 발견하고 살펴보았다. 40페이지 가량의 일지를 모두 스마트폰으로 촬영했다. 그러고는 노트북을 켜서 여기저기 디렉터리를 살펴보았으나, 눈길을 사로잡는 것이 없었다. 일단 문서 디렉터리들에 있는 파일들과 그 이외에 살펴볼 만한 디렉터리와 파일들을 모두 USB에 복사했다. 노트북 휴지통 폴더도 살폈다. 최근에 모두 비웠는지 지난주에 삭제한 별 의미 없는 문서 파일 하나만 남아 있었다.

기태는 수장고를 빠져나와 문을 닫은 후 경비실로 돌아갔다. CCTV를 다시 가동시키고 물건들을 제자리에 가지런하게 둔 후 경비실을 나왔다.

"쓸 만한 것은 작품 제목, 구입 일자, 입고 일자, 반출 일자 따위를 적은 엑셀 파일뿐이네요."

정미는 마우스를 가볍게 밀어내며 말했다.

"그래?"

기태는 정미의 자리로 와서 엑셀 파일을 살펴본 후, 다시 여러 파일들을 열어 보았다.

"아무래도 최근에 파일들을 한번 점검하고 지운 것 같네. 지난주에 노트북 휴지통 폴더를 비웠더라고. 누가 컴퓨터 휴지통을 일일이 비우나, 야동 지우고 난 다음이 아니면. 노트북을 통째로 들고 와서 복구시킬 걸 그랬나?"

정미는 기태를 쏘아보았다.

"수장고에 들어간 것도 변호사님이 알면 난리 날 텐데, 노트북을 들고 왔다가는 우리 다 집으로 돌아가야 해요."

"아니, 이렇게라도 안 하고 도대체 어디서 단서를 찾나? 미치겠네."

"사무장님, 그런데 여기 엑셀 파일 비고란에 있는 이니셜들은 뭘까요? 이니셜에 대한 설명은 없고 'G'가 제일 많은데, 어떤 것은 'M', 어떤 것은 'L', 이런 식으로 써 있네요."

"그래? 그 엑셀 파일을 내 이메일로 보내봐. 나도 좀 살펴보게."

동호는 레지던스 직원이 방으로 가져다 준 승철의 편지를 읽었다.

동호야, 여전히 바쁘지?

수소문해서 편 전무와 한 방에 있었던 재소자를 찾아서 잠시 이야기를 나누었어. 전무가 회사 비리를 문서로 정리하고 있었는데, 어느 날 다 없어졌대. 회장하고 연결된 교도관이 방을 뒤졌다고 의심하더래. 전무가 상당히 상심했다고. 그 이상은 특별히 아는 게 없고. 내가 자꾸 더 아는 것 없느냐고 물으니까, 전무가 언젠가부터 현성이라는 학승하고 친하게 지냈대. 횡령죄로 들어와서 이 년 정도 복역하다 나갔는데, 나도 인사는 한 적 있어. 살인범이라고 관심 있게 보더라고. 이 재소자 얘기로는 신도 중 한 사람이 죄를 지었는데 사정이 불쌍하다는 이유로 자기가 뒤집어쓰고 들어왔다고. 들어와서 공부만 줄창 하다가 나갔대. 내가 듣다 듣다 살보시도 아니고 감옥살이를 대신 해주는 보시는 처음 들었네. 물론 다 헛소리일 수도 있고. 아무튼 둘이 친하게 지냈으니 그분에게 어떤 이야기를 좀 더 털어놓았을지도 모르지. 깍듯이 모시고 경전 공부도 열심히 했다고 하네. 내가 알아낸 건 여기까지야. 별 도움 안 되겠지? 건강히 지내.

동호가 전통찻집에 들어가자 안쪽에 앉은 스님이 바로

눈에 띄었다. 사십 대 중반으로 보이는 스님은 반듯하게 자리에 앉아서 차를 마시며 스마트폰 메시지를 살펴보고 있었다. 그는 고개를 들어 동호를 살펴보고는 부드러운 손짓으로 이리 오라는 신호를 보냈다. 동호는 자리에 앉으며 합장했다. 늙수그레한 여주인이 주문을 받으러 오자 동호는 생강차를 시켰다.

"죽었다는 이야기를 저도 보도로 들었습니다. 참 딱하네요. 그런데 어인 일로 제게 연락을 하셨나요?"

"교도소에 계실 때 전무에게 법문을 가르쳐주셨다는 이야기를 우연히 전해 들었습니다. 송구스럽지만 제 친구가 복역 중인데, 두 분 사이를 알고 일러주었습니다. 안양교도소에 있던 노승철이라고 하는데, 혹시 기억하시나요?"

"살인죄로 들어온 사람 아닌가요? 그럴 사람은 아닌 것으로 보이던데, 어찌 된 것인지 자세히 말을 안 하니 영문을 모르겠더군요."

"맞습니다."

"궁금하신 게 뭡니까?"

"전무에 대해 알고 싶습니다. 저는 전무가 근무하던 시행사를 의심하고 있습니다. 그리고 전무가 교도소에서 그곳의 비리를 기록하다가 자료를 분실하기도 했다고 전해 들었습니다. 가깝게 지내셨다고 하니 달리 들으신 게 있는지 해서 이렇게 만남을 청했습니다."

스님이 고개를 갸우뚱했다. 스님을 보면서 동호는 머리만 기르면 젊은 경제학 교수처럼 보일 인상이라고 생각했다.

"저는 시간 날 때 같이 경전을 공부하고 산스크리트어를 가르쳐준 것밖에는 없습니다만."

"산스크리트어요?"

"고대 인도에서 사용하던 언어 있지 않습니까? 그게 무척 배우기가 어렵습니다, 교도소 안에서는 할 일도 없고 하니까 그나마 가능한 겁니다. 그래 봐야 몇 년을 배워도 초보를 못 벗어납니다. 아무튼 산스크리트어를 알파벳으로 표기할 수도 있고 '데바나가리'라는 전통적 표기법으로도 표기할 수 있습니다. 그런데 무슨 이유에서인지 전무는 데바나가리를 필사적으로 외우더군요. 경전도 데바나가리로 필사했고요. 솔직히 저도 알파벳으로 표기하지 데바나가리로는 표기를 안 합니다. 그만큼 번거롭고 어렵지요."

"데바나가리에 대해서는 저도 들은 바가 있습니다. 회사와 관련하여 다른 얘기는 없었나요?"

"회장을 많이 원망하기에 그러지 마시라고 했습니다. 얘기를 들을 때는 수긍하다가 밤에는 또 끙끙 앓는 눈치였습니다. 평생 샐러리맨으로 산 사람이 마음을 접기가 쉽지 않았겠죠."

동호는 학승을 만난 김에 평소 불교 교리에 대해 궁금하던 몇 가지 사항을 묻기도 했다. 스님의 답변은 특별할 것이 없었다. 하지만 그의 간결하고 군더더기 없는 태도는 동호에게 깊은 인상을 남겼다.

"잘 알겠습니다. 이렇게 만나주셔서 감사합니다. 마지막으로 궁금한 것이 하나 있는데, 외람된 말씀이지만 정말로 신도 대신 유죄판결을 받고 교도소로 가셨나요?"

"친구가 말하던가요? 죄가 누구에게 있는 게 뭐 중요합니까? 저는 어차피 어디 있어도 마찬가지이고. 그 사람은 감옥에 가면 죽게 생겼더군요."

찻집 앞에서 인사를 나눈 후, 스님은 조계사 방향으로 길을 재촉해 갔다. 동호는 안국역 방향으로 걷기 시작했다. 스무 걸음쯤 걸었을까, 그를 부르는 스님의 목소리가 불쑥 들려왔다. 동호는 걷던 길을 되돌려 다시 스님에게로 향했다.

"전무가 먼저 출소한 저를 수소문해서 찾아온 적이 있습니다. 그때 교도소에서 필사한 것이라면서 밀봉한 봉투 하나를 주더군요. 보관하다가 혹시라도 자기에게 무슨 일이 생기면 딸에게 보내달라고 했습니다. 그때 '바로 딸에게 주면 될 것을 왜 굳이 내게 맡길까' 의아했던 기억이 있습니다. 아무튼 사망 소식을 듣고 그 딸에게 연락하여 유품이라고 택배로 보냈습니다. 일이 이렇게 되고 보니 딸에게 바로 보관시키기에도 걱정스러운 무언가가 있을 수도 있겠다는 생각이 듭니다. 혹시 모르니 살펴보세요."

"알겠습니다. 고맙습니다."

"성불하세요."

스님은 아주 정성껏 합장한 후, 고개를 들어 동호의 눈을 형형하게 쳐다보았다.

동호는 편윤미가 보낸 메일을 열었다.

> 안 그래도 계속 영월에 있을 수가 없어서 불안하지만
> 며칠 전부터 서울로 와 있었어요. 요청하신 유품을 파일
> 로 보내드려요.

메시지는 짧았다. 공기가 탁하다는 느낌이 들어서 레지던스의 창문을 열고 환기를 시켰다. 공기에는 이미 가을의 색이 스며들고 있었다. 남산의 나무들은 아직도 짙은 녹색을 자랑하고 있었지만 기온은 차츰차츰 떨어지고 있었다. 동호는 다시 책상에 앉아 메일에 첨부된 PDF 파일을 열었다. 파일은 150페이지가량 되었다. 어렸을 적 어머니가 산스크리트어를 공부하시는 것을 옆에서 본 터라 데바나가리로 표기되었다는 것은 알지만 한 글자도 읽을 수 없었다. 유

품은 왼쪽에는 한글로 적고 오른쪽에는 산스크리트어로 적는 방식으로 되어 있었다. 맨 처음이 금강경이었고 그다음이 반야심경이었다. 그 뒤의 경전들은 들어본 듯했으나 잘 알지 못하는 경전들이었다. PDF 파일을 끝까지 살펴보았지만 특별한 점을 발견하지는 못했다. 동호는 PDF 파일을 닫았다. 여름 동안 많은 일들이 일어났지만 어떤 점에서는 아무것도 진전된 것이 없었다. 저녁 식사 시간이 다가왔으나 입맛이 없었다. 그는 침대에 누웠다가 다시 일어났다. 어머니에게 메일을 쓰고 PDF 파일을 첨부했다.

어머니, 잘 지내시지요?
이유는 묻지 마시고 이 파일을 한번 유심히 살펴보신 후에 특이한 점이 있으면 알려주세요. 늘 사랑해요.

동호는 배고픔을 느껴 일어났다. 시곗바늘은 밤 아홉 시를 훌쩍 넘어 있었다. 스마트폰을 살펴보았다. 어머니에게서 회신이 와 있었다. 일어나서 다시 노트북을 열었다. 식사를 하고 와서 메일을 확인할까 하다가 바로 메일을 열었다.

동호야, 밥은 잘 챙겨 먹고 다니지?
그 파일 흥미롭더구나. 그런데 얼핏 보는 것처럼 경전

을 한글과 산스크리트어로 대조해놓은 것만은 아니야. 산스크리트어 부분에는 경전을 다 적고 나서도 그 이외의 문장들이 계속 덧붙여져 있어. 별건 아니고, 그냥 한글을 발음 되는 대로 산스크리트어로 옮겨놓은 거야. 마치 '강동호'를 영어로 'Kang Dongho'라고 표기하듯이 한글을 산스크리트어로 표기해놓은 거야. 두 표기법의 발음 체계가 달라서 모두 일치하는 것은 아니지만, 어떤 글을 옮겨놓은 것인지는 충분히 알 수 있지. 즉, 데바나가리 문자만 알면 한글로 복원할 수 있다는 뜻이야. 그런데 그걸 아는 사람이 거의 없으니……. 내가 시간이 되는 대로 한글로 옮겨서 보내줄게. 다만 나도 해본 지가 하도 오래되어서 기억을 되살리면서 해야 돼. 시간이 좀 걸릴 수도 있어. 몇 문장을 살펴보니 부학개발이라는 곳의 문제점을 정리한 것 같네. 며칠 안으로 보내줄게.

동호는 하루라도 빨리 보내달라고 답변을 보냈다. 내일은 바쇼에 들러 식사 겸 술 한잔해야겠다고 생각하면서 노트북을 덮었다.

18

"어머님이 해독 중이시라고? 이야기가 재미있게 돌아가네."

서 대표는 눈을 가늘게 뜨며 말했다.

"그래도 전무가 뭘 적었는지는 아직 모릅니다. 별 쓸데없는 이야기들일 수도 있고."

"아냐, 상황을 보아하니 성과가 있겠네. 아무래도 내가 이 이야기에 대한 저작권을 사야겠어."

"네?"

서 대표는 가방에서 노트를 꺼내 한 장을 뜯어내더니 바로 펜으로 쓰기 시작했다.

"'갑은 을에게 서울시의 부학개발 비리 조사와 관련된 일련의 이야기를 영화화할 권리를 양도한다.' 이 정도면 되겠지?"

서 대표는 지갑에서 오만 원 권을 꺼내더니 동호의 손에 쥐여 주었다.

"계약금이다."

동호가 어이없다는 듯 웃고 있는데, 옆에 있던 선우가 끼어들었다.

"조심해요. 무서워 죽겠어요."

바쇼의 주인은 얇게 저민 삼겹살과 야채를 적당히 섞은 안주를 내놓았다. 세 사람은 사케가 담긴 작은 잔을 부딪쳤다. 동호는 잔을 부딪치면서 선우를 바라보았다. 한국에 도착하고 다시 일렁이던 선우에 대한 뜨거운 마음이 희미해져서 다행스럽기도 하고 아쉽기도 했다. 그는 깨끗이 비운 사케 잔에 다시 한 잔을 스스로 그득 부었다. 그사이에 서 대표와 선우는 최근에 성추행으로 물의를 빚고 있는 어느 방송국 프로듀서에 대해 이야기를 나누고 있었다. 서 대표는 그와 친분이 있는지 두둔하는 입장이었고, 선우는 눈앞에 보이면 목이라도 조를 기세였다. 동호는 그 대화에서 빠져나와 자기 내면으로 침잠했다. 그때 가방 속에서 들려온 벨소리에 스마트폰을 꺼내 발신자를 확인했다. 기태였다. 동호는 바쇼 밖으로 걸어 나가서 전화를 받았다.

"늦은 시간에 어쩐 일이야?"

기태는 대꾸하지 않았다. 동호는 '연결 상태가 나쁜가' 생각하면서 액정 화면을 확인하고는 다시 말했다.

"잘 안 들리는데, 급한 일인가?"

여전히 대답이 없었다. 동호는 '다시 걸겠지' 하며 전화를 끊었다. 바쇼로 들어가는 도중에 다시 벨 소리가 울렸고 밖으로 나와 전화를 받았다.

"안 들려서 끊었어. 어디야?"

그때 기태의 목소리가 아주 작게 들려왔다.

"변호사님……"

"기태, 무슨 일이야?"

"아, 제가 좀 아픕니다."

기태는 숨을 헐떡였다.

"어디야?"

"그게 아니고…… 변호사님, 저 같은 놈 거둬서…… 사람 구실 하게 해주시고…… 그동안 고마웠습니다."

"기태야, 그게 무슨 말이야?"

이때 우당탕거리는 소리와 함께 전화기의 잡음이 커졌다가 작아졌다.

"강 변호사, 좀 적당히 하고 다녀야지. 그렇게 말을 못 알아 듣나? 한번 해보자는 거지? 이 인간은 이제 세상에 없을 거야. 이게 마지막 경고야. 그다음은 누군가 잘 생각해보라고."

단신의 목소리였다. 통화는 바로 끊겼다. 전화를 곧바로 다시 걸었으나 그새 꺼져 있었다. 다시 안으로 들어온 동호는 애써 침착하게 급한 일이 있어 가봐야겠다는 말만 남기고는 허겁지겁 나왔다. 그러고는 곧장 정미에게 전화를 걸었다.

정미는 급하게 차를 몰면서 조수석에 앉은 동호를 쳐다
보았다. 통신사에서 알려준 기태의 마지막 위치는 사당역
사거리에서 우면산으로 올라가는 등산로 부근이었다. 대
로변에서 등산로까지 가는 길에 기태의 SUV가 세워져 있
었다. 문은 잠겨 있지 않았고, 겉으로 보기에 특이한 사항은
없었다. 스마트폰은 조수석에 던져져 있었다. 두 사람은 인
근 지역을 살펴봤으나, 기태에 관련한 어떤 흔적도 발견하
지 못했다. 두 사람은 그의 차를 그대로 두고 경찰에 실종신
고를 했다. 물론 자신들이 해오던 조사에 대해서는 함구했
다. 경찰관은 동호가 전화로 전해 들은 협박성 발언을 문서
에 기재하기는 했지만, 그가 자세한 사정을 이야기하지 않
아 심드렁한 표정이었다. 이 일의 경과에 대해 경찰에게 모
두 다 알려주고 철저한 조사를 요구해야 할지, 아니면 지금
처럼 일부만 알려주고 스스로 길을 찾아야 할지, 동호는 쉽
게 결정을 내릴 수가 없었다.

경찰서 문을 나서면서 불현듯 정미의 신변이 걱정되었
다. 기태 다음으로 정미가 될 수도 있었다. 동호는 선우의 집
을 생각했다. 거기까지는 단신의 손이 미치지 않을 것이었
다. 그는 선우의 집에 정미를 내려주고 걱정스러운 눈빛으

로 무언가 말을 보태려는 선우를 뒤로한 채 레지던스로 돌아왔다.

좀처럼 잠을 이루지 못한 동호가 피곤함에 실려 막 잠이 들 무렵, 메일 수신을 알리는 신호음이 스마트폰에서 들려왔다. 발신자는 어머니였다. 그는 메일을 확인했다.

동호야, 아무래도 중요한 것 같아서 급히 해독했다. 그런데 몹시 심각한 내용이네. 해독한 내용은 첨부 파일로 보낸다. 제발 몸조심해라. 거창한 일들에 연루되지 말고. 살아보면 다 의미 없단다.

동호는 첨부된 워드 파일을 열고 열여덟 쪽짜리 문서를 정독했다. 산스크리트어로 필사된 각 경전의 뒤에 편 전무가 역시 산스크리트어로 추가해 놓은 내용들을 어머니가 정리한 것이었다.

벨을 누르자 연 박사가 잔기침을 하며 다가오더니 문을 열었다. 동호는 안으로 들어가서 소파에 털썩 주저앉았다. 오피스텔 벽 중앙에 걸린 동그란 알루미늄 빛깔의 시계는 새벽 2시 40분을 가리키고 있었다. 연 박사는 동호의 문자를 받고 이미 준비해놓은 커피를 권했다. 동호는 연 박사가 건네는 터키색 커피 잔을 두 손으로 받아 쥐고 커피를 마셨다. 커피가 식도를 타고 내려가자 그나마 몸에 피가 도는 것 같았다.

"회장이 몰타에 미술품 거래 회사를 가지고 있다는 말입니까? 왜 하필이면 몰타에?"

"케이맨제도나 버뮤다제도 따위처럼 널리 알려지지는 않았지만 몰타도 일종의 조세피난처인 모양입니다. 세금은 낮고 금융거래의 비밀 보장을 잘하고. 게다가 거래 정보를 정부 간에 공유하는 데 인색하다고 합니다. 유럽에 있으니 중남미나 남태평양에 있는 것보다는 미술품을 사들이는 데 수월하기도 했겠죠."

"회장은 어쩌다가 미술품에 손을 댄 거죠?"

연 박사는 심문하듯이 하나씩 차분하게 물었다.

"영국에서 미술사를 공부한 관장과 친하게 지내다가 급기야 의기투합한 것 같습니다. 세세한 사정은 모르지만, '파라디소 갤러리'라는 몰타의 회사가 둘의 공동 명의로 되어 있답니다. 회장은 베트남과 발리에 아파트와 리조트를 지어 모은 수백억의 비자금을 대고, 관장은 그 자금을 가지고 유럽이나 뉴욕에서 미술품을 사들여 국내로 반입한 것 같습니다. 파라디소 갤러리가 미술품을 사들여 미래화랑에 팔기도 하고, 또는 미래화랑의 에이전트 자격으로 해외에서 미술품을 구입하여 국내로 보내기도 하고. 미래화랑은 그렇게 반입한 미술품을 다시 국내에서 팔면서 상당한 비자금을 축적했답니다."

"그 돈은 어디에 있죠?"

"전무는 일단 양평에 있는 수장고의 금고실을 지목하고 있습니다."

"그런데 미술품을 외국에서 사들여서 국내에 팔면 반드시 이익이 생기나요?"

동호는 잠깐 생각해보고는 말을 이었다.

"외국의 미술품을 선별하여 사들이는 것 자체가 관장의 특기이므로 이익을 남겼겠지요. 그리고 이런 포인트도 있지 않을까요? 파라디소 갤러리는 외국에서 제값에 사들여 미래화랑에 싸게 팔고, 다시 미래화랑이 국내 수집가에게 제값을 주고 팔게 되면 결국 몰타의 해외 비자금이 국내로 유입된 것과 마찬가지겠죠."

"그렇군요. 그리고 강 변호사 어머님께서 전해온 바에 따르면, 수장고에 보관된 미술품 중 수십 점이 민상철 의원의 것이라는 거고."

"미래화랑이 미술품을 국내 수집가에게 판매한 후에도 수장고에 계속 보관해주기도 했는데, 미술품 장부에 실소유주들의 이니셜을 적어두었답니다. 'SC'가 민상철 의원인데, 그 사람이 왜 이들과 엮였는지는 잘 모르겠습니다. 다만 제 비서가 오랫동안 온라인과 오프라인 자료들로 확인한 바로는 민 의원이 경남 지역 보궐선거에서 초선의원이 된 직후부터 여러 행사장 등에서 회장과 자주 만나는 모습이 포착됐다는 겁니다."

"알겠습니다. 어머니께서 보내주신 자료를 제게도 전달해주실 거죠?"

"안 그래도 여기로 오는 길에 이미 텔레그램으로 전송했습니다."

"시 건축위원회가 복합유통단지에 대해서 심의를 통과시킬 때 회장, 민 의원, 공무원들과 건축위원들이 어떻게 움직였는지도 파일에 적혀 있는 거죠?"

"네. 그런데 전무가 비위 내용과 관련자 이름들, 그리고 누구와 어디를 조사하면 밝혀질 것이라고 적기는 했지만 그것만으로는 충분한 증거가 못 됩니다. 중요한 단서일 뿐이지요. 결국은 계좌 추적도 하고 수장고와 화랑, 회사, 회장의 집을 압수수색하면서 관련자들을 신문해야 할 텐데, 지금 경찰이나 검찰이 그렇게 움직일 리가 없다는 것 또한 난점입니다. 그리고 강제수사를 할 수 없는 저로서는 더 나아가기가 쉽지 않습니다. 자료를 최대한 보완한 다음에 검찰을 믿고 고발할 것인지, 아니면 다른 방법을 찾을 것인지는 시장님과 연 박사님이 정무 라인들과 상의해보셔야겠습니다."

연 박사는 크게 숨을 들이마시면서 악수를 청했다.

"강 변호사님, 수고하셨습니다. 제 기대보다 훨씬 멀리까지 해내셨네요. 그나저나 사무장님 때문에 걱정이 많으시겠어요. 오늘은 주무시고 내일 다시 의논하지요."

동호는 남은 커피를 마저 마신 후 자리에서 일어났다. 저녁 이후 계속 긴장된 시간을 보내서인지 일어나면서 휘청거렸다. 오피스텔 건물에서 나온 동호의 옆으로 자못 선선한 바람이 불어올 때쯤 택시가 다가왔다. 택시 뒷자리에 탄 동호가 문을 닫자 기사가 액셀을 밟았다.

오른쪽 창문을 반쯤 열어 찬바람을 쐬면서 동호는 실눈을 뜨고 한강의 야경을 바라보았다. 택시가 서강대교를 건널 때, 일반인의 출입이 금지된 밤섬이 시야에 들어왔다. 그리고 뜬금없이 시장이 선거 막바지 때 캠프에서 했던 농담이 떠올랐다. '당선되면 몇 사람 모여서 밤섬으로 한번 야유회나 갑시다. 가서 막걸리도 한잔하고.' 동호는 그 말을 되새기다가 졸기 시작했다.

19

스마트폰이 울렸지만 동호는 몸을 움직일 수가 없었다. 벨은 열 번 남짓 울리더니 끊어졌다. 스마트폰을 들어 발신자 번호를 확인했으나 모르는 번호였다. 새벽 6시 30분, 두 시간도 채 못 잔 상태였다. 눈을 감고 오 분이 채 안 되어 다시 벨이 울렸다. 이번에는 다른 번호였고 역시 모르는 번호였다. 동호는 잠에서 깼으나 전화를 받지는 않았다. 이번에는 거의 스무 번 이상 벨이 울린 후에야 끊어졌다. 그리고 바로 같은 번호가 보낸 문자가 도착했다.

강 변호사님, 한국일보 이명현 기자라고 합니다. 여쭤볼
일이 있어서 전화드렸습니다. 연락 부탁드립니다.

동호는 침대에서 일어나 걸터앉아 있다가 노트북을 켰다. '강동호 변호사'로 기사를 검색하니 아주 오래전 재판 기사

들 외에 새벽 두 시경에 올라온 중앙일보 기사가 있었다.

서울중앙지검 형사부는 2010년 서울시장 선거 당시, 고윤석 후보의 캠프에서 일했던 강동호 변호사와 그 관련자를 수사 중인 것으로 알려졌다. 강 변호사는 서울시의 요청에 따라 민상철 전 시장의 비리를 조사하는 과정에서 모 화랑의 수장고를 무단으로 침입했다는 혐의를 받고 있다. 미술계에 따르면 수장고에 보관된 미술품의 가치만 수백억에 달한다. 검찰은 고윤석 시장이 이 과정에 개입했는지도 확인할 방침이며, 고 시장이 잠재적 대권 주자로 분류되는 민상철 전 시장의 비리를 확인하기 위해서 시의 기밀 정보를 외부에 유출하고 불법적인 조사 활동을 지시하거나 묵인한 것이 아닌지 살펴볼 예정이다. 한편…….

동호는 전화기를 무음으로 설정했다. 머리에서 열이 나기 시작한 그는 어떻게 해야 할지 고민하다가 한 시간이라도 더 눈을 붙여야겠다고 마음먹었다. 아침 햇살이 들어오지 못하게 하려고 커튼을 단단히 쳤다. 스마트폰으로 유튜브에서 빗소리를 들려주는 영상을 찾아냈다. 한 시간 후에 울리도록 알람 시간을 맞추고는 빗소리를 들으며 잠을 청했다.

알람이 울리고 있었다. 빗소리 덕분인지 짧지만 깊게 잠들었던 동호는 알람을 끄고 그대로 침대에 누워 천장을 유심히 바라보았다. 베이지색 천장을 계속 보고 있으니 마치 천장이 바닥처럼 느껴졌다. 여러 개의 조명이 중력을 거슬러 바닥에서 솟아난 식물처럼 기괴하게 보였다. 동호는 텔레그램으로 정미에게 문자를 보냈다.

혹시 기태가 수장고에 들어갔었나? 전화나 일반 문자 말고 텔레그램으로만 답해요.

일 분도 안 돼 정미의 메시지가 왔다.

워낙 단서가 안 잡히니 답답해서 사무장님이 들어가셨어요. 죄송해요, 미리 말씀 못 드려서. 자료를 복사하거나 사진으로 찍어 와서 분석 중에 있었는데, 중요한 단서를 찾지는 못했습니다. 보내드릴까요?

아니, 나는 전혀 모르는 일이야. 잠시 후 기사를 보내줄 테니 참고하고. 모르는 전화는 받지 말고, 앞으로 모든 연락이나 메시지는 수사기관

이 확인한다고 생각하고. 레지던스의 사무실을
바로 폐쇄할지 어떻게 할지는 다시 알려줄게.

　수장고의 무단 침입 자체가 황당한 이야기이기를 바랐건
만, 이제는 실질적인 위협이 되고 말았다. 동호는 '기태에게
지시한 적이 없다는 것이 입증될 수 있을까' 하고 생각해봤
다. 지시했다는 증거는 없었다. 그러나 자신이 몰랐다는 뚜
렷한 증거도 없어 의심을 피하는 게 쉽지 않아 보였다. 그리
고 '기태는 도대체 어떻게 된 걸까?' 동호는 착잡한 마음을
견디기 어려웠다.

　연 박사는 동호가 근처 커피숍에서 사 온 아메리카노를
깊게 음미하며 마셨다. 연 박사는 생각이 복잡한지 소파에
서 일어났다.
　"아침에 시장님께 연락이 왔습니다. 걱정이 많으십니다.
경위를 물으시기에 차라리 계속해서 모르시는 게 좋겠다고
말씀을 드렸고, '시에서 강동호 변호사에게 적법하게 비리
조사를 요청한 것은 사실이다. 자세한 경위는 확인 중이다'
라는 워딩 이외에는 일체 어떤 이야기도 언론에 하지 말라
고 말씀드렸습니다."
　동호는 여전히 서 있는 연 박사에게 물었다.

"기태가 수장고에 잠입한 사실을 알 만한 사람은 단신과 단신의 보고를 받았을 회장밖에 없는데, 검찰이 저렇게 신속하게 수사에 나서게 할 수 있나요? 기사의 행간을 보면 이미 수사가 상당히 진행됐습니다. 아니, 이 사안을 처음부터 들여다보고 있었다는 느낌입니다."

"변호사의 감각으로 봤을 때, 앞으로 상황이 어떻게 전개될까요?"

동호는 심호흡을 했다.

"지지부진할 수도 있겠지만, 기자에게 이렇게 수사 상황을 흘렸다는 것 자체가 매우 진전된 상태라는 뜻입니다. 기태가 수장고에 침입한 것은 이미 확인했을 것이고, 제가 지시했다고 추정하고 있겠죠. 저와 기태, 그리고 제 비서 사이의 통화 기록 따위는 이미 다 확보했을 것이고. 그러면 위치나 동선은 다 드러났다고 봐야 합니다. 기태의 소재가 불명이라는 것도 알고 있을 텐데, 오히려 제가 도피시켰다고 생각할 수도 있고요. 말하다 보니 레지던스에 대한 압수수색과 소환도 임박한 것 같네요."

초조한 동호와 달리 연 박사는 덤덤하게 대답했다.

"사실 이런 수사에서 늘 벌어지는 진부한 패턴으로부터 벗어난 것은 없죠. 그래도 수사 상황을 좀 더 파악했으면 좋겠는데. 유철구 기자를 한번 만나보시는 것은 어떨까요? 검찰이 어떻게 이렇게 신속하게 움직였는지 기자가 알 수도 있고, 회장의 상황을 들을 수 있을지도 모르고."

동호는 마포대교와 원효대교의 중간 지점에 있는 선착장에서 한강 유람선에 올랐다. 마지막으로 유람선을 탄 것은 십여 년 전 어느 주말이었다. 한강변을 산책하다가 배에 오르는 사람들을 보고 충동적으로 유람선을 탔었다. 그리 근사하지는 않았지만, 서울로 놀러 온 관광객들 틈바구니에서 한강변 구경을 하는 것이 자못 상쾌하기도 했다. 동호는 두 시간 전에 유철구 기자에게 문자를 보냈다. 유 기자는 문자를 받자 대뜸 '어디세요?'라고 물었다. 여의도라고 하자 '그럼 유람선이라도 한번 같이 타시죠'라고 메시지를 보내왔다. 동호보다 앞서서 배에 오른 유 기자는 뱃머리 쪽 의자에 앉아 있었다. 배가 움직이기 시작했다. 다가오는 동호를 본 유 기자는 옆에 앉으라고 손짓했다. 둘은 나란히 앉아 서쪽으로 흘러가는 유람선에서 북한산 방향을 바라보았다. 유 기자는 전보다는 덜 쫓기는 느낌이었다.

"중앙일보 기사는 형사2부장이 중앙일보 검찰 출입 기자에게 푼 겁니다. 둘이 원래 친해요. 일주일에 한 번은 꼭 만나고, 만나면 폭탄주 열 잔 정도는 늘 마시죠. 오기 전에 제가 그 기자에게 물었더니 변호사님을 바로 소환할 분위기랍니다. 물론 최종 타깃은 고 시장입니다. 변호사님은 그저 거쳐 가는 거죠."

"이게 검찰 차원에서 먼저 시작할 일은 아닐 것 같은데, 회장이나 민 의원이 관여한다고 보십니까?"

"제 보기에는 그렇습니다. 증거는 없지만 위기의식을 느끼고 아예 작심하고 역공을 하는 것으로 보입니다."

"검찰은 왜 이렇게 신속하게 움직이지요? 이게 그럴 사안인가요?"

"보기 나름이죠. 아직 소환 통보는 안 왔죠?"

"아직 못 받았습니다만. 그런데 제가 지금 모르는 전화는 일체 안 받고 있어서……."

동호는 걸려온 전화와 문자를 살펴보았다. 모르는 번호들로 스무 통이 넘게 걸려와 있었다. 그중 몇 개는 일반전화였다. 동호는 혹시나 하여 그 번호들을 검색했다. 그중 하나는 중앙지검의 번호였는데 두 번이나 부재중 전화로 남겨져 있었다.

"이미 전화가 왔네요."

"제가 듣기로도 바로 소환할 분위기였다고 합니다. 출석하실 건가요?"

"거부하기는 어렵지 않겠습니까? 일단 검찰과 통화를 해보죠. 제게 조언하실 만한 게 있을까요?"

"이 사건은 회장 작품이고, 회장 사람들이 움직이는 겁니다. 형사2부장은 괜찮은 사람으로 알려져 있지만, 회장에게 그런 사람을 구워삶는 것은 일도 아닐 겁니다. 만일 형사2부장이 회장의 사람이라면 수사가 상식적으로 진행된다고 믿으면 안 됩니다. 이미 강 변호사님을 정치권 주변을 맴돌면서 이상한 청부 조사나 하고 다니는 망나니로 보고 있을 겁니다. 마음 단단히 잡수셔야 합니다."

"언제 귀국했어?"

동호가 방으로 들어가자 백수훈 변호사는 피우고 있던 담배를 비벼서 껐다. 동호는 소파에 털썩 앉았다.

"거의 두 달 됐어요. 업무가 있어 왔는데 갑자기 일이 꼬여서."

"보내준 기사는 봤어. 그 기사 외에도 세 건이 더 올라왔더라고."

"좀 있다가 중앙지검에 들어가요."

"응? 아니, 준비도 없이 어딜 들어가. 일단 미뤄."

"아뇨. 지은 죄도 없는데 그러고 싶지 않아요."

"거참, 순진한 소리하네. 검찰이 잡겠다고 작정하면 없던 죄도 생겨. 변호사 맞나?"

"저도 걱정이 되니까 당대 최고의 형사 변호사를 찾아온 것 아니겠습니까? 오늘 변호사 선임하고 갈게요."

"돈부터 입금해."

"얼마 넣을까요?"

"농담이야. 어쨌든 오늘은 가지 않는 게 좋을 텐데."

"아니요. 잠깐 갔다 올게요. 내일부터는 선배가 시키는 대로 하겠습니다."

"왜 꼭 오늘 들어가려고 하지?

"연루된 제 직원 하나가 행방불명인데, 검찰에 들어가면 그 상황을 알 수 있을까 싶어서요. 전 사실 그 친구가 이미 죽었을까 봐 너무 걱정됩니다."

"들어가더라도 변호사랑 같이 들어가야 할 텐데. 나는 오후 4시에 재판이 있어서 안 되고, 임시로 다른 변호사라도 구해볼까?"

"변호사가 사건 파악도 안 된 상태에서 조사에 배석한들 무슨 도움이 되겠습니까? 저 혼자 다녀올게요."

"너무 쉽게 생각하는 거 아닌가?"

"그런 건 아닙니다. 내일부터는 하라는 대로 하겠습니다."

"다 아는 이야기지만, 말 아끼고. 그리고 자신이 변호사라고 절대 과신하면 안 돼. 법률가들이 수사기관에 잡혀 가면 제일 진술을 못 해. 남 도와주는 것과 자기가 조사받는 것은 완전히 달라. 문제가 생기면 바로 전화해."

"보수로 오백만 원 보낼게요."

"백만 원만 보내. 내가 니 돈 많이 받아서 뭐하겠냐?"

동호는 자신과 비슷한 나이의 검사를 쳐다보았다. 전혀 안면이 없는 검사였다. 그는 모니터를 살피면서 동호를 쳐다보았다. 모니터를 통해서 다른 검사들과 신문 사항을 상의하는 눈치였다. 두 평 남짓한 신문실에는 검사가 앉은 의자, 책상, 컴퓨터, 그리고 그 맞은편에 동호가 앉은 의자 이외에는 아무것도 없었다.

"다시 묻습니다. 남기태 씨가 수장고에 침입하던 날 상황입니다. 그날 남기태 씨가 양평으로 가는 길에 두 차례에 걸쳐 서로 통화를 하셨습니다. 무슨 통화를 하셨죠?"

"일상적인 통화였을 겁니다. 내용은 잘 기억이 나지 않습니다. 제가 남기태와 매일 몇 차례씩 통화한 것으로 통화 기록에 나와 있지 않습니까?"

"압니다. 그런데 수장고로 가는 길에 통화를 했다는 겁니다. 수장고에 간다는 것을 모르셨습니까?"

"몰랐습니다."

"남기태 씨가 양평 수장고에 간다는 것을 일부러 말하지 않았다는 뜻인가요?"

"평소에 위법한 방식으로 업무 조사를 하는 것을 엄격히

금하기 때문에 제게 알리기 싫었나 봅니다."

"그럼 언제 아셨나요?"

"기사를 보고 알았고, 오늘 아침에 비서를 통해 확인했습니다."

"남기태 씨는 지금 어디에 있습니까?"

"모릅니다. 그래서 저도 찾아달라고 경찰에 신고하지 않았습니까?"

"수사가 진행 중인 것을 알고 도피시킨 것 아닌가요?"

"말씀드렸다시피 수사가 진행되는 사실은 오늘 아침에 기사를 보고 처음 알았습니다."

이야기가 이십여 분 동안 겉돌며 반복되었다. 동호가 목이 마르다며 물 한잔 달라고 하자 검사가 전화로 직원에게 마실 물을 가져오라고 일렀다. 그는 신문이 능란해 보이지는 않았으나 알 수 없는 열의로 가득 차 있었다. 직원이 물잔을 놓고 나가자 신문이 다시 이어졌다.

"서울시로부터 이 사건 조사를 의뢰받은 경위에 대해서 말해주시지요."

동호는 시장과 만난 부분을 제외하고 경위를 설명했다.

"그 과정에서 시장을 만난 적이 있습니까?"

동호는 망설였다. 그러나 이 부분만 말하지 않을 방도는 없었다.

"있습니다."

"일시와 장소, 그리고 대화 내용을 모두 말해주세요."

동호는 우울한 기분을 느끼며 건조하게 설명했다.

"시장을 만난 것은 지금 말씀하신 것이 전부입니까?"

"네."

"시장은 강 변호사가 수장고를 조사하는 것을 알고 있습니까?"

"이야기한 적 없습니다. 아니, 평소에 연락 자체가 거의 없습니다. 나중에 충분히 조사한 후에는 보고할 기회가 생기겠지만, 아직은 그럴 만한 기회가 없었습니다. 그리고 저는 시의 담당자에게 보고하면 그만이지, 제가 일일이 시장에게 보고할 일도 없습니다."

"보수는 받기로 하였나요?"

"보수를 따로 산정하지는 않았습니다."

"무료로 도와준다는 뜻인가요?"

"그렇습니다."

"혹시 이 계약서 아시나요?"

검사가 계약서를 들이밀었다. 동호는 그 계약서를 받아서 살펴보았다.

"처음 봤습니다. 제가 근무하는 로펌에 서울시가 미국법 관련하여 자문을 요청하면서 보수를 지급하는 내용의 계약서네요."

"시가 강 변호사에게 보수 없이 조사를 부탁하면서 별개 사안에 대한 자문료를 지급하는 명목으로 불법적인 보상을 해주었죠?"

"배임죄라도 된다는 뜻인가요? 그런데 이 계약서에 로펌 의 서명은 있지만 서울시의 서명이나 도장이 없네요. 그러 고 보니 서울시가 제가 일한 부분에 대해 로펌에 보상해주 려고 하다가 법률적인 문제가 있어서 중단했다는 얘기를 들은 적은 있습니다. 이 계약이 체결된 적도 없고 보상을 해 준 적도 없으면 아무 문제가 없지 않습니까?"

검사는 계약서를 넘겨받아 다시 살펴보면서 말했다.

"다른 보상이 정말로 없었는지는 서울시에 더 알아보기 로 하죠. 십 분만 쉽시다."

검사가 그사이에 세수를 한 얼굴로 물었다.

"부학개발의 비리를 조사하다가 왜 미래화랑을 조사하기 시작했습니까?"

"부학개발과 미래화랑의 유착관계를 확인했기 때문입 니다."

"더 말씀해보시지요."

동호는 자신이 파악한 것 중에서 민감하다고 생각하는

것을 제외하고 설명했다. 동호는 검사가 그 경위에 대해 비상한 관심을 가지고 있다고 느꼈다. 그것은 수사의 필요성보다는 회장의 요청일 것으로 짐작했다. 동호는 회장에게 최소한의 정보만 전달되도록 검사의 요구를 비껴가며 진술을 정리해나갔다.

"강 변호사가 제공받은 서울시의 자료는 지금 어디에 보관 중인가요?"

"모두 PDF 파일로 받아서 컴퓨터에 보관 중입니다."

"제출해주실 수 있나요?"

"이미 시의 담당자에게서 다 받으신 것 아닌가요?"

"차이가 있을까 해서요."

"그럴 리가 있을까요? 목록을 보여주시면 제가 받은 것과 같은지 확인해드리겠습니다."

"그리고 그 자료들은 공무상 비밀이 아닌가요?"

"비밀인지는 모르겠네요. 그리고 변호사로서 조사를 의뢰받았는데, 설사 비밀이라고 하더라도 제공받을 수 있는 것 아닌가요?"

"한국 변호사로서는 휴직 중이지 않습니까?"

"아무튼 공무상비밀누설죄는 누설한 공무원에게 적용되는 죄지, 전달받은 제게 적용되는 죄는 아니지 않습니까?"

"다시 묻습니다. 남기태가 양평에 가는 동안 강 변호사께

두 번 전화를 하여 각각 1분 27초, 3분 25초 동안 통화하셨는데, 무슨 이야기를 나누셨습니까?"

"일상적인 대화라서 기억이 나지 않는다고 계속 말씀드렸습니다. 분명한 것은 수장고에 대한 이야기는 없었다는 겁니다. 돌아가면 기억을 되살려보고, 필요 시 진술서를 제출하겠습니다."

"남기태가 수장고에 간다고 보고한 것 아닌가요?"

"아닙니다. 참, 남기태의 소재에 대해서는 확인된 것이 있나요?"

검사가 움찔하더니 대답했다.

"궁금하신가요? 다 아시면서 괜히 물으시는 것 아닌가요? 저도 모릅니다. 설사 알아도 피의자에게 알려줄 생각은 없습니다. 참, 휴대폰 좀 볼 수 있을까요?"

"안 가져왔습니다."

"왜 안 가져오셨죠?"

"체포된 것도 아니고 스스로 출석했는데, 가져와서 보여줄 의무는 없지 않습니까?"

검사는 안경을 가다듬었다.

"죄가 없으면 보여줄 수 있는 것 아닌가요? 뭔가 불편하시니 일부러 안 가져오신 거죠."

"아시다시피 개인의 모든 정보가 담겨 있는 것이 휴대폰입니다. 이 사건과 무관한 수많은 개인 정보를 수사기관에 제공할 생각도 의무도 없습니다."

"프라이버시보다 구속을 면하는 것이 더 중요한 상황 아닌가요? 죄가 없다면 휴대폰에 저장된 메시지 같은 자료로 무죄를 입증하려고 적극적으로 노력하는 게 순리 아닐까요? 불리한 내용이 있는 게 맞는 것 같은데……."

"휴대폰은 잘 보관하고 있습니다. 다만 당신들에게 주어서 맘대로 들여다보게 할 생각은 없습니다. 필요하시면 정식으로 요청하세요. 정해진 시간과 장소에 변호인이 입회하고 이 사건 수사에 필요한 범위 내에서라면 얼마든지 공개하고 함께 확인하겠습니다."

새벽 한 시 무렵에 조사가 끝났다. 동호는 파김치가 된 몸을 추스르고 레지던스로 돌아왔다.

20

동호의 스마트폰이 울렸다. 오전 7시 17분, 백 변호사였다.

"구속영장이 청구됐네."

"검찰에 알아봤나요?"

"아니, 기사가 떴네."

"심문 기일은 내일인가요?"

"응. 오후 두 시. 오늘 몇 시부터 준비할까?"

"점심 먹고 두 시 반까지 사무실로 갈게요."

동호는 전화를 끊었다. 아직 여름 햇살이 애써 버티고 있었다.

동호는 백 변호사를 기다리며 회의실을 살펴보았다. 회의실의 반쪽에는 여덟 명이 앉을 수 있는 회의용 탁자와 의자들이 놓여 있었다. 나머지 반쪽에는 수없이 많은 기록들이 어른 키 반쯤 되는 높이로 두서없이 쌓여 있었다. 백 변호사는 젊은 변호사 한 명과 회의실로 들어섰다.

"어제 눈은 좀 붙였나?"

"두어 시간 정도요. 그리고 여기 오는 버스에서 정신없이 잤어요."

"시작해볼까?"

스티브 잡스가 애용하는 안경을 쓰고 말이 거의 없는 젊은 변호사가 대화를 주의 깊게 들으며 거의 속기사 수준으로 노트북 자판을 두드리고 있었다. 동호는 그동안의 경과를 기억하는 한 모두 이야기했다. 산전수전 다 겪은 백 변호사조차 편 전무가 살해당하는 장면을 들은 후부터는 심각해졌다. 기태의 실종 때는 탄식했으며, 어머니가 보내온 산스크리트어 해독에 이르러서는 두 손을 비볐다.

"사건이 너무 꼬였네. 이걸 어떻게 수습하지? 난 자네가 신중한 사람인 줄 알았는데……. 게다가 검찰이 어디까지 파악하고 있는지를 전혀 알 수 없으니, 도대체 어떻게 사건을 다루어야 할지 고민스럽네."

"일단 제가 검찰에서 진술한 범위에 맞춰야 하지 않을까 싶습니다."

"다행히 검찰에서 진술하면서 큰 실수는 없었네. 핵심은 단 한 가지네. 남기태에게 건조물침입을 지시했는지. 영장

청구 범죄사실도 그것에 한정되어 있고. 그런데 검찰의 현재 패러다임은 이거야. 유력한 대선 경쟁자를 낙마시키기 위해 혈안이 된 현 시장이 정치권 주변을 맴도는 변호사에게 불법적인 조사를 지시했다. 그 변호사는 다시 전직 사무장에게 통신비밀 등 각종 개인 정보를 불법적으로 확보할 것을 지시하고, 나아가 건조물침입마저 지시했다."

"말이 안 되는 건 아니네요. 그러나 시장님이 그런 의도가 있었는지는 제가 알 수 없고, 제가 아는 한 그런 저속한 사람은 아니에요. 시장으로서는 조사할 만한 사항이었고, 저도 불법적인 조사나 침입을 지시한 적은 전혀 없습니다."

"조사할 수밖에 없는 심각한 범죄였다는 것을 납득시키려면 단신의 살인을 목격한 사실과 민 의원의 범죄 혐의에 대한 자료를 제출할 수밖에 없지 않나? 어떤가?"

"그러면 우선 단신의 살인을 촬영한 동영상을 제출해야 되는데, 지금은 시기가 적절하지 않은 것 같습니다. 아직까지 수사기관에 제출하지 않은 이유를 설명하기가 너무 어렵네요. 니들을 믿지 못해서라고 솔직히 말할 수도 없고."

"전무가 남긴 메모는 어떤가? 그것은 내야겠는데. 그렇지 않고는 자네의 조사를 정당화하기가 어렵네. 그 내용을 보면 판사가 절차적 문제가 있다고 믿더라도 조사의 정당성을 수긍할 수밖에 없지 않을까?"

"같은 생각입니다. 문제는 어머니가 보내준 메일을 보고 그 이야기를 믿어줄까 하는 것이지요. 황당한 이야기라고 생각할 수도 있고."

"그래도 제출하면서 설득해봐야지."

동호는 생수를 들이키며 말했다.

"기태에게 불법적인 지시를 하지 않았다는 반박은 어떻게 해야 할까요?"

"일단 정미 씨에게서 지시받은 적 없다는 진술서를 받아서 제출하는 건 당연하고. 수장고에서 확보한 자료를 전달받은 적 없다고 했지?"

"네."

"그럼 정미 씨가 기태나 자네하고 주고받은 각종 문자메시지, 그리고 이메일 등을 보면 자네가 전혀 몰랐다는 인상을 줄 수 있지 않을까?"

"네. 정미가 기태와 주고받은 메시지 중에 '제가 알면 엄청 화를 낼 텐데'라며 걱정하는 내용이 있습니다. 얼마나 믿어줄지는 모르겠지만. 그런가 하면 제가 이미 알고 있다고 느껴지는 애매한 메시지도 있기는 하고요. 정미도 다섯 시까지 올 테니 그때 자료를 다 받으시지요. 거의 올 때가 됐네요."

"그럼 변호인 의견서를 초안하고 관련된 자료를 자정까지 준비할 테니 자네는 내일 아침 아홉 시 전까지 다시 피드

백을 주게."

"그러지요."

동호가 백 변호사와 의논을 마쳤을 때, 때마침 연 박사의
메시지가 도착했다.

아래 내용은 시장님의 전언입니다.

고생이 많습니다. 다 제가 부덕한 때문입니다. 당연히 해
야 할 조사를 정당한 방법으로 했건만, 이게 무슨 일인
지. 제가 강 변호사에게 조사를 요청한 사실을 포함해서
저와 관련된 부분은 모두 사실 그대로 말해도 좋습니다.
제가 감당할 것은 제가 감당해야 하지요. 어차피 전면전
입니다. 그 과정에서 강 변호사가 다치지 않아야 하는데,
걱정입니다. 참, 강 변호사가 직원에게 불법을 지시했을
리는 없겠지요? 그런 실수를 안 하셨기를 빕니다. 그리
고 어차피 이제 가능하지도 않지만, 더 이상의 개별적 조
사는 모두 중단하지요. 이제는 검찰에게 우리가 조사한
내용을 모두 전달하는 방법 이외에는 없겠습니다. 부디
영장이 기각되기만을 바랍니다.

동호는 가회동으로 가는 버스에서 편윤미에게 전화를 했

다. 며칠 전부터 전화를 받지 않았고 텔레그램 문자에도 응답하지 않았다.

동호는 시원의 눈을 들여다보았다. 늘 그렇듯이 엷은 우수가 느껴지지만, 어린 나이에 끔찍한 불행을 겪고 있는 아이의 눈은 아니었다. 맑고 평온했다. 시원의 그런 안정감이 궁금했다. '할머니의 보살핌? 아버지는 무죄라는 확신?'

"아저씨가 당분간 여기 못 올 수도 있어서 잠시 들렀어."

"알고 있어요. 할머니가 엄청나게 걱정하고 있어요."

"미안해."

"왜 죄 없는 사람들에게 자꾸 이런 일이 생기는지 전 모르겠어요."

동호는 무슨 말을 해야 할지 몰랐다. 뻔한 이야기를 할 수도 없고, 그렇다고 이 복잡한 이야기를 시원이 이해할 수 있게 요약할 방법도 없었다.

"너무 걱정하지 마. 아저씨 생각에는 시원이가 이사를 하고 전학을 하는 게 좋을 거 같은데, 그걸 할머니하고 상의하러 온 거야."

"전학하고 싶기도 하고, 다시 같은 일을 당할까 봐 무섭기도 해요."

동호는 고개를 떨궜다. 그때 삐걱 하고 대문이 열리더니 시원의 할머니가 들어왔다. 동호에게 저녁을 해 먹일 작정이었는지 양손에 이것저것 잔뜩 들고 있었다. 동호는 대청마루에서 일어섰다.

"제가 몇 마디만 나누고 바로 일어서야 해서 식사는 못 하는데요……."

서연은 이미 자리에 앉아 있었다. 화가 난 표정이었다. 동호는 자리에 앉기 전에 술과 안주를 주문했다. 서연은 자리에 앉는 그를 불쌍하게 쳐다보았다.

"오빠도 힘들겠지만, 이게 도대체 무슨 일이야? 난 기절하는 줄 알았어. 이제 구속되는 거야?"

"가늠이 잘 안 되네. 잘 모르면 언제나 가능성은 반반이지."

"남 이야기하듯 하지 말고. 어찌 된 거야?"

동호는 동생에게 어디까지 이야기해야 할지 생각했다. 가능한 한 짧게 핵심적인 줄거리만 이야기했다. 중간에 서연이 집요하게 캐물었으나 그는 자세히 말하지 않았다. 아니, 자세히 말할 힘도 없었다.

"서연아, 부탁도 하고 잠시 쉬고 싶어. 사건 이야기는 이 정도로 하자."

"부탁?"

"혹시 구속되면 승철이 딸 좀 돌봐줘. 이사하고 전학도 해

236

야 할 텐데, 승철이 어머니 혼자 하기에는 좀 벅차서.”

“오빠, 지금 그거 걱정할 때가 아냐.”

“아무튼 나는 할 일을 해야 돼. 승낙만 해줘. 구속되면 다시 부탁할게.”

“구속되면 안 돼.”

“알았어.”

서연은 눈물을 글썽였다.

“큰오빠가 굉장히 화가 났어. 시장님한테도 욕을 퍼붓고. 무슨 일을 그 따위로 맡겼느냐고. 당장 달려온다는 것을 말렸어. 문자는 받았지? 오빠가 전화를 안 받는다고 하기에 내가 전화를 다시 못 하게 했어. 지금 영장 심사 준비하느라 정신없을 텐데 놔두라고.”

“잘했어.”

동호는 종업원이 가져온 히레사케를 마셨다. 따뜻한 술기운이 몸속으로 퍼져나갔다. 하루 종일 긴장했던 몸이 조금씩 풀렸다. 둘은 여느 때처럼 세상 이야기와 정치 이야기를 짧게 나누었다. 동호가 그런 이야기를 나눌 수 있는 가장 좋은 상대는 서연이었다. 그녀가 정신과 의사로서 가지고 있는 개인에 대한 통찰력이 사회로 확장되어 적용될 때, 그녀의 의견은 빛났다. 동호가 법률에 대한 이해를 바탕으로 세상의 시스템을 가늠하듯이, 서연은 인간이라는 벽돌을 속속

들이 이해한 바탕 위에서 사회라는 건축물을 이해했다.

불현듯 동호가 서연에게 지난날 아버지와의 일을 이야기하기 시작했다.

"이 얘기를 한 적이 있나? 아버지가 세상을 버리시기 전에 나하고 남산에 산책 갔었다고."

"아니, 처음 듣는 이야기야."

"그랬었어."

"그랬구나. 그런데 왜 말 안 했어?"

"다녀온 이야기를 아버지가 다른 식구들한테 얘기하지 않으셔서 나도 그냥 안 했어. 그냥 산책을 한 것뿐이기도 하고. 그러다가 갑자기 돌아가시니까 그때는 더더욱 얘기할 수가 없었고. 혹시 너도 그때 아버지하고 어디 간 적이 있어?"

"응, 나도 갔었어. 어떤 고궁이었어. 덕수궁인 것 같아. 정확히 기억은 안 나고. 난 더 어렸잖아. 그냥 몇 컷의 기억만 남아 있어. 고궁 입구하고 커다란 서양식 건물. 어디선가 나타난 암갈색 고양이. 그리고 나와서 잠시 걸었던 돌담. 아빠하고 둘이 갔는지도 가물가물했는데, 나중에 조금 커서 되새겨보니 다른 식구는 없었던 것이 맞아. 사실 그게 아빠가 돌아가시기 직전인지도 몰랐어. 정신과 의사 수련을 받을 때 이 년간 정신분석을 받았어. 선배 의사한테서. 그때 분석을 받으면서 자세히 떠올리게 됐어. 힘든 이야기라 오빠들한테 굳이 이런 이야기를 안 했어. 오빠도 아빠랑 돌아가시기 직전에 산책을 했었구나. 아빠가 우리들하고 일종의 이별식을 한 모양이네. 그럼 큰오빠하고도 어디에 갔을까?"

동호의 눈에 눈물이 맺혔다. 아버지와의 마지막 산책이 마음에 사무쳤다. '세상을 떠나기로 마음먹고 자기 아이들과 보낸 마지막 산책이라니. 산책하던 아버지의 마음은 어땠을까?' 동호는 이내 아버지에 대한 상념을 떨치며 마음을 다잡았다. 적어도 오늘 밤은 이렇게 약해지면 안 된다고 생각했다.

"서연아, 일단 내일 영장을 기각시키고 다시 이 이야기를 하자."

역시 눈물을 글썽이던 서연이 대답했다.

"그래, 오빠."

"이거 마저 마시고 나는 숙소에 들어가서 일할게."

21

　동호는 피의자 자리에 앉으며 담당 판사의 얼굴을 살폈다. 어디서 본 듯했지만 기억나지 않았다. '오래전 내가 진행한 재판을 담당했던 판사겠지' 하고 생각했다. 옆에 앉은 백 변호사가 일제강점기의 유물이라고 해도 믿을 만큼 낡은 가죽가방에서 소송기록을 꺼냈다. 백 변호사는 평생 그 가방을 들고 법정에서 싸웠다. 1990년대에 시국 사건으로 검사와 설전을 벌이던 도중, 그 가방이 검사석으로 날아갔다는 소문도 있으나 본인에게 물어보면 긍정도 부정도 하지 않았다.

　판사는 동호에게 생년월일과 주소를 물었다. 동호는 뉴저지와 레지던스의 주소를 차례대로 말했다. 반대편을 바라보니 그를 조사했던 검사는 자기 옆자리의 보다 젊어 보이는 검사 한 명과 상의하고 있었다. 판사는 두 검사가 상의하는 모습을 물끄러미 바라보았다. 동호를 조사했던 검사가 자신이 절차를 지연시키고 있다는 것을 눈치챘는지 대화를 중단했다. 그는 마이크를 켜고 동호가 시장의 캠프에서 흑색선전 대응을 맡아 시장의 신임을 받았다는 사실을 과장해서 설명했다. 동호는 자신이 그런 신뢰를 받았는지 자문해봤지만 아무리 생각해도 과대평가일 뿐이었다. 이어서 검사는 전임 시장과 현 시장의 정치적 경쟁 구도에 대해 여론조사 결과나 정치평론가들의 글을 인용하면서 장황하게 설명했다. 그의 말만 들으면 둘 중의 한 명이 다음 선거에서 대통령으로 선출되는 것은 기정사실이었다. 그는 이런 상황에서 시장이 미국에 있는 동호를 불러서 은밀하게 조사를 시킨 목적은 불 보듯 뻔하다고 말했다. 서울시가 직접 자체 조사를 한 후 검찰에 수사 의뢰나 고발을 하면 충분한 일인데, 불순한 동기를 숨기기 위해서 불법적인 조사 방법을 택했다고 성토했다. 또한 동호는 화려한 전과 기록을 가진 남기태를 수하로 두고 변호사 업무를 해왔는데, 이번 기회에 퇴직한 남기태를 다시 불러들여 막대한 자산이 보관되어 있는 수장고에 무단 침입하게 했다고 지적했다. 그리고 시장과 동호가 자신들의 조사를 정당화할 만한 어떠한 비리 혐의도 포착하지 못한 상황에서 무리하게 조사를 계속하다가 건조물침입까지 한 것이라고 힐난했다. 이 사안은 정치적 비리일 뿐만 아니라 명백한 범법행위인데, 고도

의 윤리적인 기준을 가지고 행동해야 할 변호사의 일탈이라는 점에서 더욱 충격적이라고 단언했다.

동호는 검사의 일장연설을 들으며 '나름 설득력이 있네' 하고 생각하며 쓴웃음을 지었다. 검사의 차례가 끝나자 백 변호사가 일어섰다. 그는 우선 동호가 과거에 어떠한 범죄에도 연루된 적이 없다는 점과 선거에서 순수한 자원봉사자로 활동했을 뿐, 어떠한 금전적인 이익이나 직위도 얻은 적이 없다는 것을 지적했다. 또한 미국에 체류하는 동안 한국 정치와 전혀 무관하였다는 점과 서울시가 언론의 문제 제기, 내부 정보로 인하여 부학개발에 대한 조사를 시작하지 않을 수 없었다는 점을 설명했다. 나아가 조사 사실이 널리 알려질 경우에 실체적 진실을 확인하기 어려우므로, 미국에 머무르고 있던 동호에게 조사를 맡기는 것이 효과적이었다고 주장했다. 서울시가 명백한 자료를 미리 확보하지 않은 상황에서 검찰에 수사 의뢰나 고발을 한들, 검찰이 유력한 여당 대선 주자에 대해 제대로 수사할 리가 있겠느냐고 덧붙였다. 백 변호사는 실제로 조사를 통해 부학개발과 시 담당자, 건축위원들 간의 유착관계가 드러났고 부학개발과 파트너십을 맺고 있는 미래화랑을 고리로 하여 전임 시장이 부패에 깊이 연루된 사실이 확인되었다고 말했다. 백 변호사는 검찰이 동호를 구속하려고 애쓰지 말고 지금이라도 민 의원에 대한 철저한 수사에 나서야 한다는 말로 변론을 마무리했다. 백 변호사의 변론이 끝난 후 잠시 동안 판사는 아무 말 없이 기록을 넘겨가며 읽었다. 서울의 유복한 집에서 태어난 조숙한 아들이었을 것 같은 판사가 입을 열었다.

"지금 피의자가 밝혔다는 비리의 요지를 살펴보자면……'부학개발 회장은 미래화랑 관장과 함께 몰타에 미술품 거래 회사를 가지고 있다', '회장은 해외에서 조성한 비자금으로 유럽이나 뉴욕에서 미술품을 사들여 국내로 반입하는 방법으로 국내에 비자금을 조성했다', '회장이 그 비자금의 일부를 민상철 의원에게 불법 정치자금으로 제공했고, 민 의원은 시장 재임 시절 복합유통단지에 대해 부당하게 심의를 통과시키는 등 부학개발의 편에 서서 각종 비리를 저질렀다', 대충 이런 이야기지요?"

백 변호사가 대답했다.

"맞습니다."

"그런데 그 증거라는 게 데바나가리라는 산스크리트어 표기법으로 적은 문서를 한글로 해독한 것뿐이네요. 게다가 피의자의 어머니께서 해독했다는 것이고. 원래 기록했다는 사람은 죽었고."

백 변호사는 반응하지 않았다. 판사가 말을 이었다.

"변호인이 제 입장이라면 이 말을 믿으시겠습니까? 최초 작성자 불명, 번역도 불명, 내용은 만화 같은 이야기고."

"지금 산스크리트어를 읽을 수 있는 사람을 찾아서 해독의 정확성을 다시 확인하려는 중인데, 시간이 너무 촉박하여 여의치 못한 상태입니다. 최초 작성자에게 산스크리트어 표기법을 가르쳤던 스님에게 연락을 했으나 미얀마에 불교 행사가 있어서 지난주에 출국했다고 합니다. 현재 인도에서 사용하는 힌디어도 산스크리트어와 유사하게 데바나가리 표기법을 사용하는데, 그걸 아는 사람을 급작스럽게 찾으려니 여의치가 않네요."

"제 말이 그겁니다. 그 내용을 믿어야 할 아무 근거가 없다는 겁니다. 작성자의 딸이라는 사람도 연락이 안 된다고 하시고."

"……."

판사는 고개를 한 번 갸우뚱하고서 말했다.

"그리고 남기태가 피의자의 지시나 묵인 없이 수장고에 들어갔다는 부분도 믿기가 쉽지 않습니다. 다른 부분은 다 상의하고 지시를 받으면서 진행했는데, 유독 그것만 돌출 행동이라는 게 설득력이 있을까요? 백 번 양보하더라도, 피의자 입장에서는 남기태가 알아서 해주기를 은근히 기대한 것 아닐까요?"

"저희가 제출한 남기태와 여직원 사이의 문자메시지를 보면 피의자가 몰랐음을 분명히 보여주는 부분이 있습니다."

"저도 봤어요. 그런데 아닌 말로 그것은 두 사람이 만일을 대비해 짜고서 그런 메시지를 주고받을 수도 있고, 다른 메시지를 보면 피의자가 알고 있다고 여겨지는 대목이 전혀 없는 것도 아니고. 아무튼 문자메시지라는 것이 대단한 증거 같지만 오염되기도 쉬운 거라서 저는 그렇게 중요하게 보지 않습니다. 그럼에도 불구하고 이 부분의 소명은 검사가 하시는 게 원칙이기는 합니다. 검사님, 어떤가요? 제가 보기에는 지시 관계에 대해서는 검찰도 짐작만 제시하고 있는 것 아닌가요?"

"짐작만은 아닙니다. 남기태가 수장고로 가는 과정에서 피의자와 통화한 내역이 있고, 그때 무슨 말을 했는지 피의자가 제대로 설명을 못 하고 있는 상황입니다. 그리고 남기태가 조사과정에서 확보한 통신 기록이 모두 누군가에게서 비공식적으로 확보한 것인데, 이걸 보면 수시로 불법적인 조사를 하고 있었다는 뜻입니다. 이런 상황을 피의자가 몰랐다는 것은 경험칙에 반합니다."

그때 법정 문이 덜컥 열리는 소리가 들렸다. 모두들 문 쪽을 쳐다보았다. 편윤미였다. 판사가 말했다.

"누구신지요? 비공개 재판입니다. 들어오시면 안 됩니다."

편윤미는 어쩔 줄 몰라 하며 동호와 백 변호사를 쳐다보았다. 백 변호사가 동호에게서 누구인지 설명을 들은 후에 말했다.

"재판장님, 회장과 전임 시장의 비리 기록을 남긴 임원의 딸이라고 합니다. 그 기록의 현재 소유자라는 뜻입니다. 잠시만 휴정해주시면 제가 저분과 상의해보겠습니다."

"십 분간 휴정합니다."

백 변호사는 동호에게 나직하게 귓속말로 말했다.

"편윤미를 지금 사무실로 보냈어. 거기에서 자기가 아는 내용으로 확인서를 만들고 있을 거야."

재판장이 백 변호사에게 물었다.

"어떻게 됐습니까?"

"편윤미 씨가 회장으로부터 협박을 받고서 연락이 두절되어 있었습니다. 자신이 알고 있는 바에 따라 확인서를 작성하기로 했으니, 여섯 시 전까지 재판부에 제출하겠습니다. 살펴봐주시기 바랍니다."

"취지가 뭐지요?"

"자신이 미래화랑의 큐레이터로 있으면서 겪은 일련의 의심쩍은 사건들, 회장과 전임 시장의 연계성, 수장고의 실체, 자신이 아버지로부터 받은 문서의 진정성을 경험한 범위 내에서 적어낼 예정입니다."

"알겠습니다. 피의자는 더 할 말 있으신가요?"

이때 백 변호사가 입을 열었다.

"변호인이 한마디 덧붙이고자 합니다. 데바나가리 표기를 해독한 내용의 정확성은 앞으로 며칠이면 확인될 수 있는 일입니다. 편윤미 씨가 아버지로부터 그 문서를 전달받은 것의 사실 여부도 조사하면 곧 확연히 드러날 것입니다. 그리고 그 아버지가 작성한 내용들의 신빙성을 확인하는 과정은 다소 시일이 걸리겠지만, 검찰이 계좌와 통신 기록 그리고 관련자들의 주거지나 회사에 대한 각종 압수수색으로 모두 조만간 확인될 것입니다. 계속해서 진위가 다투어질 만한 것은 '무단 침입을 과연 피의자가 지시했는가' 하는 것뿐입니다. 이런 상황에서 굳이 지금 피의자를 구속할 이유가 있을까요? 검찰이 조금만 더 수사해서 결국 피의자의 말이 허황된 것으로 밝혀지면 그때 영장을 재청구해도 늦지 않습니다. 그때는 검찰이 영장을 청구하고 법원이 발부한다고 하여 이의를 제기할 사람은 거의 없을 것입니다. 그런데 왜 지금 굳이 진위불명인 상태에서 영장을 청구하고 발부해야 합니까? 피의자가 그동안 조사한 내용이 모두 사실이어서 단죄를 받아야 할 사람은 피의자가 아니라 상대방이라는 것이 확실해질 수도 있지 않습니까? 검찰이 어느 한쪽만을 편애하는 것이 아니라 오로지 진실만을 밝힐 의지가 있다면, 좀 더 수사를 한 후에 구속영장을 청구했어야 마땅한 것이 아닐까요? 법원의 지혜로운 판단을 기다리겠습니다."

백 변호사의 말이 끝나자 판사는 입맛을 다시면서 동호에게 할 말이 없느냐고 물었다. 동호는 없다고 하려다가 일어났다.

"저는 오늘 이 법정에서 오로지 사실 그대로 이야기했습니다. 저는 비리를 조사해달라는 서울시의 요청에 대해 선의로 성실하게 임했을 뿐입니다. 솔직히 이렇게 큰일이 되리라고는 예상하지 못했습니다. 저는 어떠한 정치적 동기도, 개인적 목적도 없이 날 것 그대로의 사실을 조사하고 확인하려고 했을 뿐입니다. 그리고 지금 제 구속보다도 생사를 알 길 없는 제 직원이자 동료인 남기태의 신변이 몹시 격정됩니다. 그의 불찰에 대해 제가 도의적인 책임을 지는 것은 마땅하겠으나, 지시하지도 묵인하지 않은 일에 대해 법적 책임까지 질 수는 없다고 생각합니다. 마지막으로 쟁점이 된 문서 해독에 대해서는 제 어머니를 믿어주시기 바랍니다. 이루 말할 수 없이 올바르고 지성적인 분입니다."

동호는 검사실 안쪽 작은 회의실에 앉아서 육개장을 먹었다. '아직 저녁 7시 30분. 밤 열 시는 되어야 결론이 나겠지.' 다 먹은 육개장을 여직원이 들어와서 치웠다. 그때 검사가 문을 열고 들어왔다.

"검사실에서 결과를 기다리게 해드리는 것도 제 배려인 거 잘 아시지요? 불편한 것은 없나요? 혹시 담배 태우시면 하나 드릴까요?"

동호는 검사의 능글능글한 태도가 거슬렸다. '구속영장을 청구해놓고 저런 말이 나올까?' 자신이 검사였다면 도저히 그런 말이 입에서 떨어질 것 같지 않았다.

"끊었습니다."

"강 변호사님, 저희가 미우시지요? 어쩝니까, 저희한테는 다 일인걸."

"그런 말 마세요. 아우슈비츠에서 일한 인간들이 그런 비슷한 말을 했습니다."

검사의 안색이 변했다.

"여기가 아우슈비츠입니까?"

"아뇨, 서울이죠."

"그런데 왜 그런 식으로 비유를 합니까?"

"비유를 이런 식으로 하지, 그럼 어떤 식으로 합니까?"

동호는 이자와는 더 할 이야기가 없다고 생각하며 신문을 집어 들었다.

동호는 중앙지검 계단을 터덜터덜 걸어 내려왔다. 계단 아래에 서연이 차를 대놓고 있었다. 동호는 동생과 포옹하고 뒷자리에 탔다.

"오빠, 갈까?"

"응."

"기각될 줄 알았어?"

"그걸 어떻게 알아. 다행히 그렇게 된 거지. 전화기 좀 빌려줘. 백 변호사님께 전화하게."

마침 서연이 바로 전에 백 변호사와 통화한 상태여서 동호는 그 번호를 그대로 눌렀다.

"여보세요?"

"여보세요. 선배, 접니다."

"아, 고생했네. 일단 가서 푹 쉬어."

"고맙습니다. 이 은혜 잊지 않을게요."

"그래 놓고 다들 잘 잊지……. 농담이야, 좋은 꿈 꿔라."

"고맙습니다."

차는 어느새 한남대교를 건너고 있었다. 동호는 한강과 그 너머의 야경을 바라보았다. 밤새 몇 마리가 서울의 하늘을 비스듬하게 날고 있었다.

"오빠, 다 왔어. 일어나."

뒷자리에서 잠시 눈을 붙였던 동호는 양손으로 얼굴을

비빈 후 차에서 내렸다.

"고맙다."

"다 잊고 오늘은 편히 쉬어."

"그래."

동호는 레지던스의 회전문을 밀고 들어갔다. 로비 안쪽 소파에서 누군가 쳐다보고 있었다. 편윤미가 종이 백을 들고 앉아 있었다.

22

동호가 이 방에 투숙한 지 꽤 많은 시간이 흘렀지만 창 옆에 놓인 작고 동그란 탁자의 무늬에 주목한 적은 없었다. 물고기 모양의 장식이 반복적으로 배열되면서 와인과 맥주잔두 개와 과일이 놓인 탁자 표면을 빈틈없이 채우고 있었다. 동호는 '이런 무늬의 조합을 테셀레이션이라고 하던가?' 하고 자문했다. 그는 맞은편에 앉은 편윤미가 그런 생각에 빠진 자신을 바라본다는 것을 깨닫고 고개를 들었다. 그녀는 자주 봐왔던 것처럼 무표정했다. 하지만 전에 느껴지던 옅은 불안은 보이지 않았다. 동호는 처음으로 그녀가 아름답다고 생각했다. '얼굴에 내려앉은 불안감이 아름다움을 가렸던 것일까? 아니면 일단 구속을 피한 안도감 때문에 그렇게 보이는 것일까?'

편윤미가 코르크 마개에 와인 오프너를 꽂고 돌리면서 말했다.

"한 병은 집에서 들고 나왔고, 다른 한 병은 큰길에 있는 편의점에서 샀어요. 이 시간에 와인을 파는 곳이 없어서. 저는 곧잘 편의점에서 사 마셔요. 아주 나쁘지는 않아요."

"저는 와인을 잘 몰라서 아무거나 상관없습니다."

"고생하셨죠?"

"네. 제 인생에서 두 번째로 위태로운 순간이었네요."

"첫 번째는 뭐죠?"

"대학교 일학년 때 술에 취해서 지하철역 선로로 뛰어내려 반대편으로 건넌 적이 있었어요. 열차가 안 오고 있다고 분명히 확인하고 내려갔는데 갑자기 열차가 다가오는 소리가 들리더군요. 죽을힘을 다해 반대편으로 기어올라 간 후에 역 밖으로 도망쳤어요."

"보기보다 무모하시네요."

"그때 한 번뿐이었어요. 왜 그랬는지는 기억나지 않아요."

"아무튼 축하해요."

"축하하기는 이르죠. 쉽게 포기할 사람들이 아니잖습니까?"

"적어도 오늘은……."

동호는 맥주잔에 반쯤 채워진 와인을 음미하면서 그러나 한 번에 다 마셨다. 편윤미는 잔을 내려놓으려다가 동호가 계속 마시는 것을 보고 역시 남김없이 마셨다.

"제가 이 방에 있는 게 혹시 불편하세요?"

"불편한 것은 아니고 긴장되네요."

편윤미는 동호의 그 말이 솔직하다고 여기면서 소리 내어 웃었다.

"어떤 긴장인가요?"

"어떤 답을 원하세요?"

"어떤? 그냥 솔직한 답."

"당신과 자게 될까 봐 긴장됩니다."

"의외로 직선적이시네요. 괜히 선로를 건너신 게 아니네요. 이 위험한 사건에 휘말린 것도 우연이 아니고."

"갑자기 와인을 들고 이곳에 나타난 것도 매우 직선적이죠."

"놀랐나요? 아니면 남성의 판타지가 충족되셨나요? 같은 위험에 처해 있다는 것이 마음을 열기도 하나 봐요. 위로가 필요하시겠지만 저도 위로가 필요해요. 놀라게 했다면 미안해요. 지금이라도 돌아갈까요?"

"아닙니다."

"고마워요. 아무튼 회장은 정말 위험한 사람이죠. 종 자체가 달라요. 그래서 사랑했지만."

동호는 '사랑했다'는 말이 못마땅했다. 동시에 '오늘 이 여자와 별일 없겠군. 다행이다. 더 이상 상황이 복잡해지는 건 감당할 수 없지' 하고 생각하며 안도했다. 동호는 편윤미의 눈을 바라보았다. 그녀는 그새 바깥을 보고 있었다. 조명이 어두워서 눈의 윤곽만 흐릿하게 보였다.

두 사람은 금세 와인 한 병을 다 비웠다. 동호는 취기와 함께 시야가 좁아지는 것을 느꼈다. 그는 화장실을 다녀오면서 노트북을 켰다.

"음악 틀어드릴까요?"

"좋아요."

"어떤 곡?"

"재즈든 클래식이든. 아니, 마음에 드는 것으로 트세요."

동호는 생각했다. '에릭 사티? 김정호? 러시아 민요?' 문득 그는 딥 퍼플의 〈에이프릴〉이 떠올라 유튜브에서 검색했다.

"이 노래 아시죠?"

"네. 들어 봤어요."

두 사람은 새로 딴 와인을 다시 한 잔씩 마셨다. 동호는 시야가 더 좁아졌지만 음악은 더 선명해지는 걸 느꼈다. 편윤미는 그의 눈을 특유의 무심한 표정으로 바라보았다. 동호도 그녀의 눈을 바라보았다. 동호는 그토록 뚜렷하게 자신의 눈을 바라보는 편윤미의 시선이 힘들었지만, 눈을 피하고 싶지 않았다. 그녀의 왼쪽 눈과 오른쪽 눈을 번갈아서 바라보았다. 그녀는 미동도 없이 동호의 눈을 바라보았다. 동호는 오른손을 들어서 편윤미의 얼굴 쪽으로 내밀었다. 그녀는 피하지 않았다. 동호는 둘째 손가락과 셋째 손가락으로 눈 밑 광대뼈를 쓰다듬었다. 그녀는 눈을 감았다. 동호는 오른손으로 그녀의 왼쪽 뺨을 감쌌다. 편윤미가 눈을 떴다. 동호는 어쩐지 눈물이 날 것 같았다. 두 사람은 그 상태로 한동안 가만히 있었다. 동호의 손가락에 그녀의 눈물이 느껴졌다. 두 사람은 조금 더 그렇게 있었다.

〈에이프릴〉 2악장이 흐르기 시작하자 동호는 오른손을 그녀의 뺨에서 거두었다. 편윤미는 가방에서 손수건을 꺼내 눈물을 훔쳤다. 동호는 문득 '나는 이 사람에 대해서 아는 게 거의 없다'고 생각했다. 그렇게 생각하자 마음이 조금 진정되었다. 이때 그녀가 동호의 양손을 쥐고 자기 뺨을 감싸게 했다. 동호는 눈을 깊게 감았다. 그는 그녀의 두 뺨을 감싼 채 자리에서 일어나 입을 맞추었다. 편윤미는 피하지 않았다. 동호는 더 이상 아무 생각도 나지 않았다. 그는 왼손으로 그녀의 뒷머리를 감싸고, 오른손으로 그녀의 턱을 가볍게 잡은 채 키스했다. 긴 키스 후에 두 사람은 일어선 채 포옹했다. 그렇게 두 사람은 아무 말 없이 한참 동안 포옹한 채 서 있었다. 동호는 커튼을 닫았다.

동호가 옷을 벗어 책상 한쪽에 차곡차곡 쌓는 사이, 편윤미는 침대에 앉아 옷을 벗었다. 그녀는 그 옷들을 그냥 바닥에 내려놓았다. 동호는 그녀의 손과 어깨를 부드럽게 잡고 침대 오른편에 눕혔다. 동호는 그 옆에 누웠다. 두 사람은 어깨만 닿은 채 함께 천장을 바라보았다. 동호는 오른손으로 그녀의 머리를 받치고 왼손으로 그녀의 오른손과 깍지를 낀 채 키스했다. 둘은 〈에이프릴〉이 다 끝나도록 키스했다. 음악이 끝나자 두 사람의 가벼운 숨소리가 공기 속에 섞여 들었다. 동호는 다시금 그녀의 눈물을 뺨으로 느꼈다. 그 눈물의 의미를 알 수 없었으나 굳이 묻지 않았다. 동호는 왼손으로 편윤미의 오른쪽 가슴을 가볍게 쓰다듬었다. 그 부드러운 느낌이 그를 아찔하게 만들었다. 그는 왼손을 그녀의 오른쪽 가슴에 그저 얹어놓은 것처럼 아주 가볍게 올려놓았다. 두 사람의 몸이 점점 뜨거워질 때, 동호는 그녀로 하여금 자신을 등지고 눕게 했다. 동호는 오른손으로 그녀의 목을 감싸고 왼손으로 허리를 안았다. 동호는 그녀의 목과 어깨에 길고 긴 입맞춤을 했다. 그리고 뺨을 그녀의 목 아래쪽에 대어보았다. 심장 뛰는 소리가 희미하게 들렸다. 동호는 흥분이 고조되자 그녀의 몸을 돌려서 자신으로 향하게 했다. 동호는 오른손으로 그녀를 안으면서 왼손으로 그녀의 허벅지를 매만졌다. 그녀가 잠시 떨었다. 동호는 그녀의 다리 사이를 손바닥과 손가락으로 만지면서 그녀가 쾌감을 느낄 때까지 기다렸다. 작은 기침 같은 그녀의 신음 소리에 동호는 다시 키스했다. 두 사람의 격렬한 키스가 계속됐다. 동호는 편윤미의 몸 위로 올라갔다. 동호와 그녀의 몸이 하나가 될 때 그녀는 두세 번의 작은 신음을 냈다. 동호는 그 신음 소리를 들으며 몸을 움직였다.

동호는 침대에 누워 양팔과 양다리로 편윤미의 몸을 부드럽게 얽어맨 채 눈을 감고 있었다. 그녀는 가볍게 잠이 든 듯했다. 동호는 술이 깨기 시작했다. 그녀의 규칙적인 숨소리를 들으며 커튼 너머로 스며드는 어스름을 바라보았다. 그녀가 깨지 않도록 최대한 느리게 그녀에게서 몸을 풀었다. 그녀의 알몸을 이불로 덮어준 후 냉장고로 갔다. 생수를 꺼내 마시고는 최대한 소리가 나지 않도록 샤워했다. 동호는 테셀레이션 무늬의 탁자로 다가가서 커튼을 반쯤 열고 이어서 조심스럽게 창문을 열었다. 밝아오는 하늘에서 오리온자리를 찾았으나 찾지 못했다.

"뭐 하세요?"

편윤미가 아직 잠에 취한 목소리로 침대에서 물었다. 동호는 창문을 닫으며 말했다.

"오리온자리를 찾으려 했는데 못 찾겠네요."

"당연히 못 찾지요. 그건 겨울철 별자리 아닌가요?"

동호는 창문을 닫고 그녀의 옆에 다시 누웠다.

편윤미는 옷을 모두 입은 채로 창가에 서 있었다. 새벽빛이 창문으로 번져오고 있었다. 동호는 아직 몽롱한 상태로 누워 있었다. 그는 자신이 그녀를 바라보고 있다는 것을 깨달으며 잠에서 깼다. 왼쪽으로 고개를 살짝 기울인 그녀의 실루엣을 한참 동안 바라보았다. 그녀는 창밖을 계속 바라보고 있었다. 그러고 보니 그녀는 창문을 아주 조금 열어놓고 담배를 피우고 있었다. 동호는 담배의 박하 향기를 가볍게 느꼈다. 그 향기가 싫지 않았다. 담배를 다 피운 그녀가 침대로 걸어왔고, 동호는 누운 채로 그녀에게 손을 내밀었다. 그녀는 동호의 손을 잡으며 말했다.

"담배 한 대 피웠어요. 미안해요."

"여기 금연 아니에요."

"갈게요. 일어나지 마세요."

동호는 편윤미의 어깨를 끌어당겨 그녀의 뺨에 입을 맞추었다. 그녀는 동호의 입술에 입을 맞추었다. 그녀의 입술에서 박하 향기가 다시 풍겨왔다.

"보고 싶어 해도 될까요?"

동호는 보일 듯 말 듯 고개를 끄덕였다. 편윤미는 책상 위에 놓여 있던 가방을 챙겨 현관으로 걸어갔다. 현관문이 닫히는 소리를 들으며 동호는 마음이 차갑게 아팠다. 무언가 아팠는데, 이상하게도 그 아픔은 시냇물처럼 차가운 느낌이었다. 다시 잠을 청했다. 달리 방법이 없었다.

23

늦잠을 잔 동호는 감은 두 눈꺼풀로 스며드는 햇볕을 느끼며 잠에서 벗어났다. 목이 심하게 말랐다. 방해 금지 모드로 해둔 스마트폰을 열어 보니 이십 분 전에 걸려온 검찰청 전화번호가 찍혀 있었다. 냉장고에서 생수를 꺼내 절반을 단숨에 들이켠 후 검찰청에 전화했다. 수사관이 전화를 받더니 잠시 기다리라고 했다.

"여보세요?"

전화기 너머에서 정미의 목소리가 들려왔다.

"정미?"

"네."

동호는 화를 참으며 말했다.

"언제부터 조사받는 중이지?"

"아침 일찍부터요. 아침 여덟 시에 집으로 수사관이 찾아왔어요. 어떻게 할까 하다가 일단 검찰청으로 왔어요. 그런데 곧바로 조사가 시작됐고, 중간에 잠시 변호사님과 통화하게 해달라고 부탁해서 지금 통화하는 거예요."

"지금 옆에 검사나 수사관이 가까이 있나?"

"아뇨. 조금 저쪽에……."

"그럼 '예', '아니오'로만 답해."

"예."

동호는 호흡을 가다듬었다.

"혹시 레지던스 사무실을 수색했나?"

"네."

"영장을 집행했나?"

"아뇨."

"수사관이 들어가게 정미가 도와줬나?"

"네."

"예를 들어, 카드키를 주면서 들어가라고 했나?"

"네."

"피시와 노트북이 수거됐나?

"네."

"그 외에 다른 중요한 자료들도 수거됐나?"

"아뇨."

"별거 없다는 뜻?"

"네."

"피시와 노트북에 우리가 조사한 자료들 이외에 단신을 찍은 동영상같이 중요한 것은 없지?"

"네."

"스스로 판단하기에 검찰이 새로 알게 되는 중요한 자료는 없을 것 같다는 뜻?"

"네. 그리고 수사관이 바꿔 달래요."

"그래. 현명하게 대답해. 변호사를 보낼까?"

"전 아직 참고인 신분으로 조사받는 중이라서 괜찮을 것 같아요."

"굿."

"강 변호사님?"

끝이 갈라진 목소리의 수사관이 물었다.

"네."

"오늘 오후에 출석 가능하신지요?"

동호는 서래마을로 달리는 142번 버스에서 백 변호사에게 전화했다.

"지금 검찰청으로 가는 길입니다."

"아니, 상의도 없이 들어가면 어떻게 하나?"

"시간이 없었어요."

"내가 지금 바로 검찰청으로 들어가서 조사에 참여할게."

"괜찮습니다. 진술거부권을 행사할까 합니다."

"진술 거부? 지난번에는 진술해놓고 지금은 진술을 거부한다고?"

"더 할 이야기도 없습니다. 그리고 잡아넣겠다고 발악을 하는데 더 이상 말하고 싶지도 않습니다."

"아니, 그렇게 감정적으로 생각할 것은 아니고. 잠시만……."

백 변호사가 뭔가 생각하는 동안 동호는 스마트폰을 귀에서 멀리 둔 채 도로를 바라보았다.

"그래, 그렇게 하게. 기자들 말로는 검찰이 영장을 재청구하기로 이미 방침을 세웠다고 하네. 흔들리지 말고 담대하게 견디게. 실질심사에서 지난번보다 더 준비해야 할 게 있을까?"

"현재로서는 뭐가 있을지 모르겠네요."

"일단 사무실에서 대기하고 있을 게. 저녁 전에 잠깐 접견하러 갈 테니, 그때 검찰이 뭘 더 준비했는지 상의하기로 하지."

"네. 고마워요, 선배."

"쓸데없는 얘기."

142번 버스는 서래마을 입구에 정차했다. 동호는 버스에서 내린 후에 선우의 집 근처에서 텔레그램으로 자신의 도착을 알렸다. 선우가 베란다 커튼을 슬쩍 걷어서 밖을 바라보는 모습이 보였다. 그녀는 반바지에 연한 녹색 티셔츠를 입은 채 건물 밖으로 나왔다.

"미안, 갑자기 부탁해서."

"무슨 소리……."

동호는 배낭에서 노트북을 꺼내 선우에게 건넸다.

"노트북 자료는 어차피 다 지웠어. 그런데 압수당하면 검찰이 다시 복구할 거야. 한강에 던져버리기는 아까우니까 일단 보관했다가 나중에 돌려줘."

"그냥 보관만 하면 되지?"

"응. 그리고 모든 자료는 드롭박스에 업로드 해놨어."

"드롭박스?"

"온라인으로 파일을 공유하고 보관하는 미국 회사 있잖아."

"아, 전에 어느 미술관으로부터 자료 전달받느라고 접속했었어."

"조금 전에 텔레그램으로 내 아이디하고 패스워드를 메시지로 보냈어. 드롭박스에 접속해보면 디렉토리별로 자료가 분류되어 있어. 다른 것은 아무래도 괜찮고, '베텔기우스'라는 디렉토리에 있는 것들이 중요해. 지금은 열어 볼 필요 없어."

"베텔기우스?"

"그냥 생각나는 대로 디렉토리 이름을 붙인 거야. 그 자료들이 중요하다는 것만 알고 있으면 돼. 나와 우리 직원이 구속되어도 누군가는 자료를 챙기고 있어야 하니까 부탁하는 거야."

"구속되는 거야?"

"모르겠어. 오후에 조사하다가 바로 체포한 후에 영장을 재청구할 가능성이 높아서 일단 대비하는 거야."

선우의 눈시울이 붉어졌다. 동호는 잠시 그녀의 손을 잡았다가 놓았다.

"갈게. 걱정 마, 하는 데까지 해볼게."

"지금 검찰청으로 바로 가?"

"응. 국립도서관 가로질러서 걸어가려고."

이번에는 선우가 그의 손을 잡았다. 그 손길에서 애틋한 마음이 배어났다.

"참, 이 스마트폰도 잠시 보관해줘. 내가 혹시 검찰에서 나오게 되면 돌려줘. 못 나오면 계속 보관해주고."

동호는 전원을 끄고 선우에게 건넸다.

"진술을 거부하시겠다고요?"

"네."

검사는 짜증스러운 눈빛으로 입맛을 다셨다.

"그러실 필요 있을까요? 본인에게 도움이 안 될 텐데."

"지금 저의 진술거부권 행사에 대해 불이익을 주겠다고 협박하시는 건가요?"

"아, 아닙니다."

검사는 흠칫하면서 말을 삼켰다.

"검사님, 지금 조사 과정이 녹화되고 있지요?"

"그렇습니다만……."

"영상 잘 보관해주세요. 헌법상의 진술거부권을 침해한 조금 전의 말씀에 대해서는 변호인을 통하여 정식으로 법적 절차를 밟겠습니다."

검사의 턱 근육이 실룩거렸다.

"그리고 조서에 일단 이렇게 진술한 것으로 남겨주세요. '본인은 검찰의 편파 수사와 수사권 남용에 항의하는 취지에서 진술거부권을 행사합니다. 본인이 진술거부권을 행사하는 것은 본인에게 불이익한 진술을 회피하기 위한 것이 아닙니다. 수사의 공정성이 확보되지 않는 상황에서 제 자신을 지키기 위한 최소한의 헌법상 권리를 행사하는 것입니다. 만일 본인이 기소된다면 공정하고 엄정한 법정에서 제가 알고 있는 모든 내용을 사실 그대로 밝힐 것입니다.' 이 표현 그대로 조서에 기재해주시죠."

검사는 눈을 껌벅거리며 타이핑을 했다.

"신문하겠습니다."

검사는 목청을 가다듬더니 물었다.

"오늘 검찰청에 들어오기 전에 누구를 만났습니까?"

동호는 '이 인간들이 나를 미행했나, 아니면 그냥 넘겨짚는 건가?' 하는 생각이 들면서 화가 났다. 동호는 자기도 모르게 생각한 그대로 반문하려다 멈추었다.

"진술하지 않겠습니다."

"피의자의 스마트폰과 노트북, 그리고 컴퓨터 등은 지금 누가 보관하고 있습니까?"

"진술하지 않겠습니다."

"진술하지 않는 이유는 무엇인가요?"

동호는 '진술거부권을 침해하는 신문 방식입니다' 하고 문제제기를 하려다가 다시 참았다. 동호는 아예 말을 안 하는 것이 낫겠다는 생각이 들었다. 자신이 변호사로서 진술 거부에 대해 조언을 하는 것과 피의자로서 직접 진술 거부를 하는 것은 사뭇 달랐다. 자신이 변호했던 여러 피의자들이 왜 진술거부권을 행사하다 말고 진술을 하기 시작했는지 비로소 이해했다. 수사기관이 피의자들의 화를 돋우면서 감정을 파고들었던 것이다. 동호는 심호흡을 한 뒤 말했다.

"진술하지 않겠습니다. 그리고 반복되는 말을 할 필요가 없으니까, 지금부터는 진술을 거부한다는 말도 않겠습니다."

검사의 턱 근육이 다시 한 번 실룩거렸다.

두 시간 반 동안 혼자서 조사를 하던 검사는 심란한 표정을 숨기지 못했다. 그는 삼십 분에 한 번씩 신문실을 들락날락했다. 들어올 때마다 담배 냄새가 풍겨 왔다. 자리에 앉으며 이마를 매만지고는 동호를 바라보지 않고 모니터를 뚫어져라 쳐다보며 말했다.

"변호인이 오셨습니다. 제가 조서를 정리하는 동안 검사실로 가서 만나시죠. 뭐, 대답한 것이 없으니 정리할 것도 없지만. 접견을 마치고 나서 조서에 날인하시면 됩니다."

동호가 검사실 내의 회의실에 들어가자 백 변호사가 보고 있던 스마트폰을 내려놓았다.

"진술을 거부하고 있다고 하면서 달래보라고 하기에 그냥 웃었네. 특별한 사항이 있던가?"

"제가 신문받으면서 자신들의 질문을 통하여 정보를 얻게 될까 봐 어느 순간부터는 준비한 신문 사항을 생략하는 눈치였습니다. 역시 영장을 청구하나요?"

"청구는 하는 모양인데, 검찰에 비판적인 기사들이 조사 중에도 계속 이어지니까 부담을 느끼는가 봐. 조금 전에 부장검사랑 이야기 나누었는데, 바로 체포하지는 않고 일단 내보낸다고 하네."

"그래요? 그럼 언제 마실 수 있을지 모르니 술이라도 한 잔해야겠네요. 참, 제 비서는?"

"한 시간 전에 귀가했네. 구속한다고 암시하면서 계속 자네를 옭아맬 진술을 하도록 회유한 모양인데, 잘 버텼어. 비서 잘 뒀네."

바쇼의 주인은 동호가 들어오자 반색했다.

"얼마나 고초가 많으십니까? 저 죽일 놈의 검사들. 울 아버지도 억울하게 조사받고 형을 살았어요. 죽을 때까지 한 도 못 풀고 돌아가셨죠."

동호는 뭐라고 반응해야 할지 몰라서 "걱정해주셔서 감사합니다" 하고 말한 후에 자리에 앉았다.

서 대표와 선우가 연이어 들어왔다. 그녀는 들어오자마자 동호의 스마트폰을 건넸다.

"고마워. 영장 다시 청구하면 그때는 변호인에게 맡길게."

"이게 도대체 무슨 일인지……."

서 대표가 혀를 찼다. 동호는 두 사람의 질문 공세에 답해주다가 피로감을 느꼈다.

"사건 이야기는 여기까지만 하죠. 이야기하는 것도 힘드네요. 앞으로 몇 년간 못 마실 수도 있으니 그냥 편히 술 좀 마시고 싶네요."

"그렇다고 과음하지는 말고."

선우가 붉어진 눈으로 말을 거들었다. 동호는 생맥주를 한 모금 들이켠 후에 말했다.

"여기 오면서 기사 검색을 하다 보니까 내일모레 제작발표회를 하나 봐요? 그때 얘기한 그 작품이죠?"

"응. 투자 계약이 체결돼서 추석 전에 촬영을 시작하려고. 다섯 시에 행사해. 이런 일만 아니면 오면 좋을 텐데."

"부럽습니다. 누구는 촬영을 시작하고, 누구는 감옥이 눈앞에 어른거리고."

그때 동호의 스마트폰이 울렸다. 백 변호사였다.

"다시 청구됐네. 모레 두 시에 실질심사네."

"네, 알겠습니다."

동호는 스마트폰을 배낭에 집어넣었다. 서 대표가 물었다.

"다시 청구했다고?"

"네."

"아우, 개새끼들."

24

동호는 스파게티 면을 끓는 물에 넣은 지 정확히 칠 분이 되는 것을 확인하고 불을 껐다. 물을 버리고 면을 파란색 양이 그려진 접시에 담은 후, 프라이팬의 소스를 면 위에 부었다. 젓가락으로 면을 집으려는 순간 레지던스의 전화가 울렸다. 지난주에 택배를 찾아가라는 전화 이후 처음이었다.

"안녕하세요, 프런트입니다. 선생님을 바꿔달라는 전화가 왔습니다. 연결해드릴까요?"

"누구라고 하던가요?"

"남기태 씨랍니다."

"그럴 리가? 만일 그렇다면 제 스마트폰으로 바로 할 텐데…… 아무튼 바꿔주세요."

심장이 빠르게 뛰기 시작했다. 그때, 수화기 너머로 단신의 목소리가 들렸다.

"강 변호사, 잘 지내시지요?"

동호는 소리를 질렀다.

"야, 너 어디야? 남기태 어디 있어? 어디 있냐고?"

"흥분하지 말고. 그 친구는 어딘가에서 썩어가고 있겠지. 그건 그렇고, 지금 남기태를 걱정할 때가 아닐 텐데. 너는 경고를 여러 번 무시했어. 내일이 영장실질심사지?"

동호는 전화기를 스피커폰 상태로 전환하고 스마트폰으로 녹음을 시작했다.

"너는 차라리 구속되기를 바라야 돼. 안 그러면 내 손에 죽어. 감옥에 가 있으면 내가 손을 보기가 좀 어렵거든."

동호는 이번에는 차분한 목소리로 말했다.

"남기태, 어디 있어?"

"허허, 살아 있는 사람들에 대해 이야기를 하자니까. 혹시 죽는 게 별로 안 무섭나? 그래? 그런 거야? 참, 한옥에 사는 꼬마 아가씨는 학교에 잘 다니나?"

"야, 이 개새끼야!"

동호는 고함을 질렀다.

"회장이 니가 불쌍한지, 마지막으로 한번 면담 좀 하자고 한다. 중구 광희동에 '서울리언'이라는 새로 지은 호텔이 있어. 호텔 지하 사우나로 일곱 시까지 와. 건식사우나실에 들어가 있어. 내가 미리 다 확인해놓을 테니 허튼수작 하지 말고 그냥 니 몸만 와. 안 그러면 여럿 죽어."

단신은 말을 마치자마자 전화를 바로 끊었다.

서울리언 호텔은 중국인 관광객을 겨냥해 최근에 지은 호텔이었다. 사우나는 지하 2층에 있었는데, 시설이 최고급 호텔 사우나에 못지않았다. 회장은 대화 녹음을 못 하게 하려고 사우나를 이용하는 것 같았다. 동호는 사우나로 들어가면서 시계를 보았다. 오후 6시 44분이었다. 간단히 샤워를 하고 일단 냉탕에 들어가 이리저리 움직이며 벽시계를 계속 확인했다. 6시 59분이 되자 냉탕에서 나온 동호는 잠깐 탈의실 쪽으로 걸어 나와 타월을 들고 다시 사우나 안으로 들어갔다. 그는 타월을 어깨에 걸친 채 건식사우나실로 들어갔다. 생각보다 넓은 곳으로, 제일 안쪽에 한 사람이 머리를 움켜쥔 채 앉아 있었다. 동호는 입구의 맞은편에 앉았다. 너무 무모하게 이곳으로 온 것은 아닌가 생각했다. 하지만 달리 방법이 있는 것도 아니었다. 사우나 열기가 부담스럽게 느껴지기 시작할 무렵, 사우나실의 문이 열렸다. 단신이었다. 팬티를 입은 그는 동호의 타월을 빼앗더니 바로 나갔고, 곧이어 한 남자가 들어왔다. 회장이었다. 아무것도 걸치지 않고 있었다. 나이가 전혀 믿기지 않을 정도로 잘 관리된 몸매가 눈에 들어왔다. 어떤 면에서는 동호보다도 젊어 보이는 몸매였다. 거의 감정적인 동요가 느껴지지 않는 얼굴은

274

잘생겼다고 할 수는 없지만, 차분함과 강인함이 내뿜는 매력이 있었다. 동호는 편윤미가 회장의 재력이 아니라 정말 이 남자 자체를 사랑했다는 것에 공감했다. 동호는 회장의 포경수술하지 않은 성기를 스쳐가듯 바라보았다. 회장은 동호의 옆에 앉았다. 그는 한동안 아무 말도 하지 않고 정면을 응시했다. 동호도 아무 말 없이 정면을 바라보았다.

"재미있나?"

동호는 대꾸하지 않았다.

"자네 구역이 아니야."

역시 대꾸하지 않았다.

"이번 일은 내가 실수했어. 그 전무 새끼한테 시공이나 맡겨두었으면 좋았을 것을. 그 딸내미한테 빠져서 그놈에 대한 경계심을 푼 게 잘못이야. 몰라도 될 일을 알게 하는 바람에 모든 게 꼬였어. 내가 지 딸년을 만난다고 교만을 떨 때 바로 쫓아냈어야 하는데."

동호는 여전히 듣고만 있었다.

"그리고 내가 자네를 제대로 평가하지 못했어. 그냥 좀 찾다가 나자빠질 줄 알았는데, 운이 겁나게 좋더군. 아니, 운이 나쁜 거겠지. 내일이면 구속될 테니까. 아무튼 자네가 내 구역을 제법 흔들고 있어. 구속은 구속이고, 전무가 써 갈겨놓은 스토리는 좀 정돈해야 되겠어. 안 그러면 두고두고 머리가 아플 것 같아. 그래서 말인데, 제안을 하나 하지."

"무슨 제안?"

"좀 들어 봐. 세 가지를 해결해줄게."

"세 가지?"

"그래, 세 가지. 첫째, 내일 구속영장을 기각시켜 줄게."

"당신이 무슨 능력으로? 판사를 매수라도 한다는 건가?"

"요즘 매수되는 판사가 어디 있나? 하지만 검찰이 영장을 청구했어도 자네의 구속을 별로 중요하게 생각하지 않는다고 판사가 생각하게 할 수 있지. 그런 상황에서 어느 판사가 굳이 영장을 발부하겠는가?"

"그럼, 검사를 움직인다는 뜻?"

"지금 자네를 집요하게 잡으려고 하는 게 검사 새끼 지 뜻이겠나, 아니면 내 뜻이겠나? 이제 내가 잡아넣지 말라고 하면 걔들은 거기까지만 하는 거지."

동호는 침을 삼켰다. 사우나실의 열기를 견디기가 더 버거워졌다.

"검찰에 내 식구 같은 애들이 몇 명 있네. 걔들 젊었을 때부터 내가 후원했지. 이제는 부장검사도 하고, 검사장도 하고 그렇지. 그중 어떤 놈은 조만간 검찰총장도 할 거고. 걔들이 내 말을 듣는 건 단순히 내가 후원해서가 아니야. 나를 존경해서야. 야심 있는 놈들에게 돈 걱정 안 하게 해주고, 출세

할 수 있게 밀어주고, 지들보다 똑똑하다는 것을 확실하게 알게 해주었지. 둘째……."

동호의 얼굴과 가슴에서 땀이 비 오듯 쏟아졌다.

"자네 친구가 재심에서 풀려나도록 도와주겠네."

동호는 정면을 응시하던 눈을 돌려 회장을 보았다. 그는 여전히 정면을 보며 말을 이었다.

"길게 말하지 않겠네. 재판에서 밝혀진 사실관계만으로는 유죄가 내려질 수도 있었고, 또 무죄가 내려질 수도 있었지. 자네 친구는 판사를 잘못 만났어. 이심에서 좀 더 원리원칙에 충실한 판사를 만났다면 좋았을 거야. 범행에 대한 확신이 없으므로 무죄를 선고했을 것이고, 대법원이 그것을 굳이 파기하지는 않았겠지. 하지만 자네 친구는 '혹시 살인범을 풀어주는 게 아닐까' 하고 너무 걱정하는 판사를 만났고, 역시 대법원은 그 판단을 굳이 바꾸고 싶어 하지 않았지."

동호는 이 제안에 귀가 솔깃했다.

"내가 새로운 증거를 찾아서 주겠네. 어떻게 주느냐고? 이미 있는 증거를 찾아서 주든, 증거를 만들어서 주든, 그건 자네가 알 필요 없네. 어쨌든 자네는 친구가 무죄를 받는 것이 정의라고 믿고 있고, 내가 그 정의가 실현되게 해주겠다는 거야. 설마, 거짓 증거로는 그럴 수 없다고 생각하는 건가? 아니지, 정의가 파괴되어 그것을 바로잡는 과정에서 약간의 거짓이 섞인들 어떤가? 이 상태를 그대로 방치하는 것보다는 더 정의로운 것 아닌가? 그리고 나는 무슨 수를 써서라도 우선 사실 그대로의 증거를 찾아낼 거야. 자네 친구가 분명히 옳다면 증거는 어딘가에 반드시 있네. 자네가 동원할 수 없었던 막대한 자원을 이용하여 찾아낼 걸세. 그리고 새로운 증거를 도저히 찾지 못하는 때에는 만들어내겠네. 그럴 경우, 조작한 증거라는 촌스런 가책에 시달릴 자네에게 그 증거를 주지 않을 거네. 자네 친구에게 바로 줄 거야. 그러면 친구는 재심을 해줄 다른 변호사를 찾겠지. 자네는 가만히 있으면 돼."

동호는 땀으로 범벅이 된 얼굴을 양손으로 문질렀다.

"마지막 제안은 대부분의 사람들에게는 강력한데, 자네에 대해 연구해보니 효험이 있을지 잘 모르겠네. 이건 자네 취향에 안 맞으면 안 받아도 되네. 아니, 어쩌면 자네 같은 사람이 의외로 이런 제안에 관심이 있을지도 모르지."

회장은 사우나실에 들어와서 처음으로 동호를 또렷이 쳐다보았다. 동호도 그를 쳐다보았다.

"내가 경험해보니, 한 인간의 인생을 사버리는 데 이십억이면 충분하더군. 저기 밖에서 대기하는 오오카미 같은 애는 십억이면 충분하고. 자기가 죽더라도 내가 가족을 책임져준다는 걸 믿게 되면 기꺼이 살인도 하고 감방도 가지. 이십억은 자네같이 부자는 아닌 엘리트들의 인생에 대한 가격이지. 판사, 검사, 기자, 관료, 정치인 중에서 똘똘한 놈들에게 이십억만 제공하면 그 인간을 좌우할 수 있지. 물론 돈에 혈안이 된 놈 말고는 갑자기 이십억을 받겠다는 놈은 없어. 오랜 기간에 걸쳐 그런 정도의 경제적 이점을 합법적으로 누리게 해주는 거야. 돈에서 해방시켜주는 거지. 그리고 그들이 나의 판단력과 선의를 믿게 하지. 그럼 그들은 나를 위해서 무엇이든 하게 돼. 옳은 일을 한다고 믿으면서. 그렇게 식구가 된 놈들이 한 열댓 명 있으니까 내가 할 수 있는 일이 정말 많더군. 그중 몇 놈들은 지들끼리도 돕고.

자네가 국내로 돌아오는 경우에 혼자 사무실을 차리든 어느 로펌에서 근무하든 십 년간 충분한 사건을 보내서 생계를 걱정하지 않게 해주겠네. 원한다면 바로 돈을 줄 수도 있겠지만, 그런 돈을 받지는 않는 성격이라고 나는 이해하고 있네. 맞나?

아무튼 자네는 아무것도 안 해도 되네. 그냥 이 사건에서 손만 떼면 되네. 어떤가? 한번 생각해보게. 어차피 시간이 없으니 오늘 자정까지 알려주게. 밤 열두 시에 키 작은 친구가 레지던스로 전화할 테니 그때 알려주게. 참, 저기 앉은 내 식구하고 인사 좀 하지."

동호는 회장이 가리키는 곳을 바라보았다. 처음부터 앉

아 있던 남자가 일어나서 걸어왔다. 민상철 의원이었다. 그는 동호 앞에 서서 손을 내밀었다. 동호는 악수에 응할까 고민했다. 손을 내밀자 민 의원은 손을 꽉 쥐었다가 놓았다. 그는 무슨 말을 하려다가 말고 바로 건식사우나실에서 나갔다. 동호도 이제 더 이상 견딜 수 없는 지경이 되었다.

"내가 먼저 나가지요."

"아니, 내가 먼저 나가겠네. 상철이하고 할 말이 있어서. 자네는 정확히 삼 분 후에 나오게."

"잠깐만, 남기태는?"

"아직 숨은 쉬고 있을걸? 오오카미가 사람을 그렇게 함부로 죽이지는 않아."

버스에 탄 동호는 하얏트 호텔 앞에서 내렸다. 횡단보도를 건너서 남산공원으로 올라갔다. 조깅을 하는 사람들이 여러 명 있었다. 여름의 열기가 식은 밤의 공원은 호젓했다. 동호는 오른쪽 무릎에서 좀 나아진 듯하다가 갑자기 심해진 통증을 느꼈다. 다리를 절룩거리며 공원 안으로 십 분 정도 걸어 들어가자 연못이 보였다. 잘 관리된 연못의 연꽃들이 달빛 아래에서 매혹적인 자태를 드러내고 있었다.

동호는 회장의 제안에 대해 생각했다. 구속영장을 기각시키겠다는 첫째 제안은 지금으로서는 가장 절실한 것이었다. 그러나 그것을 헤쳐나가는 것은 어차피 자기 몫이라고 생각했다. 자신에게 죄가 없는 이상, 설령 구속된다고 하더라도 재판을 하면서 계속 투쟁한다면 제법 승산이 있다고 생각했다. 다음으로 둘째 제안을 제쳐두고 셋째 제안에 대해 생각했다. 동호는 회장이 자신을 과대평가했다고 생각했다. 먹고사는 문제를 늘 피로하게 생각했기에, 그 문제로부터 해방시켜준다는 그의 제안은 동호의 마음을 뿌리째 흔들었다. 동호는 그 제안에 대해 마음을 정하지 못했다. 둘째 제안은 더 어려웠다. 이 제안은 회심의 일격이었다. 자신이 아닌 친구의 인생을 볼모로 잡고 친구를 구하지 못했다는 죄의식을 자극했다. 연못을 몇 바퀴나 돌았으나 결론을 내리지 못했다.

다시 하얏트 호텔 방향으로 걸었다. 심한 두통을 느끼면서 동호는 이 길을 아버지와 함께 걷고 있다는 착각에 사로잡혔다. 자신의 손을 들어 바라봤다. 자신의 손을 거머쥔 아버지의 손을 느꼈다. '그때 그 남자는 정말로 세상을 버릴 생각이었을까? 그에게는 어떤 선택들이 남아 있었을까?' 아무리 생각에 생각을 더해도 그 남자가 그때 생각했던 것들, 느꼈던 것들에 결코 도달할 수 없다는 사실이 슬펐다. 동호는 걷다가 벤치에 앉았다. 주인을 따라 산책을 나온 웰시 코기가 풀벌레 소리에 뒤뚱거리고 있었다. 그는 양손 검지로

관자놀이를 한참 동안 눌렀다. 두통이 급격히 가라앉았다.

동호는 심호흡을 했다. 문득 아버지가 저수지를 마지막으로 헤엄치는 모습이 떠올랐다. 상상 속에서 아버지는 저수지에 뛰어들어 힘이 다할 때까지 헤엄치다가 점차 가라앉았다. 지금 동호의 머릿속에서 아버지는 평온하게 헤엄치고 있었다. 힘이 다하려면 아직 멀었다. 헤엄을 치는 아버지의 머리 위로 달빛이 눈부셨다. 동호는 나지막하게 혼잣말을 했다. "제게 지혜를 주세요. 권력이 나쁜 공기처럼 도처에 퍼져 있는 이 세상을 헤쳐갈 수 있도록, 제게 지혜를 주세요."

벽시계는 밤 12시 15분을 가리키고 있었다. 레지던스의 전화벨이 울렸으나 동호는 받지 않았다. 전화벨이 한참 동안 울리다가 끊어졌다. 잠시 후 전화벨이 다시 울렸다. 여전히 전화를 받지 않았다. 이번에는 더 길게 울리다가 끊어졌다. 오 분 후, 전화벨이 다시 울렸다. 이번에는 수화기를 들었다.

"여보세요?"

"아, 계셨군요. 올라가시는 것을 봤는데 전화를 안 받으셔서 그사이에 혹시 나가셨나 했습니다. 아침에 전화 주셨던 분께 여러 번 전화가 왔습니다. 계속 연결이 안 되면 이제는 휴대폰으로 전화하시겠다고. 연결시켜드릴까요?"

"아뇨. 됐습니다. 이렇게 전해주세요. '제안을 받지 않겠다'고. 그렇게만 말하시면 알아들을 겁니다."

25

동호는 스마트폰의 일곱 시 알람에 따라 일어났다. 오늘
은 아주 긴 하루가 되리라고 예감했다. 샤워를 한 후 오트밀
을 전자레인지에 데워서 김치와 함께 먹다가 연 박사의 메
시지를 받았다. '제가 십 분 후에 전화드리겠습니다'라는 메
시지에 이어서 유철구 기자의 기사가 링크되어 있었다.

……오늘 예정된 강동호 변호사에 대한 영장실질심사
에 귀추가 주목되고 있다. 검찰은 이번에는 영장 발부를
자신하는 분위기다. 시장의 한 측근은 "강 변호사에게 인
허가 비리를 조사해달라고 했는데 공명심 때문에 너무
무리한 것 같다"고 말했다. 한편, 일각에서는 사망한 부
학개발 전무의 딸과 강 변호사가 각별한 사이라는 주장
도 제기되고 있다. 그것이 사실일 경우, 전무의 딸로부터
입수했다는 비망록의 신빙성도 의심된다……

동호는 유철구 기자에게 전화했다.

"기사가 좀 그러네요."

"무슨 말씀이신지? 어느 부분이 마음에 안 듭니까?"

"전반적으로 저에 대해 부정적인 입장에서 쓰신 것 같고, 거기에 사생활이 왜 나옵니까?"

"사실이기는 한데, 사생활이니까 보호해달라는 취지 같네요. 강 변호사님이 관계를 시인했다는 내용으로 기사를 업데이트하겠습니다."

"그러시든지. 살아남는 데 성공하신 것 같네요. 보기 좋습니다. 건강하세요."

동호는 전화를 바로 끊고 스마트폰이 부스러지도록 꽉 쥐었다. 그때, 연 박사에게서 전화가 왔다.

"고생이 얼마나 많으십니까?"

"네, 연 박사님."

"잠깐 바꿔드리겠습니다."

"강 변호사, 접니다."

시장의 목소리가 들려왔다.

"강 변호사, 정말 미안하네요. 제가 괜히 끌어들여 고초를 겪고 계시네요."

"아닙니다. 일이라는 것이 뜻대로만 되는 것은 아니지요."

"강 변호사, 기분 나쁘게 듣지 않으신다면 제가 한두 가지

이야기를 드리겠습니다. 이제 이 케이스는 이것으로 완전히 끝냅시다. 저도 도저히 감당이 안 되네요. 만일 강 변호사가 구속되면…… 죄송합니다. 만에 하나라도 그런 일이 일어나면 이제 저를 소환한답니다. 당연한 수순이기도 하고, 제가 출석을 거부할 명분이 없습니다. 최대한 방어해보겠지만, 직권남용을 이유로 한 피의자 신분이 될 수도 있는 상황입니다. 여당에서는 '이게 웬 떡이냐'는 분위기이니 당연히 공세를 펼 것이고, 저도 버겁네요."

"어차피 제가 더 조사를 할 상황은 아닙니다만……."

"새벽에 모 인사로부터 전화를 받았습니다. 누구라고 말은 안 하겠습니다. 정치권과 검찰에 두루 연결되는 사람이지요. 전무가 작성한 문서의 신빙성을 강 변호사가 더 이상 주장하지 않고 물러나면 구속을 면할 거라고 하네요. 장담할 수 있는 이야기인지는 모르겠으나, 말을 전달한 사람의 신뢰성이나 이 나라가 작동하는 꼬락서니를 보면 외면하기도 어려운 이야기지요. 그런데 강 변호사님이 그럴 생각이 없는 것 같다고, 설득해달라고 합니다. 저도 이런 이야기를 하기가 좀 그렇습니다만, 구속되는 일만큼은 최선을 다해 막아야 하지 않겠습니까? 이 정도에서 마무리하고 타협하는 것이 불가피합니다."

동호는 묵묵히 이야기를 들었다. 시장은 그를 배려하는

마음과 자기 자신을 보호하려는 생각을 모두 가지고 있었고, 그것이 서운하지는 않았다. 당연히 할 수 있는 생각이었다. 침묵이 흐르는 동안, 동호는 기억을 더듬었다.

"뜬금없는 이야기 같습니다만, 시장님께서 대학에 계실 때 시장님 수업을 들은 적이 있습니다. 저는 삼학년이었습니다. 학생들에게 매우 인기 높은 교양 강좌였습니다. '행동하는 인간의 현대적 윤리'라는 강의명으로 기억합니다. 사실 제가 캠프에서 일한 것이나 이 미션을 받아들인 것은 모두 그 수업을 통해 시장님을 좋아하게 되었기 때문입니다."

"대학 총장이 되기 전에 그 강의를 몇 년 했지요. 수강생이었군요. 수강생이 워낙 많았기에 몰랐습니다."

"마지막 수업 때 교수님께서, 아니, 시장님께서 하신 말씀을 늘 기억합니다. 당시 저는 어떠한 가치도 믿지 못해 괴로워하는 청춘의 시기를 겪고 있었습니다. 시장님께서는 이렇게 말씀하셨습니다. '인간은 자신도 모르게 어떤 가치를 답습하려고 하지만, 어떠한 가치도 미리 존재하지 않는다. 어떠한 가치도 그 자체로 옳은 것은 없다. 가치의 선택은 오로지 자신의 몫이고, 그 선택의 결과를 감당하면 된다. 여러분은 어떠한 가치도 주어지지 않았다는 것에 절망하지 말고, 그것을 다행으로 받아들여라. 그것은 여러분이 자유라는 뜻이다.' 저는 그 말을 가끔 되새겨봅니다."

시장은 말없이 동호의 말을 들었다. 동호는 목을 가다듬고 이어서 말했다.

　"저는 시장님의 가르침에 힘입어 그 이후로 더 이상 니힐의 시간, 허무의 공간 속에서 헤매지 않습니다. 아니, 가치의 진공 상태를 즐겼습니다. 게다가 나이가 들어가니 '주어진 가치가 없다는 것', 좀 더 넓혀보면 '인생에 특별한 의미가 없다는 것'이 무척 다행스럽게 느껴지기도 합니다. 저는 시장님의 강의를 듣고 난 이후에 결국 '이 세상이 좀 더 나은 곳이 되도록 해 보자'는 가치를 선택하기는 했습니다. 우리에게 가르치셨다시피, 본래부터 가치가 있기 때문이 아니라 제가 스스로 선택했습니다. 제가 시장님께 이 미션을 제안받았을 때, 저는 버릇처럼 '이 일이 세상을 좀 더 나은 곳으로 만들 수 있을까' 자문해봤습니다. 그리고 '그렇다'고 대답할 수 있었기에 여기까지 왔습니다. 저는 지금 이 순간 그 판단을 바꿔야 할 이유를 알지 못합니다. 저는 좀 더 가보겠습니다. 그리고 시장님의 가르침대로, 제가 창조하고 선택한 가치와 그에 따른 행동이 아무리 내게 참담한 결과를 가져오더라도 기꺼이 감당하겠습니다. 그것이 어리석고 무의미한 고통이어도 괜찮습니다. 다 알고서 하는 일입니다. 게다가 이제 이 싸움은 시장님의 싸움일 뿐만 아니라 제 싸움이기도 합니다."

"건투를 빌겠습니다. 제가 도울 수 있는 것이 무엇이 있을
지 생각해보겠습니다."

　동호는 시원이 다니는 초등학교의 정문으로 들어가면서
'너무 조용하다'고 생각했다. 운동장을 절반쯤 가로지르다
가 다시 정문 쪽으로 걸어 나왔다. 수위실도 비어 있었다. 정
문 건너편 문구점 주인으로부터 "오늘은 개교기념일이라서
학교가 문을 닫았다"는 말을 들었다. 동호는 시계를 보았다.
낮 12시 50분이었다. 다시 시원의 집에 들렀다가 두 시에
맞춰 법원으로 가기에는 빠듯해 보였다. 시원의 집으로 가
면서 우선 할머니에게 전화를 드렸으나 받지 않으셨다. 시
원이가 휴대폰을 가지고 있는지도 기억나지 않았다. 스마
트폰에 저장된 연락처에서 '시원'이라고 검색해보니 전화
번호가 있었다. 그는 시원에게 전화했다.

"여보세요?"

"강 변호사, 법원에 가야 할 시간에 어인 일이신가? 안 그
래도 전화하려던 참이었는데……."

　뜻밖에도 단신의 목소리였다. 동호는 모골이 송연해졌다.

"잘 찾아보소. 흐흐흐."

　소름 돋는 비웃음을 남기면서 단신이 전화를 끊었고, 다
시 전화를 걸어도 받지 않았다. 동호는 다섯 번쯤 전화를 걸

다가 포기하고 정미에게 전화해 다급하게 말했다.

"조금 있다가 문자로 어느 번호를 보내줄 테니 그 휴대폰 위치 좀 확인해줘."

"네? 저희가 지금 그런 문제 때문에 조사받고 있는 형편인데……."

"아니, 지금 비상상황이야. 그걸 따질 형편이 아니야. 바로 물어봐줘."

"변호사님……."

"지금 정미와 논쟁할 시간이 없어. 바로 알아봐줘."

동호는 시원의 전화번호를 정미에게 보낸 후에 초조하게 기다렸다. 십 분 후 문자가 왔다. 지금 현재 강변북로를 타고 일산 방향으로 이동 중이며 원효대교 부근을 지나고 있다는 메시지였다. 큰길로 뛰어가서 지나가던 모범택시를 바로 탔다.

"어디로 모실까요?"

"강변북로 타고 서쪽으로 가주시면 정확한 장소를 알려드릴게요. 제가 정말 급해서 그러니 최대한 빨리 가주세요. 요금은 추가로 드리겠습니다."

정미에게 계속해서 위치를 업데이트해달라고 메시지를 보냈다. 목이 몹시 말랐다. 오후 1시 20분이었다. 다시 시원의 할머니에게 전화를 했으나 받지 않았다. 생각해보니 전에도 제때 전화를 받는 적이 거의 없었다. 백 변호사에게서 전화가 왔다.

"어디야?"

"아, 제가 조금 늦을 것 같습니다."

"무슨 소리야. 절대 안 되네. 당장 법원으로 달려와."

"제가 지금 도저히 사정이……."

"영장실질심사보다 더 급한 게 있다는 소릴 들어본 적이 없네. 무슨 일인지 모르겠지만 어리석은 짓 하지 말고 당장 달려오게."

"알겠습니다."

길게 설명할 수가 없어 전화를 끊었다.

동호는 행주대교 북단에서 택시기사에게 기다려달라고 말하고 차에서 내렸다. 정미가 일러준 대로 행주대교의 중앙 부분을 향해 인도를 힘껏 달렸다. 오른쪽 무릎이 몹시 아팠다. 다리를 절면서 달리는 그의 눈에 파란 하늘이 들어왔다. 동호는 계속 달리다가 다리 중앙 부분을 넘었다는 것을 깨닫고 다시 뒤돌아서서 중앙 부분을 향해 달렸다. 아무것도 보이지 않았다. 그때 인도 바닥에서 무언가 햇빛에 반짝이는 것을 보았다. 다가가니 휴대폰이었다. 휴대폰을 켜서 최근 통화를 눌러보니 동호의 번호가 찍혀 있었다. 순간 그의 스마트폰이 울렸다. 시원의 할머니였다.

"아까 전화한 게 뉘신가요?"

"저, 강동흡니다. 혹시 지금 시원이 어디 있나요?"

"골목에서 친구들하고 놀고 있네. 아까 어떤 아저씨가 휴대폰을 빼앗아 갔다고 아주 울상이야."

동호는 시계를 보았다. 오후 2시 5분이었다. 스마트폰에 백 변호사의 전화번호가 무수히 찍혀 있었다.

판사가 검사에게 말했다.

"십 분이 경과됐으니 그냥 시작하지요. 피의자도 없고 지난번에 제가 심리를 담당해서 내용을 잘 알고 있으니, 새로운 증거 위주로 간략하게 해주세요."

백 변호사가 일어서서 말했다.

"지금 불가피한 사정이 있어서 늦고 있으니 천천히 진행해주시면 좋겠습니다."

"변호인의 전화도 안 받는다면서요. 이유도 모르고."

판사는 냉담하게 말했다. 검사가 비웃는 기색을 감추지 못한 채 말했다.

"짧게 말씀을 드리겠습니다. 피의자의 비서를 조사하면서 새로이 밝혀진 내용들, 그러니까 이들이 부당한 조사를 하던 사무실에서 압수수색한 증거들, 그리고 비서와 피의자, 도피 중인 사무장 간의 문자메시지 등을 중심으로 살펴보겠습니다. 위 새로운 증거들에 따르면 피의자는 무단 침입을 지시했거나 적어도 명백히 인지하고 있었음이 틀림없습니다……."

검사가 주장을 마치자, 백 변호사가 변론을 시작했다. 그는 최대한 느리게 진행하고자 했으나, 판사가 여러 차례 채근했다. 백 변호사의 변론이 삼십 분을 넘기자 판사가 드디어 폭발했다.

"자, 여기까지 하지요. 오늘은 판단하는 데 오래 걸릴 것 같지가 않네요. 해지기 전에 구속 여부를 결정하도록 하겠습니다. 검사님, 출국금지는 해놓은 상태인가요? 기록에서 못 본 것 같은데."

"오늘 오전에 출국금지 조치를 했습니다. 지금 서류를 드리겠습니다."

"설마 벌써 출국한 것은 아니겠지요?"

판사는 서류를 받자마자 자리에서 일어났다. 복도로 나온 백 변호사는 동호에게서 부재중 전화가 온 것을 보고 전화를 걸었다.

"어디야? 다 글렀네."

동호는 백 변호사와 통화를 마친 후 모범택시 기사에게

말했다.

"법원에 갈 필요가 없게 됐네요. 잠시 후에 난지 한강공원에 내려주세요. 바람이나 쐬다가 갈게요."

기사는 동호의 안색을 살피며 난지 한강공원으로 들어섰다. 동호는 나무 그늘이 드리워진 강가의 벤치에 앉았다. 강건너 풍경이 그의 눈에는 들어오지 않았다.

삼십 분 넘게 상념에 잠겨 있던 동호는 스마트폰에서 '유철구'의 이름을 찾아 전화를 걸었다.

"기사는 거의 다 써놓았는데 아직 영장 발부가 안 된 모양이네요. 어쩌다가 법정에도 못 가셨습니까?"

동호가 말을 꺼냈다.

"이제 제가 쓸 수 있는 카드는 거의 다 썼고 남은 것은 유기자님뿐이네요."

"무슨 말씀이신지?"

"제가 그동안 확보한 모든 자료를 바로 보내드리겠습니다. 보시고 보도 여부를 결정하시죠. 보도하시기로 결정하면 인터넷 기사로 바로 올려주시면 좋겠습니다."

"왜 다른 언론사들이 아니라 하찮고 미심쩍은 저에게?"

"다른 언론사들에게 준다 해도 그 자료를 믿을지도 의문이고, 믿더라도 보도할지 의문입니다. 이제는 시간도 없습니다. 자료를 보고 그 가치와 신빙성을 바로 판단할 수 있는 것도 유 기자님뿐입니다."

"제가 왜 강 변호사를 위해 그런 위험을 감수해야 하죠? 만에 하나라도 잘못되면 제 인생이 아예 종 칠 것 같은데."

"첫째, 이 기사를 쓴다고 유 기자님이 죽지는 않습니다. 둘째, 이 기사는 센 놈을 패는 겁니다. 셋째, 보시면 아시겠지만 오로지 진실한 내용입니다."

"넷째로, 돈도 주시나요?"

동호가 움찔하며 대답했다.

"그럴 수는 없지만 유 기자님도 옳은 일을 하시고 싶지 않습니까?"

"옳은 일?"

유 기자는 반문하며 코웃음을 쳤다. 동호는 목을 가다듬고 다시 말했다.

"돈을 드릴 수는 없지만, 오랜 기간에 걸쳐 유 기자님을 선의로 도와드리겠습니다. 기자님의 복직을 위해서도 노력하고요. 취재를 위해서 제가 접근할 수 있는 온갖 정보들도 앞으로 제공해드리겠습니다. 제가 비록 미천하지만, 한 인간이 다른 인간을 위해 필요한 모든 것을 해보겠다고 작정하면 생각보다 아주 많은 것들을 할 수 있습니다. 물론 합법적인 범위 내에서 말입니다."

"한번 보내보시지요. 살펴보고 바로 전화드릴게요."

"제 드롭박스 내 해당 디렉토리에 접근할 수 있는 링크를 텔레그램 메시지로 바로 보내드리겠습니다."

동호는 메시지를 보내고 나서 십오 분가량 초조하게 기다리다가 더 이상 참지 못하고 전화했다. 유 기자는 전화를 받지 않았다. 잠시 후 메시지가 도착했다.

섣불리 나섰다가 인생 종 칠까 봐 안 되겠네요. 시간되는 대로 면회 가겠습니다.

선우는 두리번거리며 영화 〈리셋〉의 제작발표회를 준비 중인 극장 안으로 들어섰다. 일찍 온 탓인지 아직 빈자리가 많았다. 그녀는 맨 뒤쪽 출입구 근처에 앉았다. 허둥대며 지나가던 서 대표가 선우를 향해 손을 흔들고는 다시 계단을 달리다시피 뛰어갔다. 프로듀서인 듯한 사람이 무대 위에서 마이크와 앰프를 테스트하고 있다. 그때 선우의 스마트폰이 울렸다. 동호의 전화였다. 갑자기 그녀의 심장이 뛰기 시작했다. '아직 결과가 나오지 않았을 텐데…… 결과가 나왔는데 전화한 것이라면, 또 기각이라는 뜻?' 그녀는 좌석에서 일어나 극장 밖으로 나오면서 말했다.

"여보세요?"

"통화 가능해?"

"응."

"혹시 제작발표회장? 지금부터 내 이야기를 잘 듣고 그대로 해줘."

선우는 동호의 이야기를 말없이 들었다. 전화를 끊고 한동안 생각에 잠긴 끝에 그녀는 서 대표에게 전화를 걸었다.

"뭐야? 나 지금 엄청 바쁜데, 꼭 지금 봐야 돼? 무대 오른편 안쪽의 대기실로 와. 빨리 와. 지금 곧 시작해."

선우는 종종걸음으로 극장 층계를 내려갔다. 그사이에 관계자와 기자들이 극장에 가득 찼고, 카메라가 연신 터지고 있었다.

"이건 미친 짓인데……."

서 대표는 선우의 스마트폰을 통해 드롭박스에 저장된 이미지와 영상, 녹음 자료를 살펴보더니 말했다.

"함정에 빠져서 영장심사에 출석도 못 했다고 해요. 변호사는 마음 비우라고 하고, 판사는 해지기 전에 결론을 내겠다고 했고. 다른 방법이 없어요."

"아우, 그래도 이건 내 인생에서도 너무 도박인데……."

선우는 서 대표의 손을 꼭 잡았다. 서 대표는 어느새 피우고 있던 담배를 눌러 끄면서 말했다.

"아이, 시발. 인생 뭐 있나. 문제 생기면 중국에서 다시 시작하지. 이 팀장, 이리 와봐."

서 대표의 이야기를 듣던 마케팅 팀장의 얼굴이 심각해졌다.

"대표님, 이건 아닙니다."

"아니긴 뭐가 아냐. 내가 결정하고 내가 책임진다. 그리고 정재는 어디 있냐? 정재한테는 미리 언질을 줘야지. 예진이는 보나마나 이해할 것이고."

"무대에 올라가기 전에 화장실 다녀온다고 문자 왔습니다."

"어느 쪽 화장실?"

"왼쪽으로 쭉 가면 됩니다."

서 대표는 황급히 나가며 팀장에게 말했다.

"정재 만나고 오는 동안에 선우 씨한테서 니 이메일로 바로 파일들 받고 준비해."

오 분 후 복잡한 표정의 배우 이정재와 서 대표가 다시 대기실로 들어왔다. 서 대표는 이정재에게 말했다.

"야, 니 차례 된 것 같다. 빨리 준비해."

한 스태프가 이정재에게 한 장짜리 대본을 넘겨주었다. 그는 무대로 나가기 전에 서 대표를 보며 어깨를 으쓱해 보였다.

무대 위에서 진행자가 스포트라이트를 받으며 이정재의
이름을 불렀다. 그가 무대로 올라오고 카메라 플래시가 쉴
새 없이 터졌다.

"초여름쯤에 서 대표가 저녁을 먹자고 하더군요. 저녁 먹
으면서 한번 이야기를 들어보라고 한 것이 이 프로젝트의
시작이었습니다. 그동안 빠듯한 준비 기간을 거쳐 촬영을
시작하게 되어 매우 기쁩니다. 어느 작품보다도 짧은 시간
내에 기획을 마치고 곧바로 촬영에 돌입하게 된 것은 이 이
야기가 가지고 있는 남다른 힘 때문이라고 생각합니다. 아
무쪼록 이 프로젝트가 여러분의 성원 속에 잘 진행될 수 있
도록 도와주시기 바랍니다. 이 영화의 제목이 뭐라고요?"

그러자 참석자들 모두 한목소리로 외쳤다.

"〈리셋〉이요!"

"다시 한 번, 뭐라고요?"

이번에는 더 큰 목소리로 외쳤다.

"〈리셋〉이요!"

이정재가 무대에서 내려가면서 주최 측이 준비한 영상
이 시작됐다. 해 질 녘 교외의 숲에서 젊은 여자가 쫓기고 있
다. 여자는 달리다가 가방도 팽개치고, 운동화가 벗겨지자

다시 신지도 못한 채 도망을 친다. 여자는 더 이상 뒤쫓아 오는 기색이 없자, 어느 나무 밑에 주저앉아 겨우 숨을 돌린다. 숲새 몇 마리가 날아오르고, 조용한 발걸음 소리와 함께 솔베이지의 노래가 휘파람 소리로 들린다. 이때 화면이 다소 거칠게 끊어지면서 해상도가 나쁘고 어두운 영상으로 이어진다. 가만히 살펴보면 단신이 편 전무를 살해하고 유기하는 장면이다. 영문을 모르는 기자들과 참석자들은 뭔가 이상하다고 느끼면서도 계속 화면을 바라본다. 장면의 사실성이 너무 강렬한 탓에, 객석이 웅성거리기 시작한다. 영상은 다시 부학개발과 관련된 기사들, 부학개발이 시행한 건물의 그림들, 미래화랑 등으로 차례로 이어진다. 영상은 수장고와 그 내부에 보관된 장부의 이니셜 표기, 민상철의 얼굴을 차례로 보여준 후에 다시 민상철과 회장이 나란히 찍은 사진들을 보여준다. 이어지는 영상은 전무의 증명사진과 전무가 구속될 당시의 사진들, 그가 작성한 비망록, 그리고 그에 대한 해독이다. 영상은 다시 미래화랑의 관장이 전무를 만나는 장면으로 이어지면서 그들 간의 은밀한 대화를 들려준다. 다시 한 번 단신이 전무를 살해하고 유기하는 장면이 나오자, 참석자 중 일부가 비명을 지른다. 마지막으로 단신의 얼굴이 클로즈업되어 정지된 화면과 함께 그가 동호를 협박하는 목소리가 재생되고, 뒤이어 회장과 단신이 뉴욕에서 편윤미를 만나는 사진들이 보여진다.

　서 대표는 대기실에서 문을 살짝 열고 상황을 체크한 후에 마케팅 팀장에게 지시했다.
　"바로 유튜브에도 올리고, 그 링크 주소 트위터에도 올려. 난 오늘 잠수 탄다."

　소파에 앉아 느긋하게 YTN '7시 뉴스'를 보고 있던 영장 담당 판사의 표정이 심각해졌다. 그는 황급히 자기 책상으로 가 인터넷으로 기사를 검색하다가 갑자기 큰 소리로 직원을 불렀다.
　"구속영장 발부했나?"
　"죄송합니다. 갑자기 급한 업무가 생겨서 그거 먼저 처리하다가 늦었습니다. 지금 바로 하겠습니다."
　"노우!"
　판사가 단호하게 말했다.
　"그거 없던 걸로 해. 바로 다시 작성해서 파일 보내줄게. 기각시킬 거야."
　"네?"
　"기각시킬 거라고!"

26

"성공 보수로 얼마 보내드리면 될까요?"

동호는 백 변호사를 놀리듯 말했다.

"경위야 어쨌든 성공한 게 맞으니 받아야지. 파멸해가던 인생을 구해줬으니 한 일억 정도는 보내는 게 예의겠지. 그런데 자네가 탐정놀이 하느라고 모르는 모양인데, 이번 여름에 대법원이 형사사건의 성공 보수 계약을 무효라고 판결했어. 그 바람에 아깝게도 성공 보수를 못 받게 됐네. 아주 나쁜 판결이야. 나 같은 사람은 어떻게 살라고."

백 변호사는 웃음이 가득한 얼굴로 산더미 같은 재판 기록 사이에서 리모컨을 찾으며 말했다. 그는 겨우 찾은 리모컨으로 이리저리 TV 채널을 돌렸다. 점심 무렵부터 계속 반복되고 있는 뉴스지만 두 사람은 혹시 새로운 소식이 있을까 주의 깊게 보았다.

"······오늘 열두 시경 민상철 의원의 집과 부학개발 본사, 그리고 장수철 회장 자택에 대해 전격적으로 압수수색을 실시했던 검찰이 이 시각 현재 미래화랑과 양평 소재 수장고에 대해서도 압수수색을 실시하고 있습니다. 양평의 수장고 현장에 나가 있는 중계차를 연결하겠습니다. 김현태 기자! 현재 압수수색이 얼마나 진행됐습니까?"

"현재까지 오 톤 트럭 한 대 분량의 미술품이 압수되었고, 조금 더 늘어날 전망입니다."

"수장고의 미술품을 모두 압수하는 건가요?"

"아닙니다. 일단 장부에 민상철 의원의 소유로 표기된 것과 장수철 회장의 소유로 표기된 것 중 고가인 것 위주로 압수하고 있는 것으로 알려졌습니다."

"그리고 수장고에서 실종 중이던 남기태 씨가 발견됐다면서요?"

동호가 깜짝 놀라 자리에서 일어났다.

"네. 십 분 전에 수장고 내에 설치된 대형 금고에서 실종된 것으로 알려진 남 씨가 발견됐습니다. 다리에 심한 부상을 입은 상태였지만, 생명에는 지장이 없는 것으로 알려졌습니다. 현재 강남 세브란스 병원에 입원하여 건강 상

태를 체크하고 있습니다. 검찰 수사관이 들이닥치자 도망
친 수장고의 경비원이 그동안 금고에 감금된 남 씨에게 물
과 음식을 공급했던 것으로 확인됐습니다……."

앰뷸런스에 실려 병원에 도착한 기태가 응급실로 들어가
는 장면이 화면으로 비춰지자 동호는 안도의 숨을 내쉬었
다. 백 변호사가 말했다.

"참, 검찰에서 전화가 왔었네. 자네가 전화를 안 받는다면
서. 궁금한 사항들이 있는데, 출석해서 진술해주면 좋겠다
고 하네. 자네를 무혐의 처리하는 데도 도움이 되니까 꼭 부
탁드린다고."

"네. 안 그래도 여기 오는 길에 통화했고, 내일 오전에 출
석하기로 했어요. 기태는 어떻게 될까요? 수장고에 침입한
것은 맞으니 무혐의나 기소유예로 처리하기는 어려울 것
같은데……."

"형식적으로 기소하고 법원에서 선고유예 판결을 내리지
않을까 싶네."

"그렇겠죠? 그럼 저는 슬슬 일어나겠습니다. 시장님이 잠
깐 보자고 하셔서. 그리고 다음 주에는 형님이 머무시는 영
월에서 며칠 쉬다가 올라올까 합니다. 주말에 뉴욕으로 떠
나고요."

"그래. 떠나기 전에 전화나 해."

택시로 반포대교를 건너던 동호는 창문을 내리고 맹렬하게 들어오는 강바람을 즐겼다. 라디오 소리가 잘 안 들리는지 택시기사가 볼륨을 높였다.

……오후 두 시경에 검찰에 자진 출석한 민상철 의원은 현재까지 계속 조사를 받고 있습니다. 검찰 관계자에 따르면, 오늘 늦게까지 조사한 후 귀가시키고 내일 다시 소환하여 조사할 계획으로 알려졌습니다. 대검은 '이 상황에서 영장 청구가 불가피하다'는 입장입니다. 한편, 검찰의 소환에 불응한 장수철 회장은 행방이 묘연한 상태입니다. 부산의 청사포 해변에서 장 회장의 차량이 발견되어 주변 CCTV들을 확인한 결과, 오늘 새벽 장 회장으로 보이는 사람이 제트스키를 타고 바다로 나가는 모습이 확인됐습니다. 해경에 따르면, 제트스키를 타고 공해상으로 나간 후 일본으로 밀항하는 사례가 드물게 있다고 합니다. 현재 해경이 샅샅이 수색하고 있으나, 전문가들에 따르면 이미 대마도로 건너갔을 가능성이 높다고 합니다.

동호는 '역시 장 회장답다'고 생각했다.

"어서 앉으시지요. 벌써 두 달이 지났네요."

정원 내 파라솔에 앉아 있다가 동호를 맞이한 시장은 손수 커피를 따라주면서 말했다.

"네. 저녁에는 날씨가 쌀쌀하네요."

그때 관사 직원이 다가오더니 말했다.

"식사를 바로 준비할까요?"

"아니, 한 분 더 오시면 그때 같이 준비하지요. 아직 시장하지 않으시죠?"

"괜찮습니다. 연 박사님이 오시나 보죠?"

"아뇨. 그 사람하고는 이제 일 안 합니다."

"무슨 일이 있으셨나요?"

"결과적으로 해피엔딩이 되었습니다만, 저는 처음에 이 조사를 반대했습니다. 시에서 일반적인 조사를 해서 위법 소지를 못 찾으면 할 수 없는 것이고, 뭔가를 찾아내면 검찰에 수사 의뢰를 하는 것이 어쨌든 순리 아니겠습니까? 그런데 연 박사가 그렇게 해서 어떻게 문제를 찾아내느냐, 찾았다고 한들 검찰이 제대로 수사를 하겠느냐고 줄기차게 별도로 조사하자는 겁니다. 하지만 실제로도 문제가 생겼듯이 정치적 경쟁자를 탄압한다는 혐의를 받을 우려가 있었죠. 그런데 한사코 고집하더군요. 다 저를 위한 것이라 생각하고 결국 수긍했는데, 그게 아니었습니다. 며칠 전에 민상철 의원이 자기 사람을 하나 보내와서 알게 됐는데, 연 박사가 지난봄까지 민상철 의원에게도 정치 자문을 비밀리에 하고 있었던 모양입니다. 좀 당황스럽더군요."

"그런데, 왜 조사를 하려고 했나요?"

"자문료 때문에 트러블이 생겼고, 그 과정에서 연 박사가 민 의원에게 인간적인 모욕을 당했나 봐요. 연 박사가 자문 과정에서 민 의원과 부학개발의 유착관계를 어렴풋이 눈치채고 있던 차에, 아예 민 의원의 정치생명을 끝내려고 작정했던 모양입니다. 민 의원은 이런저런 하소연을 하려고 제게 사람을 보낸 것이고요. 연 박사가 제게는 특별히 잘못한 것이 없지만, 자문하던 사람에게 이렇게 앙심을 품고 복수하는 사람과 일할 수는 없지 않습니까? 핑계를 좀 대면서 지난 자문료를 후하게 드리고 훈훈한 분위기 속에서 헤어졌습니다. 사실 정치철학이나 정치에 대한 태도에서 다른 점이 있어서 서로 껄끄러울 때가 자주 있기는 했죠. 그리고 누군가 제게 귀띔해주기로는, 민 의원이 곤란에 처하면서 대선 경쟁에서 매우 유리한 위치에 놓인 여당의 김선혁 의원이 파격적인 조건으로 자문 요청을 했다고 합니다. 그래서인지 무난하게 결별했습니다."

"그랬군요."

"그리고 솔직히 말씀드리지요. 강 변호사에게 이 일을 맡

긴 것은 강 변호사가 시간을 낼 수 있는 처지이고 적임자이
기도 했지만, 다른 이유도 있었습니다. 역시 연 박사가 강력
하게 제안했습니다. 굳이 미국에 있는 사람을 불러들일 필
요가 있냐고 제가 이야기했습니다만, 다시 생각해달라는
겁니다."

"다른 이유라는 것은?"

"연 박사 말로는 강 변호사의 형님이 시를 떠나면서 제게
앙심을 품고 제 비리를 폭로하려고 한다는 소문이 있다는
겁니다. 그 자료 정리나 법률 검토를 강 변호사가 하고 있다
고 하고. 제가 비리도 없고 형님도 그럴 사람이 아니라고 했
지만, '비리는 만들면 됩니다. 쉽게 생각하면 안 됩니다' 하
고 계속 주장하더군요. 제가 또 졌지요."

"잘 이해가 안 되는데요."

"아, 강 변호사에게 이 일을 제안했을 때 강 변호사가 거
절하면 소문이 맞는 거고, 승낙하면 소문이 틀린 거라고 하
면서 일단 제안을 해보자는 겁니다. 결국 제가 '적임자가 아
닌 것도 아니니 그렇게 하자'고 하여 이 일이 시작된 거죠.
너무 불쾌하게 생각지는 마세요. 저는 형님의 성격을 알기
때문에 소문을 전혀 믿지 않았습니다."

"지금 오시는 분은 누구신가요?"

"형님이 오십니다. 성질이 좀 지랄 맞기는 하지만, 형님의

강직한 태도가 귀하다는 것을 다시 깨달았습니다. 그래서 다시 같이 일하게 됐습니다. 전략가로서야 어차피 나무랄 데가 없지 않습니까? 곧 시의 정무수석비서관으로 일하게 될 겁니다. 설득하느라 혼났습니다. 아직도 확답을 안 주는데, 좀 거들어주세요."

"잘됐네요."

그때 관사의 초인종이 울렸다. 시장은 관사 직원에게 '어서 문을 열어주라'고 손짓했다.

27

빅슬립의 바테이블 위에는 맥주와 포도주, 위스키, 보드
카는 물론 유리병에 담긴 막걸리까지 준비되어 있었다. 정
미는 다양한 과일, 샌드위치, 견과류 등을 준비하는 것도 잊
지 않았다. 동호의 세 남매와 일행들은 여기저기 흩어져 앉
아서 각자의 취향대로 술과 음료와 음식을 가져다 먹었다.
서 대표는 자신의 스마트폰을 블루투스 스피커에 연결해
지난 세기의 록 음악이나 재즈, 그리고 가요가 끊어지지 않
게 선곡하였다. 동호는 바테이블 안쪽에 앉은 정미와 마주
보고 있었다.

"여기 오기 전에 병원에 들러 기태를 만나고 왔어. 갇혀
있는 동안 치료를 전혀 못 받아서 발목 바로 위로 절단해야
할 것 같다고 하네."

"저도 들었어요. 너무 속상해요."

정미는 눈물을 훔치다가 다시 씩씩하게 말했다.

"참, 우리 사귀기로 했어요. 실종됐을 때 죄책감에 시달렸죠. '그 인간을 내가 사람으로 못 만들었는데 이렇게 죽었구나.' 나중에 살아 있는 거 보고 '안 되겠다. 이 인간 죽기 전에 나라도 구제해야겠다' 하고 생각했어요."

"축하해. 서로 이미 알 만큼 알 테니 아예 같이 살게 되면 더 좋고."

"일단 아무 여자한테나 추파를 보내는 버릇을 고쳐보려고 해요. 안 되면 찢어지고 고쳐지면 결혼하죠. 이번 일을 하면서 한남동 일식집 종업원에게 추파 던지다가 제게 딱 들켰어요. 그 여자한테서 어제도 문자가 왔어요. '오빠가 살아 있다고 뉴스에 나왔는데 왜 문자에 답을 안 하느냐'고."

동호는 정미와 조금 더 이야기를 나누다가 서 대표와 선우가 앉아 있는 자리로 옮겼다. 서 대표는 스마트폰으로 음악을 막 선곡하고는 그의 등을 툭 쳤다.

"애썼어."

동호는 서 대표의 손을 꼭 쥐며 말했다.

"정말 고마워요. 저를 살리셨어요."

"별소리를 다 하네. 니가 니를 살렸지."

"아닙니다. 모두들 고마워요."

선우는 감격한 표정으로 두 사람을 번갈아 쳐다보았다. 서 대표는 그런 선우를 보면서 익살스런 표정으로 말했다.

"아무튼 이번 영화는 제작발표회부터 엄청나게 물의를 빚는 바람에 촬영은 시작도 안 했는데 모르는 사람이 없는 영화가 됐네. 이 영화를 흥행시키지 못하면 완전히 바보가 되는 분위기야."

"위험을 감수했으니, 대가를 누릴 자격이 있죠."

동호가 말을 이었다.

"아무튼 내가 정재한테 '길게 이야기할 수는 없지만, 조금 있다가 큰 사고를 하나 치려고 한다. 나 믿고 일단 지켜봐주라' 하고 말했을 때, 정재의 복잡한 표정을 봤어야 하는데."

"뭐라고 하던가요?"

"한숨을 푹 쉬더니 '어쨌든 옳은 일인 거죠?' 그러더라고."

선우는 주스를 섞은 보드카를 한 모금 마시면서 동호에게 물었다.

"뉴욕에는 언제 가?"

"내일모레."

"겨울에 보스턴에 갈 일이 있는데 그때 뉴욕에 들를게."

그때 동호의 상의 안주머니에 있던 스마트폰이 진동했다. 니나였다. 동호는 두 사람에게 '잠시 양해해달라'는 눈짓을 하고 빅슬립 밖으로 나왔다. 그는 바람을 쐴 겸 계단을 걸어서 아예 건물 밖으로 나왔다.

"니나?"

"바쁠까 봐 전화 안 했는데, 너무 궁금해서. 잘 지내지?"

"덕분에. 내가 먼저 전화했어야 하는데 너무 경황이 없었어. 미안."

"괜찮아. 인터넷으로 며칠 전부터 소식을 다 들었어. 일본으로 도망갔다는 그 회장이 내가 사진 찍어서 보내준 그 사람이지?"

"응. 정말 큰 도움이 됐어. 고마워."

"그렇다면 다행이고. 언제 와?"

"내일모레 출국해. 다음 주에 줄리하고 같이 식사하자."

"그래, 도착하면 전화해."

전화를 끊은 동호는 오늘은 다른 손님을 안 받으려고 미리 네온사인을 꺼놓은 빅슬럽 간판을 바라보았다.

동호는 편윤미가 보이지 않는 것 같아 두리번거렸다. 그녀는 바테이블 안쪽으로 들어가 정미와 다정하게 이야기하고 있었다. 두리번거리는 동호와 눈이 마주치자 그녀는 씩 웃었다. 그녀를 따라 웃음 짓던 동호는 문득 이상한 느낌이 들어 고개를 왼쪽으로 돌렸다. 선우는 두 사람이 다정하게 웃는 모습을 보고 있었다. 그녀는 관대한 표정으로 '뭐 어때? 잘해봐' 하는 몸짓을 보여줬다. 동호는 그녀의 몸짓이 가식이 아니라는 것을 알기에 고맙기도 하고 한편으로 쓸

쓸하기도 했다. 잠시 후 선우는 편윤미와 정미에게로 걸어
가더니 바테이블 맞은편에 앉았다. 편윤미와 선우는 정식
으로 인사를 하며 악수를 주고받았다. 두 사람은 정겨운 표
정을 주고받으며 한참 동안 동호에게는 들리지 않는 대화
를 나누었고, 정미는 그 옆에서 맞장구를 쳤다. 편윤미와 선
우는 이따금 동호에 대한 이야기를 나누는지 둘이 함께 그
를 바라보며 웃곤 했다. 동호 또한 맥주를 삼키는 척하며 몰
래 그들을 바라보곤 했다.

"무슨 생각해?"

앞에 앉은 서연이 동민과 이야기를 하다 말고 물었다. 동
호는 아무것도 아니라는 뜻으로 고개를 가로저으며 동민에
게 물었다.

"이제 마음 정하셨어요?"

"무슨?"

"시장님과 다시 일하는 거."

"아직도 고민 중이야. 나도 이제 나이가 만만치 않은데,
계속 이렇게 사는 게 맞는가 싶기도 하고. '과연 고 시장을
내가 잘 도울 수 있을까' 하는 의문도 아직 남아 있고. 넌
어떻게 생각해?"

"저야 정치를 잘 모르죠. 그런데 시장님에게는 연 박사처
럼 수가 현란한 사람보다는 형처럼 굵고 강직하게 자문하

는 참모가 필요한 것 같아요. 그러다 뜻을 이루면 좋고 안 되면 받아들이고."

"네가 아직 순진하구나. 그런 나이브한 생각으로는 권력을 쥘 수가 없어. 백전백패지. 어쨌든 어느 영역에나 다 적용되는 것이지만, 정치도 '누가 모든 것을 걸고 완전히 몰두하면서도 원칙과 평정심을 잃지 않는가' 하는 게임이지. 우선 몰두하지 않으면 아무것도 안 돼. 그런데 몰두하다가 원칙과 평정심을 잃어버린 자들도 즐비하고. 이번에도 그랬듯이."

"아무튼 '마지막이다' 하고 생각하고 시장님을 도와주었으면 좋겠어요. 무슨 논리가 있어서 그런 건 아니고, 그냥 제 심정이 그래요."

"참고할게."

두 오빠의 대화를 차분히 듣고 있던 서연이 말했다.

"이런 날이면 아빠가 생각나. 세 남매가 그럭저럭 세상에 적응하고 살아가는 것을 보면 기꺼워하셨을 텐데."

세 사람은 잠시 침묵하면서 술과 안주를 먹었다. 동민이 무겁게 입을 열었다.

"아버지는 사업이 파산지경으로 가는 막다른 골목에서 우리에게 더 필요한 것은 자신이 아니라 재산이라고 판단했어. 난 나이가 든 후에 아버지의 판단에 대해 어머니와 여러 번 얘기를 나누었어. 그때마다 어머니는 비통해하시면

서도 그 판단이 옳을 수 있다는 생각을 하시곤 괴로워하셨
지. 나는 그것이 옳을 수 있다는 생각 자체를 받아들일 수 없
어서 어머니를 미워하기도 했어. 참 이기적인 여자라고. 또
는 '어쩌면 저렇게 냉정한 사고를 할 수 있을까' 하고. 난 이
제 이해하지. 정말 그럴 수도 있겠다고. 하지만 아무리 그런
판단이 든다고 해서 스스로 목숨을 버리는 것을 택한 아버
지를 결코 이해할 수는 없어. 그건 불가능해. 아버지는 우리
와 종이 좀 달랐던 것 같아. 우리는 어머니의 피가 섞이면서
더 진화했거나 또는 더 퇴보했고."

동호와 서연은 어차피 답이 없는 이야기라고 생각하며
그저 듣기만 했다.

밤 열한 시가 넘자, 독일인 애인이 데리러 온 선우가 먼저
집으로 갔다. 동호와 편윤미는 열두 시 반경에 정미를 빅슬
립에 남겨두고 나왔다. 동호는 그녀와 함께 택시를 탔다. 두
사람은 거의 아무 말도 하지 않고 각자 거리를 바라보았다.
두 사람은 자연스럽게 편윤미의 방배동 아파트로 갔다. 아
파트 안으로 들어서자 유럽식 리클라이너 의자가 눈에 띄
었다.

"지난번보다 나은 포도주가 집에 있는데 한 병만 나눠 마
실까요?"

"그러죠."

편윤미는 작은 와인 냉장고에서 이탈리아 와인을 한 병 꺼냈다. 두 사람은 식탁에서 사과 하나와 딸기 한 접시를 안주로 해서 포도주를 마셨다.

"이번에 가면 서울에는 언제 오시나요?"

"온다는 것은 잠시 오는 것? 아니면 아주 한국으로 오는 것?"

"아, 그러네요. 아주 돌아올 수도 있겠네요. 각각 말해본다면⋯⋯."

"앞으로는 가끔 들어오려고 해요. 아주 들어오는 것은 아직 생각을 못 해봤어요. 어쩌면 내년에 바로 돌아올 수도 있고, 십 년이 지나도록 그냥 안 들어올 수도 있고. 이번에 가면 그것을 좀 생각해볼까 해요."

"그렇군요."

"왜요?"

"궁금해서요."

편윤미는 동호의 눈을 정면으로 응시했다. 그녀는 무언가 골똘히 생각하다가 말했다.

"우리가 뭘 시작해보기에는 아직 서로에 대해 아는 게 거의 없군요. 아, 침대에서는 괜찮았어요. 나만 괜찮았던 것은 아니지요?"

"네. 저도."

"서로에 대해 가장 잘 아는 것이 겨우 그것뿐인가 싶기도 하고. 물론 한 번뿐이었지만. 그러나 어떤 경우에는 한 번으로 아주 많이 알게 되기도 하죠."

동호는 포도주를 한 모금 삼켰다. '사귀어보자고 말할까? 아니, 우리는 정말 서로에 대해 너무 모른다. 만나면서 알아간다? 그렇게 멀리 떨어져서 언제 알아갈까?'

"우리는 생각만 하다가 끝날 것 같아요."

편윤미가 차가워진 표정으로 말했다. 시작해보자고 먼저 말하기에는 그녀의 자존심이 너무 강했다. 반면에 동호는 시작하자고 말하기에는 생각이 많았다. 또는 어딘가에서 어른거리고 있을 회장의 그림자를 두려워하는지도 몰랐다. 그는 어색한 분위기를 벗어나고 싶었다.

"윤미 씨, 솔직히 당신에게 계속 끌립니다. 하지만 저는 곧 떠나야 하고, 그 전에 책임질 수 없는 말을 하는 것이 힘드네요. 그리고 아직도 사건의 소용돌이에서 벗어났다는 것이 실감이 안 나요. 얼마간의 시간이 지나야 정신을 차릴 수 있을 것 같습니다."

"저도 마찬가지예요."

편윤미가 포도주를 한 모금 삼켰다. 동호는 그녀의 손을 잡았다. 그는 잔을 내려놓고 그녀에게 키스를 했다. 편윤미는 잔을 든 채 동호를 껴안았다. 두 사람은 한참 동안 가만히 껴안고 있었다. 동호는 잠시 포옹을 풀고 잔에 남은 포도주를 한 번에 마시고는 편윤미를 침실로 이끌었다. 그녀도 한 손으로 포도주를 비우고 다른 손으로 동호의 손을 잡은 채 그가 이끄는 대로 침실로 발걸음을 옮겼다.

28

"그동안 잘 지내셨는지요?"

프런트의 직원이 친절하게 물었다.

동호는 말없이 부드러운 미소를 지으며 고개를 끄덕였다. 동호가 카드키를 반환하자, 직원은 잠시만 기다리라며 우편물 몇 개를 건넸다. 동호는 우편물을 배낭에 넣고 여행 가방을 밀면서 레지던스를 나섰다. 차에서 기다리고 있던 서연이 버튼으로 트렁크를 열어주었다. 동호는 트렁크에 여행 가방을 싣고, 배낭은 뒷좌석에 던진 후 조수석에 앉았다.

"가자."

서연은 한남대교를 건너서 올림픽대로로 진입했다. 해질 무렵의 도로는 예상보다 한산했다. 동호는 여의도를 스쳐 지나갈 무렵에 몸을 뒤로 돌려 배낭에서 우편물을 꺼냈다. 세 개의 우편물 중 두 개는 광고용 우편물이었다. 다른 하나는 승철이 보낸 편지였다. 그는 봉투를 손으로 찢은 후 편지를 읽기 시작했다.

　동호에게,

　복잡한 일들이 잘 해결돼서 무척 다행이다. 역시 넌 현
명한 내 친구야. 소식을 들으니 내가 알려준 내용도 네게
도움을 준 것 같아 너무 기쁘다. 오랫동안 받기만 하고 준
것이 없었는데. 시간이 없어서 면회를 못 오고 바로 떠난
다는 이야기는 어머니께 들었어. 그리고 시원이 전학 문
제는 아직도 어머니께서 결정을 못 하셨다고 하더구나.

　오늘은 내게 그동안 못 한 이야기를 하려고 해. 최근에
너에게 일어난 일들을 보면서 이유는 모르겠으나 이제
는 너를 놓아줘야 한다는 생각을 하게 됐어. 이리저리 돌
리지 않고 바로 말할게. 아내는 내가 죽였어. 미안해.

　동호의 표정이 심상치 않다고 느낀 서연이 백미러를 통해
그를 계속 살폈다.
"오빠, 괜찮아?"
"음. 괜찮아."
동호는 다시 편지를 읽었다.

　너한테는 사실대로 말해야 했겠지. 하지만 그럴 수는

없었어. 네가 내게 죄가 없다고 믿고서 변론하기를 기대했어. 그것이 최선의 결과를 가져올 거라고 생각했고. 네게 들킬까 봐 얼마나 조마조마했었는지 너는 모를 거야. 어쨌거나 고등법원이 유죄를 선고할 때까지는 내 계획대로 굴러가고 있었지. 모든 것이 망쳐졌지만.

그러나 네가 알아야 할 것이 한 가지 더 있어. 비록 내가 죽였지만, 내 생각으로 나는 무죄야. 무슨 말이냐 하면, 정당방위였다는 뜻이야. 네가 알다시피 둘의 관계가 점점 나빠지던 중에 같이 여행이라도 하면서 봉합해보려고 청평으로 놀러 갔지. 그리고 펜션 주인과 술을 마시러 간 것은 너도 잘 알고 있고. 우리가 극구 부인했지만, 사실 내가 잠시 펜션으로 돌아간 것이 맞아. 휴대폰을 두고 나와서 가지러 갔었어. 그런데 술을 마시다가 들른 나를 보고 아내가 또 화가 난 거야. 화해 여행을 와서 혼자밖에 나가 술을 먹고 있으니 화가 날 수는 있겠지. 그러나 미리 이야기를 하지 않은 것도 아닌데, 늘 그렇듯이 또 감정이 폭발해서 도저히 감당하지 못할 지경이 됐어. 알다시피 조울증을 앓고 있어서 감정 조절을 제대로 못 하잖아. 주변 사람들이야 그냥 아내의 성격에 문제가 있다고 생각할 뿐이지만. 아무튼 그날은 내게 과도까지 휘둘렀어. 그 과도를 피하다가 밀쳐서 넘어뜨렸고, 어이없게도 모서리에 머리를 부딪쳐 피를 흘렸지. 그때 바로 경찰에 신고를 했어야 하는데, 너무 머리를 굴렸어. 아무리 생각해도 정당방위를 인정해줄 것 같지 않은 거야. 그래서 현장을 강도가 든 것처럼 정리했어. 일부러 칼로 자상을 만들고. 다음은 자네가 다 아는 이야기지. 아니, 솔직히 지금도 내가 사실대로 말했다고 살인죄를 면했을지는 모르겠어. 어쨌든 너마저 속인 것은 미안하게 생각한다. 정말 미안하게 생각한다. 뭐라고 욕을 해도 좋아. 하지만 용서해줄 수 있다면 너의 어리석은 친구를 용서해줘.

동호는 편지를 내려놓았다. 도저히 판단이 되지 않았다. '어느 것이 진실인가?' 그는 친구가 그의 부채의식을 덜어주기 위해 오히려 거짓말을 하는 것이 아닌지 의심했다. 하지만 이제 와서 이런 거짓말을 굳이 한다는 것도 설득력이 없어 보이기는 했다. 차가 올림픽대로를 벗어날 때까지 계속 이 편지가 진실을 말하는지 가늠해보았으나 판단이 서지 않았다. 그도 그런 의심을 해본 적이 없었던 것은 아니었다. 그때에는 우정의 이름으로 그 의심을 스스로 억압했다. 그는 승철이 봉인을 연 이 수수께끼가 영원히 풀리지 않을 것이라고 예감했다. 그러나 친구의 편지로 마음 깊은 곳에 가라앉아 있던 부채의식이 조금은 엷어진 것 같았다.

동호는 서연이 운전을 하면서 계속 자신의 안색을 살피고 있음을 알아챘다. 심각한 표정을 푼 그는 시원에게 떠난다는 전화를 해야 한다는 것을 기억했다.

"시원아, 아저씨야."

"네, 아저씨."

"아저씨가 최근에 너무 바빠서 집에 들르지도 못했네. 그런데 오늘 미국으로 떠나게 돼서 공항으로 가는 중이야."

"네. 할머니께 아저씨가 무척 바쁘셨다고 들었어요. 인터넷에서 아저씨 기사도 읽었어요. 할머니가 찾아달라고 하셨어요."

"시원아, 전학하고 싶지? 그런데 미처 처리를 못 하고 아저씨가 떠나게 됐네."

"괜찮아요. 좀 더 참을 수 있어요."

"혹시 외국에서 공부할 생각은 없니? 너희 아버지가 돌아올 때까지."

"네? 생각해본 적 없어요. 외국 어디요? 아저씨랑?"

"아저씨는 바빠서 그럴 형편이 못 되고. 아저씨 엄마 알지? 스위스에 사시는. 전에 한 번 본 적 있잖아. 학교에서 애들이 너 괴롭힌다는 이야기를 한 적 있는데, 너만 좋다면 같이 살고 싶으시대. 다른 학교로 전학한다고 해도 어떨지 모르니까. 시원이가 어떻게 생각할지 몰라 말 안 했는데, 생각해보니 그것도 좋은 것 같아서."

"한번 생각해볼게요. 할머니랑 상의해도 돼요?"

"그럼 되고말고. 생각해보고 나중에 통화하자."

"네."

"그럼, 밥 잘 먹고 건강하게 지내."

"아저씨도요."

"그래."

동호는 전화를 끊고 다시 바깥 풍경을 바라보았다. 이미
차는 영종도로 가는 바다 위의 도로를 달리고 있었다.

"너는 어떻게 생각해? 시원이를 어머니께 보내는 거?"

"정말로 엄마가 그렇게 하신다고? 귀찮아하실 것 같았는
데, 좀 의외네."

"어머니도 승철이를 잘 아시잖아. 그리고 나이 드시니까 성
격도 좀 달라지나 봐. 니콜로는 아주 적극적으로 찬성하고."

"그렇기만 하다면 괜찮은 생각 같아."

에필로그

　몰타의 수도인 발레타의 요트 선착장은 평화롭게 보였다. 토요일 아침의 해안도로에는 인적이 거의 없었다. 동호는 노천카페에 앉아 에스프레소를 시켰다. 이십 미터쯤 떨어진 곳에 붉은 기운이 도는 석조 건물이 있었다. 그 건물의 육중한 철문 옆 기둥에는 '파라디소 갤러리'라고 쓰여 있었다. 철문은 굳게 닫혀 있었다. 이때 도로에 접한 주차장 문이 열리자 어디에 숨어 있었는지 경찰관 여러 명이 나타났다. 그들은 평소에 안 하던 일을 하는지 우왕좌왕하는 것처럼 보였다. 선글라스를 낀 경찰관이 권총을 겨누면서 주차장 입구로 먼저 접근했다. 그는 주차장에서 나오는 폭스바겐을 세우고 운전자를 체포했다. 경찰관이 늘어나더니 삽시간에 모두 주차장으로 들어갔다. 그 뒤로 동영상 카메라를 든 동양인 기자 하나가 날렵하게 따라 들어갔다. 잠시 후 두 발의 총성이 울렸고 곧이어 오토바이 하나가 거칠게 주차장에서 튀어나오더니 해안도로를 따라 맹렬하게 달아났다. 단신이었다. 동호는 급히 자리에서 일어났으나 오토바이 엔진의 굉음이 멀어지자 고개를 가로저으며 자리에 앉았다. 정문이 열리고 장 회장이 수갑을 찬 채 경찰관들에게 끌려 나왔다. 경찰관들은 카페 옆에 세워둔 경찰차에 회장을 태우기 위해 동호 쪽으로 끌고 왔다. 동양인 기자는 경찰의 제지에도 아랑곳하지 않고 회장을 최대한 가까이에서 촬영했다. 회장은 경찰차에 타기 전 동호를 발견하고 넌지시 쳐다보았다. 동호도 그를 쳐다보았다. 회장의 표정은 아무런 감정의 동요가 없어 보였다. 그가 떠나자 동양인 기자가 동호의 앞자리에 털썩 앉았다.

"강 변호사님이 제보하셨나 봅니다. 마침내 해내셨네요."

"그런가요? 잘 모르겠습니다. 복직하신 것을 축하드립니다."

"감사합니다. 이제 어디로 가시나요? 저는 기사를 송고하고 나서 관광을 할까 싶습니다만. 앞으로 평생 몰타에 올 일이 있겠습니까?"

"저는 바로 어머님을 뵈러 가야 합니다. 스위스에 계시거든요."

"저는 그럼 바로 호텔로 가서 기사를 쓰겠습니다. 변호사님 이름을 거론해도 될까요?"

"전 여기에 없는 것으로 해주세요. 부탁드립니다."

동호는 유 기자가 떠난 후 잠깐 앉아 있다가 카페에서 일어났다. 버스를 타고 공항으로 가는데 유 기자의 텔레그램 메시지가 도착했다.

믿을 수가 없네요. 바보 같은 경찰이 경찰서 앞에서 회장을 놓쳤네요. 경찰서 앞에서 오토바이를 탄 남자가 경찰들에게 달려들어 회장을 다른 차로 도피시키고 자신은 경찰의 총에 맞아 죽었어요. 다시 잡을 수 있을까요?

동호는 스마트폰을 내려놓고 바다를 바라보았다. 어쨌든 바닷바람은 시원했다.

동호는 단정하면서도 유서 깊어 보이는 건물 앞에 섰다. 203호의 초인종을 눌렀다. 누군지 확인하지도 않고 문이 열렸다. 엘리베이터를 타지 않고 계단을 걸어서 2층으로 올라갔다. 이미 203호의 문이 열려 있었고, 시원이 웃으며 손을 흔들었다. 현관으로 들어가 어머니와 잠시 포옹을 하고 식당으로 갔다. 아담한 집은 학자의 연구실 같은 느낌을 주었다.

"머무는 동안 현관 옆의 방을 쓰도록 해."

"아닙니다. 오 분 거리에 있는 호텔에 이미 체크인 했습니다."

"니콜로는 밀라노에 학술대회가 있어서 갔어. 일주일 정도 비울 텐데."

"각자 방을 쓰시나 봐요."

"당연하지. 좋은 관계를 유지하려면 그래야 한다."

동호는 과일을 담은 접시를 들고 오는 시원에게 물었다.

"집에서는 어느 나라 말 써?"

시원은 눈을 크게 뜨고 말했다.

"두 분이 집에서 에스페란토만 쓰셔서 저는 에스페란토가 모국어인 아이로 자라고 있어요. 그런 사람이 지구에 몇 명이나 있을지. 히히."

동호는 어머니에게 물었다.

"괜찮나요?"

"당연히 괜찮지. 오히려 나중에는 영어든 독일어든 프랑스어든 이탈리아어든 다 알아듣게 된다."

"그래도 그렇지. 시원아, 너도 동의했니?"

"Jes, kiam mi venis al ĉi tiu domo, avino demandis min. Mi diris, ke mi estas bone."(네. 제가 이 집에 올 때 할머니가 괜찮으냐고 물으셔서 제가 좋다고 말했어요.)

'네'라는 뜻의 'Jes'라는 단어만 알아들은 동호는 허탈하게 웃었다. 어머니가 물었다.

"저녁 약속이 있다고 했니? 루체른에도 친구가 있어?"

"아뇨, 뉴욕에서 유럽으로 오기 전에 어느 친구가 보자고 연락이 왔어요. 여기로 며칠간 여행을 간다고 하니까 자기도 못 가봤다고 하면서 관광 삼아 여기로 온다고 하네요."

"여자구나?"

동호는 못 들은 척하고 포도를 집어 먹었다.

알프스 산악 열차를 탈 수 있는 역으로 가는 유람선은 피어발트슈테터 호수를 빠르지도 느리지도 않은 속도로 헤쳐 나갔다. 태양의 고도가 조금씩 떨어지고 있었다. 동호는 테이블에 놓인 탄산수를 마셨다. 유람선은 또 다른 관광객들을 태우기 위해서 잠시 정박했다. 배에 오르는 관광객 중에 한 여인이 보였다. 그녀는 동호를 바로 발견하고 테이블 쪽으로 걸어왔다. 그러고는 빙긋이 웃으며 의자에 앉았다. 동호가 그녀에게 물었다.

"여기도 호텔이 있나요? 일반 주택들뿐인 것 같은데."

"아주 조그만 호텔이 있어요. 호수와 산맥을 모두 볼 수 있다고 해서 일부러 이곳에 예약했어요."

"식사 주문을 할까요?"

"그 전에 이야기를 좀……. 며칠 전에 빅슬립에 갔다가 정미 씨한테서 들었어요. 조만간 한국으로 돌아오신다면서요? 맞나요? 그럼, 우리 만나요."

편윤미의 직선적인 말에 동호는 말을 잇지 못했다.

"우린 만나면 안 되나요?"

"아뇨, 만나요. 그런데 너무 엄격하지 않았으면 좋겠어요."

"무슨 뜻이죠?"

"좋아하는 것이 의무처럼 되거나 헤어지자고 하는 것이 배신으로 여겨지거나, 그렇지는 않았으면 좋겠어요."

"저도 바라는 바예요. 하지만 만나는 동안은 완전하게 만나요."

두 사람은 간단한 스낵을 주문했다. 노을이 짙어지면서 점점 어두워지기 시작했다. 둘은 서로의 눈을 쳐다보면서 시간 가는 줄 모르고 이야기를 주고받았다. 어느 순간, 그녀가 소리쳤다.

"어머, 저기 봐요. 저기."

동호는 윤미가 가리키는 대로 자기 뒤편의 하늘을 쳐다보았다. 처음에는 그녀가 무엇을 말하는지 몰랐다. 하늘을 여기저기 살펴보니 오리온자리의 베텔기우스가 매우 밝게 빛나고 있었다. 동호는 넋을 잃고 말했다.

"아, 베텔기우스가 드디어 폭발했네요."

두 사람은 자신도 모르게 서로 손을 잡고 일어서서 베텔기우스를 바라보았다. 다른 사람들도 웅성대며 하늘을 바라보기 시작했다. 초신성 베텔기우스는 이루 말할 수 없을 만큼 눈부시게 빛났다.

[끝]

작가의 말

　사람들에게 소설의 형식으로 말을 걸고 싶다는 생각을 한 지는 오래되었다. 그것이 많은 호사가들의 허튼 염원이라는 것을 모르는 바는 아니나, 그 바람은 쉽게 사라지지 않았다. 그것을 실천으로 옮기는 과정에서 가장 큰 어려움은 '무슨 이야기를 할 것인가'였다. 이상하게도 그것은 잡힐 듯 잡힐 듯 잡히지 않았다. 인생의 어느 순간, 나는 자신이 사람들에게 하고 싶은 말이 별로 없다고 단정지었다. 소설을 쓰겠다는 생각도 젊은 시절의 한낱 치기였음을 인정해야 했다.

　그런데 이 년 전 어떤 열정에 이끌려 열 쪽 분량의 이야기를 만들었다. 하지만 변호사 업무를 하느라 더 진척시키지 못하고 이내 잊어버렸다. 그 이야기를 다시 기억해낸 것은 작년 장미대선이 끝난 후였다. 상당한 시간이 지난 후 다시 줄거리를 읽어보니 소설로 완성할 가치가 있다고 여겨졌다.

내가 이 소설에서 구현하고 싶었던 것은 21세기 초 실제로 있을 법한 한국 정치와 법조계의 단면이다. 사람들의 흥미를 자아내기 위한 줄거리와 구조를 선택했으나, 그것이 세상의 실상과 동떨어진 흥미 위주의 것으로 전락하는 것은 피하고 싶었다. 그에 곁들여 주인공의 마음이 그리는 궤적을 진지하게 전달하고자 애썼다.

이 소설은 내가 이십여 년간 변호사 겸 영화 관계자로 활동하면서 겪은 경험들과 분리될 수 없다. 선거캠프에 참여한 몇 번의 경험도 스며들어 있다. 독서와 일상생활을 통해 얻은 생각과 감정도 숨기지 않았다. 사람들은 소설을 읽으면서 등장인물에게 반응하기도 하지만, 이야기를 이끌어가는 보이지 않는 내레이터를 섬세하게 느낀다고 생각한다. 이야기가 독자의 마음을 얻으려면 정직하게 쓰는 수밖에 없다. 이야기의 내레이터는 작가의 분신이고 그림자이다. 또한 내가 살아온 삶의 결과이고, 세상과 대결하면서 스스로 빚어온 나 자신이다. 보이지 않는 내레이터가 건네는 이 이야기가 당신의 마음을 건드리기를 바랄 뿐이다.

2018. 봄

조광희

리셋

1판 1쇄 인쇄	2018년 4월 9일
1판 1쇄 발행	2018년 4월 27일
지은이	조광희
펴낸이	임양묵
펴낸곳	솔출판사
편집	신주식 조소연 임정림
디자인	임수현 오주희
경영 및 마케팅	송창일 조인선
재무관리	이혜미 채희경 김용렬
주소	서울시 마포구 와우산로29가길 80(서교동)
전화	02-332-1526
팩시밀리	02-332-1529
홈페이지	www.solbook.co.kr
이메일	solbook@solbook.co.kr
출판등록	1990년 9월 15일 제10-420호

ISBN   979-11-6020-044-7   03810